ISBN : 978-2-9820800-0-3

Jenofa.G
ABSINTHIUM

Tous droits réservés
jenofa.guillaumin@gmail.com

Illustration : Jenofa Guillaumin
Révision/correction : Kathy Beauvais
Photographie : Jenofa Guillaumin
Infographie : Ludovic Metzker
Impression : Amazon

À ma famille.

À Ma belle Alix, une merveilleuse partenaire d'écriture.

À mes deux première lectrice, Jade et Audrey.

À toutes mes Bêtas-lectrices.

À ma merveilleuse correctrice Kathy, en espérant que ça
ne soit pas notre dernier projet.

À Ludovick Metzker pour son travail merveilleux et son
aide précieuse.

Et enfin, à tous mes premiers lecteurs, ceux qui ouvriront
ce livre avec envie.

REMERCIEMENTS

J'aimerais d'abord remercier mon mari, Antoine, qui est toujours là pour me soutenir dans mes projets, peu importe les conséquences. Il est un soutien de tous les instants et je ne regretterai jamais d'avoir traversé l'Atlantique sur un coup de tête pour lui.

Je remercie étalement mes deux premières lectrices, Jade et Audrey, qui ont su m'encourager tout au long de ce processus d'écriture intensif et qui m'ont offert des avis constructifs et éclairés sur mes premières pages. Merci à elles.

Je remercie Angel Trudel qui m'a donné le petit boost qui me manquait pour me lancer dans l'aventure d'écrire un roman, c'est à la suite d'un appel avec elle que j'ai écrit mon plan d'une traite.

Un gros merci à Ludovic Metzker pour son aide à tous les niveaux, mais particulièrement pour mon marketing visuel extraordinaire !

Et enfin, un immense merci à Kathy Beauvais, ma correctrice, pour son professionnalisme, sa passion et ses retours sur ce roman. J'espère que l'on travaillera encore ensemble à l'avenir !

Merci également à toutes les personnes qui ont touchés de près ou de loin à ce projet. Sans vous tout, il n'aurait pas vu le jour !

Chapitre 1 : Un Nouveau départ

Novembre 2021.

L'Américain les observe de ses yeux somnolents, ces flocons qui tombent par milliers autour d'eux et qui tapissent déjà le sol d'une couche fine de neige fondante. Ils semblent froids, purs et presque trop éphémères. Leurs corps sont lourds et ils se laissent doucement porter par le vent du nord glacé qui les accompagne. Au-dehors, il peut le sentir, le souffle du vent est volubile et il siffle sa litanie aux creux de leurs entrailles de glace. Ils ne savent sûrement pas combien de temps durera leur chute, comme il a le sentiment de ne pas contrôler la sienne depuis qu'ils ont quitté New York. Ces flocons n'étaient pas attendus, mais il les accueille sans réellement pouvoir faire autrement. Il pose un regard amical et sympathique sur eux, comme un vieil ami. L'un d'entre eux, plus gros que les autres, vient s'écraser sur la vitre crasseuse sous son nez et il le regarde prendre un nouveau départ, changer de forme pour se transformer en une goutte parfaite qui finit par glisser le long du verre pour se perdre plus loin.

La crasse marquée d'un sillon ne rendra pas sa mort sur la carrosserie plus glorieuse, mais cette autre forme, peut-être. Aiden finit par se redresser sur son siège, encore à moitié endormi, mais surtout dans la même position que ce fameux flocon. Ils ont aussi atteint un point de non-retour en s'écrasant contre une vitre sale et il est temps pour eux de prendre une autre forme.

Emmitouflé dans son épais manteau, il se demande encore où les mènera cette route alors qu'ils roulent déjà depuis des jours. À ses côtés, Zimo, le maître de scène conduit silencieusement dans la cabine du poids lourd et il semble tout aussi pensif et inquiet. La semaine dernière, ils étaient encore au cœur des États-Unis et ils avaient décidé tous les deux d'aller conquérir le Canada. Malheureusement, cela avait été sans compter sur la météo qui les avait forcés plus d'une fois à poser le camp pour quelques nuits afin de réparer les dommages sur les camions. Encore une fois, cette nuit, ils cherchaient un endroit où pouvoir installer les caravanes et les transports afin de s'occuper des bêtes pour continuer la route au lever du jour. Un soupire quitta ses lèvres, formant une légère buée sur la vitre passager...

— Mon ami m'a dit qu'on pourrait s'installer à quelques kilomètres d'ici... on en a pour une heure encore... Dit soudainement la voix de Zimo, comme réponse à son soupire.

— Mmh... Ça fera du bien à tout le monde, je crois.

Il se contenta de lui adresser un bref regard après sa réplique et reporta son attention au-dehors afin de continuer à regarder la neige tomber. Il n'était pas friand de l'hiver, mais pas de l'été non plus. En vérité, sa saison préférée restait et resterait toujours l'automne, cette période où il ne fait ni trop froid, ni trop chaud et où les couleurs chaleureuses convient au réconfort. Malgré tout, il restait dans la neige quelque chose qui le fascinait et le Canada était on ne peut plus idéal pour découvrir ce que c'était.

Après un bref moment de silence, il se redressa finalement complètement sur son siège et se passa une main dans les cheveux. La route ne serait plus très longue à présent et il préférait ne pas tenter de poursuivre sa nuit contre la porte passagère. Entre eux se trouvait une glacière qu'ils utilisaient souvent pour ce genre de long trajet. Il l'ouvrit et fouilla dedans à la recherche d'une bouteille d'eau fraîche. Il avait la bouche pâteuse et la langue sèche depuis qu'il s'était réveillé et c'était une sensation qu'il n'avait jamais aimée.

Il proposa à Zimo s'il voulait quelque chose, mais celui-ci refusa d'un geste de la tête avant qu'il ne porte la bouteille à ses lèvres.

— Tu penses qu'on prend la bonne décision ?

Sa question fusa de sa bouche sans même que Zimo ne puisse s'y attendre.

— Je pense, oui. C'est un endroit magnifique, je suis sûr que l'on aura beaucoup de succès là-bas... et puis ça nous changera les idées... tu ne crois pas ?

— Peut-être...

Ils avaient passé tellement d'années aux États-Unis, à parcourir les villes, même les plus petites. Ensuite, ils avaient passé une année entière à New York. Cela leur paraissait étrange de changer soudainement de coin, de culture, de mentalité, mais Zimo avait raison, cela ne pouvait pas leur faire de mal. Ils avaient vécu assez de drames en une année pour remplir les tabloïdes de tous les journaux New-Yorkais, alors oui, ils avaient besoin de prendre un nouveau départ. Le silence s'installa de nouveau dans la cabine du camion et il s'enfonça un peu plus dans son siège, la bouteille entre ses larges mains.

Son regard se porta sur l'horizon qui commençait à s'assombrir, petit à petit, et sans même qu'il ne s'en rende compte, il finit par s'assoupir à nouveau, la tête rejetée en arrière sur l'appuie-tête. Ses nuits étaient courtes depuis des mois. Il ne parvenait jamais à dormir correctement plus d'une heure ou deux et ça commençait à se ressentir physiquement. Il avait tout essayé, même les herbes et les tisanes, mais rien n'y faisait. Loin d'avoir envie d'en arriver à prendre des médicaments qui pouvaient le rendre accro, il se contentait alors de subir pour le moment, jusqu'au jour où la situation ne serait plus du tout supportable.

Ses nuits étaient peuplées de cauchemars. Souvent, le même revenait à répétition. Une boucle sans fin qu'il connaissait presque par cœur. C'était devenu une habitude lassante de devoir se réveiller en pleine nuit couvert de sueur, le front chaud et les draps moites. Malheureusement, il s'agissait là de son quotidien depuis cette fameuse nuit. Arriverait-il un jour à retrouver le sommeil ? Il craignait que ce ne soit jamais le cas, même si Zimo et sa meilleure amie tentaient de le rassurer sur le deuil qu'ils traversaient tous. Lui, il en arrivait à un point où il était angoissé à l'idée de fermer les yeux et de rejoindre les bras de Morphée.

D'ailleurs, cette angoisse… se transformait parfois en anxiété qui entraînait des conséquences physiques.

La première fois que ça lui était arrivé, il s'était retrouvé en boule dans son lit, se berçant d'avant en arrière en tenant sa poitrine, le souffle court et le dos tiraillé par la douleur. La souffrance était telle qu'il avait eu l'impression de mourir. Et il l'avait cru un long moment… Une crise cardiaque… du moins, ça en avait tous les symptômes. Heureusement, c'était bien moins dangereux, malgré la cruelle pression autour de sa cage thoracique qui dura trois longues heures cette fameuse première fois. Aiden n'en avait encore jamais parlé à personne, pas même à Zimo ou Poppy…

Après de longues minutes, c'est l'arrêt légèrement brusque du camion qui le tira de son sommeil et il ouvrit difficilement les yeux en réalisant que les phares d'un de leurs véhicules étaient encore allumés et pointés sur eux. Zimo lui indiqua qu'ils étaient enfin arrivés et qu'il était temps pour eux d'aller faire le tour de la famille pour voir comment se portait tout le monde. Aiden acquiesça, encore un peu ensommeillé, et réajusta le col de son manteau avant de sortir sous la neige.

Ses deux grandes bottes s'écrasèrent dans la bouillasse qu'avait formée la neige et l'herbe sous ses pieds et il referma la porte pour contourner le camion et se rendre à l'arrière. L'effervescence était déjà palpable autour des véhicules. Tous s'activaient à préparer le camp pour la nuit. Les caravanes étaient installées en rangées, et certains animaux étaient déjà en train d'être nourrit par les plus rapides. Aiden observa toute la petite fourmilière se mettre à l'œuvre et un sourire naquit sur ses lèvres pour la première fois depuis quelques heures. Il aimait cette ambiance. Définitivement.

— Tu ouvres le camion, Stevenson ?

Il se tourna vers Zimo qui réajustait à son tour son col de manteau et il lui fit signe que oui en hochant la tête. Il était temps pour lui de nourrir ses bêtes. Il se frotta les mains pour les réchauffer, n'ayant pas pris la peine d'enfiler ses gants, et il déverrouilla les immenses portes du poids lourd. C'est là, alors qu'il tirait sur celles-ci pour les ouvrir en grand, qu'un corps tomba à ses pieds, sûrement appuyé et assoupi contre l'une d'elle. Aiden fronça les sourcils et se pencha presque trop rapidement pour chopper l'inconnu par le col de ses vêtements et le menacer du regard.

L'homme au sol, couché dans la neige avec très peu de vêtements sur lui, leva les mains pour se protéger et il s'exprima en polonais dans un premier temps.

— Qu'est-ce que vous foutez dans mon camion ? s'exclama Aiden qui le menaçait à présent de son poing libre.

Il n'aimait pas les passagers clandestins, surtout quand ceux-ci décidaient de se planquer dans les cages de ses fauves. Il songea un instant que celui-ci était plutôt suicidaire. D'ailleurs, il se demandait même pourquoi ses deux lions n'avaient pas réagi en sentant une présence qu'il ne connaissait pas à proximité, surtout le plus jeune qui était aussi le moins sociable des deux. Il resserra son emprise sur le col du Polonais et le secoua légèrement pour qu'il parle avant de se prendre son poing dans la gueule sans même le voir venir.

— Je... Excusez-moi, je ne voulais pas... je ne savais pas où aller et j'avais froid... je suis monté dans votre camion quand vous vous êtes arrêtés en ville...

Cette fois, l'inconnu parlait un anglais parfait avec un léger accent, et il tentait de lui accorder un regard tandis que Zimo lui pointait sa lampe torche dans le visage.

Aiden sembla hésiter un moment, mais, voyant qu'il était plutôt inoffensif sur l'instant, finit par relâcher son col de manteau et lui tendre la main pour l'aider à se sortir de la boue dans laquelle il se trouvait. L'homme se releva avec son aide, non sans avoir hésité à saisir sa main, et il s'appuya contre le camion alors que les deux Circassiens l'observaient avec interrogation.

— Je suis désolé... vraiment...

— Ce qui m'étonne, c'est surtout que mes lions ne t'ont pas bouffé en chemin... Répondit Aiden en croisant ses bras sur sa poitrine.

—... Tu as plutôt mal choisi ton camion.

— C'est ce que je me suis dit aussi !

Un sourire se glissa sur les lèvres du clandestin et il tendit la main vers les deux hommes pour se présenter convenablement. Autour d'eux, l'attroupement se faisait déjà sentir parce que tout le monde avait bien vu que quelque chose ne fonctionnait pas comme d'habitude. Une foule de tous les horizons s'agglutina au fur et à mesure pour observer la scène et le jeune clandestin sembla surpris presque autant qu'impressionné.

Malgré tout, Aiden put apprendre son prénom ainsi que son nom.

— Je suis Sébastian Pietroski…

— Aiden Stevenson… et lui, c'est David Zimmerman, Zimo pour les intimes… Dit-il en lui serrant la main plus par politesse que par enchantement.

Il avait toujours été d'une nature généreuse et compréhensive, mais il était aussi toujours très méfiant envers les gens qu'il rencontrait. Question d'habitude. Il ne connaissait pas l'histoire de cet homme, mais, aux vues de son état, il avait sûrement besoin d'aide, plus qu'il ne voulait bien le dire. Zimo serra la main de l'inconnu à son tour et bientôt, des chuchotements commencèrent à s'élever de l'attroupement. Poppy, la meilleure amie d'Aiden se présenta en première, se jetant au milieu du trio d'homme avec enthousiasme. Elle était pétillante comme toujours et lui tendit une main aux doigts fins et entièrement bagués pour le saluer de façon énergique. Ses cheveux colorés étaient coiffés en deux couettes hautes et elle portait une tenue qui aurait pu être une tenue de spectacle, mais qui, en fait, correspondait plutôt à son style de tous les jours. Poppy était une excentrique petite personne, mais elle était également la plus douce et la plus patiente de la troupe.

Ça, Aiden pourrait en attester n'importe quand. C'était leur rayon de soleil par temps de pluie et l'arc-en-ciel de couleurs qui suivait l'orage. L'Américain était reconnaissant de l'avoir dans sa vie.

— Moi, c'est Poppy ou Lolipop pour les intimes… Dit-elle en se moquant un peu de la présentation faite par Aiden.

La chaleur humaine de la jeune gitane fit sourire le polonais et il la salua tout aussi chaudement pour la remercier de ne pas se montrer aussi froide que les autres. Celle-ci semblait tout à fait encline à accueillir le nouveau venu parmi eux, tandis que dans le cercle, certains murmures se faisaient déjà entendre. La méfiance était de mise pour beaucoup d'entre eux, et cet inconnu n'y échapperait malheureusement pas. Aiden, pour faire taire les dires qu'il sentait déjà dans son dos, finit par proposer à Sébastian ;

— On peut t'héberger jusqu'à la prochaine ville, mais après ça, il faudra que nos chemins se séparent… J'espère que tu comprends…

Le passager clandestin acquiesça. Il n'en demandait pas plus pour le moment.

La foule se dissipa lentement après quelques minutes pour rejoindre les différentes caravanes et Aiden demanda à Zimo de s'occuper de la ration des lions afin de montrer au petit nouveau où il pourrait dormir ce soir. Ils se dirigèrent donc tous les deux vers sa propre caravane et il entra en premier pour pouvoir l'y inviter. Celle-ci était spacieuse et parfaitement rangée. Il se dégageait une bonne odeur de citron frais comme si l'on avait passé un produit sur tout le mobilier pour le faire briller. Le dompteur lui indiqua son propre lit au fond qui prenait tout l'arrière du véhicule et il expliqua qu'il n'avait qu'une mezzanine à lui offrir au-dessus de celui-ci.

— Ça conviendra parfaitement… merci de me laisser rester… vous n'étiez pas obligé…

— Tu peux me tutoyer, je n'ai que 38 ans… railla-t-il avant de s'avancer vers une des armoires de sa cuisine.

– Tu veux boire un café ? Ou un whisky ? Ou les deux?

— Un café, ça m'ira.

— Bien.

Ils marquèrent tous les deux une pause silencieuse, un peu gênés. Puis, Aiden mit en marche la cafetière avant de s'installer lourdement sur la banquette autour de la table, lui faisant signe de faire de même. Ils commencèrent à faire connaissance brièvement et c'est comme ça qu'Aiden apprit que le polonais avait vécu à Brooklyn pendant des années, avant de se retrouver à la rue et de tenter de survivre depuis des mois. Puis, ils abordèrent des sujets moins intimes, parlant de la pluie et du beau temps, du Cirque, de ce qu'ils allaient faire au Canada, jusqu'à ce que la cafetière se mette à émettre un son significatif et qu'ils servent deux tasses de café fumant. L'une noire et l'autre noyée dans le lait et le sucre. Autant dire que déjà là, ils semblaient ne rien avoir en commun.

Aiden touilla délicatement son café au lait tandis qu'un silence s'était installé entre eux. Rien de lourd ou de gênant cette fois-ci. Non, plutôt quelque chose de compréhensif, qui ressent le besoin de l'un et de l'autre de ne pas s'exprimer. Ce moment ne fut brisé que quand le dompteur se leva pour aller fouiller dans les placards du fond de la caravane à la recherche de vêtements chauds et propres pour son invité. Il lui déposa un jogging en coton gris et un t-shirt à manches longues sur la table et insista :

— Tu devrais prendre une douche chaude et te changer. Je vais devoir aller aider Zimo avec mes bêtes avant de songer à dormir…

— Entendu, merci, Aiden… c'est… merci.

Ils se comprirent d'un regard. Il n'y avait pas besoin d'en dire plus.

Il quitta la caravane pour rejoindre le maître de cérémonie et laissa à son invité le loisir de profiter d'une douche chaude et de vêtements propres. Poppy lui sauta presque dessus quand il franchit les quelques marches de son logis et, accrochée à son bras, ne put s'empêcher de le questionner.

— Alors, il est comment ? Vous avez parlé de quoi ? D'où il vient ?

— Pop', respire un peu.

— Mais allez, dis-moi tout ! Il est plutôt bel homme pour un brun aux yeux bleus.

— Tu préfères les blonds, c'est vrai.

Il esquissa un large sourire avant de la mettre sur son épaule pour la traîner jusqu'à son camion où Zimo s'occupait des lions.

— Hey, Zimo, regarde, j'ai de la viande fraîche pour les bestiaux !

— Hééé ! Repose-moi tout de suite ! Cro-Magnon !

Les deux hommes rirent de bon cœur alors que celle-ci se débattait sur l'épaule de son meilleur ami en le frappant de ses poings dans le dos. Malheureusement pour elle, aux vues de la carrure de l'homme blond, elle avait très peu de chance de lui faire mal, quoi qu'elle fasse. Il finit par la déposer à terre en lui ébouriffant ses cheveux colorés et la laissa repartir bredouille alors qu'il s'attelait à la tâche. Il discuta brièvement du passager clandestin avec Zimo et lui assura qu'il n'était en rien une menace pour le bon déroulement des opérations avant de finir son ouvrage pour rejoindre les bras de morphée.

C'est trempé jusqu'aux os qu'il entrât presque une heure plus tard dans sa caravane, retirant son manteau et rabattant ses cheveux mi-longs et humides vers l'arrière. Attablé, Sébastian semblait avoir écouté ses conseils et il était à présent douché et habillé plus chaudement. Il le salua d'un signe de tête et indiqua qu'il allait prendre une douche à son tour avant d'aller se coucher. Puis, le silence retomba dans l'habitacle, bientôt troublé seulement par le bruit du jet d'eau de la salle de bain. Sous cette douche, Aiden oublia tous ses problèmes et ses angoisses du moment. Il prit le temps de se relaxer quelques minutes sous l'eau chaude qui détendit ses muscles et n'en sortit que presque dix minutes plus tard, une serviette autour des hanches. Sans un regard pour Sébastian, il se dirigea vers sa chambre au fond et enfila son pantalon de pyjama ainsi qu'un t-shirt sans se douter que des yeux attentifs le fixaient dans son dos. Il finit par revenir vers l'avant en se frictionnant la tête vigoureusement avec sa serviette pour sécher ses cheveux et offrit un sourire sympathique à son invité.

— J'espère que tu ne ronfles pas…

— Très peu d'après mon ex-femme... répondit le polonais en souriant largement.

— Bien. Moi je vais me coucher… fais comme chez toi.

Sur ces mots, il reprit le chemin de sa chambre et grimpa sur son lit pour se faufiler sous les draps et les multiples couvertures. Son invité avait tout ce qu'il fallait au-dessus de lui : un matelas confortable, des draps propres déjà en place et là encore, deux couvertures bien chaudes.

Aiden finit par éteindre la lumière de chevet et croisa les bras sous la taie de son oreiller, observant le plafond dans le noir.

Ce n'est que plusieurs minutes après lui que son invité se décida à monter les quelques barreaux de l'échelle qui menait à la mezzanine et il l'observa faire en silence, faisant semblant de dormir. Les mots de Poppy lui revinrent en mémoire et il esquissa un bref sourire amusé avant de finalement lancer, comme un cheveu sur la soupe… - Pourquoi nous avoir choisis ? Qu'espérais-tu ?

— À vrai dire, je ne sais pas. Un nouveau départ ?

Cette dernière phrase résonna dans le cœur d'Aiden et il comprit que, lui aussi, cherchait à reprendre sa vie à zéro, ailleurs…

Chapitre 2 : Sébastian

La neige tombait à gros flocons et il déambulait dans les rues comme une âme en peine, les mains dans les poches de son jeans délavé. L'air était humide et glacé, et il pouvait sentir le froid se glisser le long de son échine et s'incruster dans ses os. C'était terriblement désagréable… presque autant que l'odeur d'urine nauséabonde qui lui parvenait des trottoirs dégueulasses de la ville. Il n'avait jamais vraiment aimé cet endroit, et il disait souvent regretter de ne pas être resté à Brooklyn jusqu'à la fin de ses vieux jours. Ici, tout semblait lui échapper.

Son mariage, sa maison, son travail… Il avait tout perdu en un claquement de doigts et il ne se souvenait même plus de la dernière fois où il avait pu prendre une bonne douche chaude et dormir dans un lit douillet. Sa couche, à présent, c'était la rue. Entre deux bennes à ordures, dans un cul-de-sac, ou sur le banc d'un parc où c'était encore permis d'être retrouvé endormi. Ça faisait des mois maintenant qu'il marchait en compagnie des sans domiciles fixes de la ville. Il avait appris à les connaître, à les apprécier et il lui arrivait même d'écrire quelques lignes dans un vieux cahier parfois, dès qu'on lui racontait une histoire de vie.

Ces histoires, il ne savait pas ce qu'il en ferait réellement, mais ça lui rappelait souvent qu'il n'était pas le plus à plaindre dans celle-ci et qu'il devait apprendre à vivre avec sa situation.

Ce soir-là encore, il y songeait.

Peut-être que tout aurait été différent s'il n'avait pas fauté. Peut-être qu'il aurait dû continuer à mentir, à sa femme, mais aussi à lui-même.

Un soupire lui échappa. Il avait beau tourner le problème dans tous les sens depuis plusieurs semaines, il savait que rien n'aurait pu changer cela. À un moment ou à un autre, la vérité aurait éclaté au grand jour, et il en avait pleinement conscience. D'ailleurs, c'était sûrement une bonne chose que ce soit arrivé à l'aube de ses 36 ans... Il n'avait pas perdu une vie entière dans le mensonge.

— Hey Gamin ! L'interpela la voix d'un vieil homme dans la rue.

En se retournant pour voir qui l'appelait, il esquissa un sourire en découvrant un visage connu. Rogers était un sans-abri qu'il avait rencontré le premier soir où il avait dû passer la nuit dehors et depuis, il adorait passer du temps avec lui.

Cet homme d'une soixantaine d'années avait eu une vie difficile, mais il avait un cœur d'or et des conseils précieux.

— Salut ! Qu'est-ce que tu fais dans le coin ?

— Comme toi, je vais vers le foyer de Cross Road pour la soupe. Je savais que je te trouverais par ici... répondit-il en lui adressant un clin d'œil exagéré.

Un nouveau sourire se glissa sur ses lèvres et il lui fit signe de marcher avec lui. Le silence s'installa quelques secondes entre eux, jusqu'à ce que la discussion tourne autour de quelques amis de la rue et de leurs problèmes. Rogers lui expliqua même qu'il devait éviter d'aller dans un quartier en particulier parce qu'il s'y faisait du trafic ces temps-ci et qu'il était trop bien pour tomber dans la merde qu'était la drogue. Sebastian l'en remercia d'un signe de tête et ils continuèrent à marcher vers la soupe populaire qui se trouvait à quelques rues de là. Les premiers soirs, il avait eu honte de se pointer là pour demander de la nourriture. Il avait ressenti le syndrome de l'imposteur lui serrer les tripes, comme s'il ne méritait pas de recevoir de l'aide après ce qu'il avait fait. Mais, après trois jours sans manger quoi que ce soit, Rogers avait fini par le convaincre.

Ils faisaient à présent la file derrière le comptoir et avançaient lentement, attendant qu'une femme rondelette que l'on appelait tous '' Nonie '' ici lui serve sa ration de soupe bien grasse avec une louche de purée, et un pâté à la viande. C'était presque un luxe quand on avait plus un sou en poche de pouvoir manger aussi bien. Le foyer de Cross Road était d'ailleurs réputé pour ça. Nonie en était la propriétaire et c'est elle qui cuisinait également. Pour elle, c'était un plaisir de nourrir autant d'estomac et elle n'aurait jamais osé demander quelque chose en retour, à part quelques remerciements et de grands sourires.

— Oh, voilà mon nouveau chouchou ! s'exclama-t-elle en voyant qu'il arrivait à sa hauteur. … tu viendras me voir après ton repas, mon chéri, j'ai quelque chose à te proposer ! - Je…

— Pas de discussion !

— Très bien, je viendrai alors.

Il lui offrit un sourire un peu gêné et récupéra son plateau à la suite de Rogers pour aller s'installer à une table avec le vieil homme. Depuis qu'ils se connaissaient, c'était devenu un rituel, il l'invitait à sa table, toujours la même, et ils discutaient durant tout le repas de tout et de rien.

Cette fois cependant, Sébastian était un peu ailleurs et il n'écoutait que d'une oreille. Il se demandait ce que

Nonie voulait bien lui proposer et il avait étrangement hâte de terminer son repas pour la rejoindre et en apprendre plus.

Presque une heure plus tard, ce fut enfin l'heure pour eux de rapporter leurs plateaux vides et Rogers le quitta joyeusement en lui indiquant qu'il pouvait venir dormir près de son coin ce soir s'il ne savait pas où aller. Il lui confirma d'un signe de tête et s'empressa d'aller trouver la propriétaire du refuge pour savoir ce qu'elle avait en tête. Quand il arriva à sa hauteur, elle discutait avec deux autres jeunes sans-abris et il attendit sagement sur le côté qu'elle eût terminé. Malgré tout, quand elle l'aperçut, elle se dépêcha de couper court à la conversation et lui fit signe de la suivre jusque dans la cuisine à l'arrière.

— Alors, mon chéri, comme je disais, j'ai quelque chose à te proposer ! dit-elle en s'avançant dans la pièce avant de se tourner vers lui.

—… Que dirais-tu de faire la plonge ici chaque soir pour cinquante dollars ?

Il fronça les sourcils, comprenant de quoi il s'agissait.

— Je n'ai pas besoin que vous me fassiez la charité Nonie… je m'en sors très bien.

— Je t'arrête tout de suite, je ne te fais rien du tout, je te propose un travail, parce que j'ai besoin de bras pour laver la vaisselle ici ! Je suis vieille, chéri, j'ai plus la force de tout faire.

— Je sais ce que vous essayez de faire…

Il n'était pas du tout enchanté par le fait qu'elle cherche à l'aider alors que tant d'autres méritaient cette chance autant que lui. Il ne comprenait pas pourquoi cette femme s'était prise d'affection pour lui et pour sa situation.

— Sébastian, ce que j'essaie de faire, c'est te donner une chance de reprendre ta vie en main.

— Et beaucoup d'autres le méritent plus que moi, Madame.

— Mon garçon, quand la vie te donne des citrons, fais-en une limonade et ne pose pas de questions... fit-elle en lui tapotant la joue de manière maternelle.

Il finit par esquisser un sourire à son tour, mais, malgré tout, il continuait de croire qu'il ne le méritait pas. Cette petite somme d'argent semblait ridicule pour beaucoup de gens, mais pour lui, c'était tout de même l'occasion de se retourner... de retomber sur ses pattes. Peut-être qu'il pourrait enfin prendre une douche dans un motel et dormir dans un lit cette nuit.

— Bien, vous avez gagné, je commence ce soir ?

— Y'a intérêt mon minet, j'ai reçu quinze personnes de plus que d'habitude ce soir. Il y a une montagne d'assiettes qui n'attendent que toi !

Elle se mit à rire de bon cœur et il la remercia sincèrement du regard. Cette femme était tellement généreuse qu'il ne doutait pas de sa place au paradis, même si en soi, pour lui, ce concept était complètement abstrait. Il se mit donc au travail en remontant les manches de son pull et se positionna devant l'évier qui débordait de vaisselle. Il sembla découragé quelques secondes, mais la perspective de dormir dans un lit cette nuit l'encouragea à se mettre à la tâche.

Une heure plus tard, il était encore les mains dans l'eau savonneuse à frotter énergiquement les restes de purée séchée sur les rebords des assiettes. Pour passer le temps, il s'était rapidement mis à fredonner pour lui-même, conscient que Nonie était encore dans les parages pour ranger la salle. Il avait un petit air d'ancien rock dans la tête et il lui arrivait même de se déhancher quelques fois quand il était sûr de ne pas être sous des regards indiscrets. La pièce était plutôt calme en dehors du claquement de la porcelaine propre qu'il empilait sur un côté de l'évier. Pas une mouche ne volait ni ne venait perturber son petit concert privé.

Cependant, alors qu'il déposait une énième assiette sur le dessus de sa pile, des voix lui parvinrent de la salle à manger. L'une d'elles était masculine, plutôt forte et face à elle, celle de la propriétaire plus douce et chaleureuse que jamais. Sébastian fronça les sourcils un instant, comme s'il sentait que quelque chose n'allait pas et il attrapa un chiffon pour s'essuyer les mains rapidement. Tout en marchant vers la porte, il déposa la guenille sur un des comptoirs et passa la porte battante de la cuisine pour rejoindre la pièce principale. C'est à ce moment précis que le spectacle le frappa en pleine poitrine. Presque instantanément, il opéra un demi-tour sur lui-même et vida le contenu de son estomac en quelques haut-le-cœur. Nonie était allongée sur le plancher de la salle à manger, la gorge tranchée d'un coup sec. Il y avait du sang partout, sur les murs devant lui, sur le sol autour d'elle, sur ses vêtements pastel.

Quelqu'un venait de l'assassiner à quelques pas de lui avant de s'enfuir et le fait qu'il n'ait pas pu empêcher cela le hanterait toute sa vie. Conscient qu'il ne pouvait rien faire pour la vieille femme… il prit son courage à deux mains et s'approcha tout de même, se posant à genoux près d'elle.

— Je… je suis tellement désolé… j'aurai dû être là…

Bredouilla-t-il, comme un enfant.

— C'est… il… jo…

— Qui ?? Qui vous a fait ça ??

Mais avant qu'elle n'ait pu articuler le moindre mot complet, un gargouillement remonta de sa gorge et elle cracha du sang à son visage. Il eut à peine le temps de rouvrir les yeux qu'elle s'éteignait sous ceux-ci. C'est alors que la panique s'empara du jeune polonais et il se releva en faisant les cent pas. Il ne remarqua pas qu'il avait posé les pieds dans la flaque de sang près de sa tête et continua à marcher sur le plancher de bois, complètement nerveux à l'idée qu'on le trouve près du corps de la vieille femme. Il était certain qu'il serait accusé. Dans sa tête, des milliers de scénarios se faisaient déjà, mais aucun d'entre eux ne terminait bien pour lui.

Son cœur battait à tout rompre dans sa poitrine et il sentait que son air se faisait rare. L'angoisse lui serrait la gorge et compressait sa cage thoracique au point où il avait le sentiment qu'il mourait lentement à son tour. Une de ses mains se porta machinalement à son torse et il ferma le poing pour s'en donner un bon coup, comme s'il tentait de faire repartir la machine, en vain. Son cerveau avait beau tourner à plein régime sur le moment, il ne parvenait pas à y voir clair, à trouver la solution. Rien ne semblait apaiser son état actuel et les tremblements commençaient déjà à rendre ses jambes lourdes et mollassonnes. Il ne pouvait pas rester ici. Il devait fuir et brûler les vêtements qu'il portait. Sans réfléchir, il attrapa son manteau dans la cuisine et il s'enfuit par la porte arrière, se mettant à courir à en perdre haleine pour échapper à ce cauchemar. Sa vie était déjà bien trop compliquée comme ça pour qu'on lui mette en plus un meurtre sur le dos.

Quand il fut certain d'être assez loin du foyer, il s'engagea dans une ruelle vide, un cul-de-sac, et il retira ses vêtements pour les foutres dans une benne et y mettre le feu. Plusieurs fois l'idée d'y retourner et d'appeler la police refit surface dans son esprit, mais il était persuadé que personne ne croirait à son histoire.

Après tout, un sans-abri qui tue pour l'argent de la propriétaire, ça se tenait, même s'il n'était pas à la rue depuis longtemps. Une fois les vêtements retirés, il attrapa une boîte d'allumettes dans sa poche et la lança sur le tissu qui prit feu presque instantanément. Il s'essuya le visage avec le t-shirt qui lui restait dans les mains et il le jeta à son tour dans le brasier. Les flammes dansèrent quelques minutes sous ses yeux et il enfila son manteau sur son corps presque nu pour tenter de garder sa chaleur corporelle. Des vêtements, il savait où en trouver, mais il n'y pensait que maintenant, ça serait compliqué de traverser la ville à moitié à poil dans son manteau long. Quelle idée stupide venait-il d'avoir…

Désespéré, il se mit à fouiller dans les ordures de l'autre benne en espérant trouver quelque chose à se mettre dessus et par miracle, au fond de celle-ci, sous les couches de poubelles nauséabondes il trouva un vieux jeans trop grand pour lui. Il l'enfila rapidement et passa une corde, trouvée plus tôt sur un tas d'ordures, dans les hanses du pantalon en guise de ceinture. Il se fichait complètement de manquer de style arrivé à ce stade. Ce qui importait, c'était qu'il devait fuir à présent… chercher un endroit loin du foyer pour se reposer un peu et oublier ce spectacle abominable.

Il se mit donc à courir dans les rues en pleine nuit, ne connaissant même pas exactement l'heure qu'il pouvait être. Il s'éloigna le plus possible de la scène de crime et ne tomba raide que trois heures plus tard, sur les planches d'un vieux banc décrépies. Malgré la soirée qu'il venait de passer, le sommeil l'emporta presque aussitôt et il ne se réveilla qu'aux petites heures du jour, alors que le soleil venait cogner aux portes de ses paupières.

Épuisé par cette nuit sans réel repos, il ne lui fallut que quelques secondes pour se souvenir de ce qui l'avait fait fuir la veille et son cœur se serra. Nonie ne méritait pas ça. Il culpabilisait de ne pas avoir été alerté plus tôt par les voix, de ne pas avoir agi ou tenté quelque chose.

Pourtant, il était conscient que ce n'était pas sa faute, mais le mal était fait. Il se passa les deux mains sur le visage pour se réveiller un peu plus vigoureusement et quitta finalement le banc. Encore une nuit dehors, encore une nuit pleine de cauchemars, bien que différents des autres. Trouverait-il un jour le repos après tout ça ? La réponse, il ne la détenait pas. C'est donc l'esprit torturé qu'il se mit à déambuler en ville à nouveau.

Son manteau refermé sur son torse nu, et les cuisses gelées sous ce jeans trop grand, il tenta d'avoir l'air normal, mais fut tout de même heureux d'être dans un endroit où les gens ne vous regardent pas dans la rue. Peu importe qui vous êtes.

Puis une autre nuit passa sans qu'il mange ou dorme réellement.

Et ce n'est qu'au réveil que ces derniers jours lui sautèrent au cou. En marchant près d'un kiosque à journaux, son œil fut attiré par une photo floue d'un homme sur un trottoir, dont on ne voyait pas trop le visage.

Mais lui, il réalisa qu'il s'agissait bien de lui-même en quelques secondes. Le gros titre au-dessus de la photo lui envoya un coup de poing dans le plexus solaire… '' Massacre sanglant d'un cœur généreux ''. La nausée lui monta dans l'œsophage comme cette fameuse nuit et il la ravala difficilement. Son estomac était tordu par la culpabilité et par la peur. Dans cette ville, il ne pourrait jamais échapper à ce qu'il avait vu ni au fait qu'il avait été présent sur place et qu'il aurait pu la sauver, peut-être. Malheureusement, il savait aussi qu'avec des " si " l'on ne refait pas le monde... alors, oui, aurait-il réellement pu faire quelque chose ? Peut-être serait-il mort à sa place... ou avec elle.

'' Nonie Buch, la propriétaire du très célèbre foyer pour sans-abris de Cross Road, a été retrouvée assassinée dans le lieu même où elle mettait son cœur et ses mains à l'ouvrage. Nous recherchons des informations sur l'homme de la photo qui est la dernière personne à avoir quitté les lieux.

Chapitre 3 : L'Absinthium

Le lendemain, Aiden ouvrit les yeux avant même que le soleil ne se lève. Encore dans une obscurité presque totale, il s'étira longuement assis en tailleur dans son lit avant de finalement repousser les draps pour se lever. La température dans l'habitacle était légèrement fraîche due aux conditions météorologiques extérieures, mais, il ne s'en formalisa pas. Il attrapa un vieux pull en grosses mailles qui traînait dans son armoire et l'enfila rapidement avant d'aller faire couler la cafetière.

Sa nuit avait été étrangement tranquille et il n'avait effectivement pas entendu son invité ronfler ou parler dans son sommeil. D'ailleurs, celui-ci dormait encore comme un bébé et il ne put s'empêcher d'esquisser un petit sourire pour lui-même. Aujourd'hui, il avait prévu de le mettre à contribution pour le Cirque et il était hors de question qu'il rechigne à la tâche s'il voulait se faire héberger encore quelques jours avant le départ pour la prochaine ville.

Tandis que la cafetière gouttait lentement, Aiden préparait son petit déjeuner tranquillement et en silence.

S'il y avait bien une chose qu'il avait apprise de la vie en communauté, c'était de respecter le sommeil des autres… du moins, quand le travail ne les appelait pas. Deux tartines de pain rassis beurrées plus tard, il s'assit lourdement sur la banquette de sa caravane avec sa tasse de café et noya son pain dans sa tornade de lait sucré. Il n'était pas un gros mangeur du matin, même s'il considérait, comme le lui avait toujours répété sa mère, que c'était le repas le plus important de la journée. Sa tasse finalement portée à ses lèvres pour boire ce qu'il restait de son contenu, il posa un regard vers sa chambre où dormait encore Sébastian. La veille, il n'avait pas réellement pris le temps de le connaître et leurs échanges étaient restés plutôt évasifs… peut-être que cette journée s'annonçait meilleure. Après tout, il lui devait quand même une explication.

Parfois, il aurait aimé être comme Poppy. Enthousiaste, facile d'approche et extrêmement à l'aise en société. Lui, il n'y avait qu'avec ses bêtes qu'il était pleinement confiant aujourd'hui. Depuis l'accident, il semblait avoir perdu le mode d'emploi pour se lier aux gens et apprendre à les analyser. Comment se faisait-on des amis ? À son âge, c'était presque une tâche difficile. Une corvée. Par chance, il avait Zimo et Poppy, ses deux acolytes, et puis le reste de la famille du Cirque.

Mais ça, ça ne comptait pas réellement… ils étaient tous nés Circassiens, et ils avaient un lien imperceptible qui faisait en sorte que tout était plus simple entre eux.

À sa naissance, son père et sa mère étaient deux grands voltigeurs, adulés du public et respectés par la troupe. Ethan Stevenson avait quasiment épousé sa femme, Marianne, dans les airs. Leurs passions communes les avaient tous les deux réunis au Cirque et c'est comme ça qu'ils s'étaient rencontrés, adolescents et prêts à vivre de folles aventures sur les chemins. Pour Aiden, encore aujourd'hui, il n'était pas rare qu'il soit comparé à son père pour sa force de caractère et son physique bien bâti, mais le compliment qu'il entendait le plus souvent, c'était qu'il avait les yeux brillants de sa mère. D'un bleu océan qui aurait fait se noyer n'importe qui, s'il venait à les fixer trop longtemps. Il aimait l'entendre, bien que cela avait tendance à lui rappeler qu'ils n'étaient plus là tous les deux pour s'occuper de lui. D'ailleurs, il les avait tous perdus, sa sœur aussi…

— Salut... Dit une voix ensommeillée.

Aiden fut sorti de ses pensées par la présence nouvelle de Sébastian qui venait de s'avancer dans la "cuisine" de la caravane, attiré par l'odeur du café matinal.

Le Circassien le salua d'un signe de tête avant de lui indiquer de prendre place.

— Café noir, je suppose ?

— Oui, s'il vous... te plaît.

Il se leva en esquissant un sourire et alla lui servir une tasse brûlante qu'il lui tendit quelques secondes après. Il se rassit face à lui et but une gorgée pour combler le silence qui venait de s'installer entre eux à nouveau. La tension était presque palpable, à couper au couteau. Ils semblaient tous les deux gênés par la situation ne sachant pas trop comment l'aborder. Par chance, Sébastian avait un caractère un peu plus sociable et c'est lui qui brisa la glace.

— Merci pour cette nuit... je n'avais pas dormi dans un vrai lit depuis des mois...

— Ce n'est pas vraiment un lit... mais, de rien...

— Oh! tu sais, quand tu as connu les bancs de parc et les sols humides de la rue, un matelas, aussi mince soit-il, reste un matelas... rit-il amusé par sa modestie.

Aiden fut intrigué par son histoire, mais il n'osa pas encore demander réellement ce qui lui était arrivé pour qu'il en vienne à dormir dans la rue. Heureusement, une fois encore Sébastian devança ses pensées et se mit à brièvement expliquer...

— Ma femme m'a surpris en train de la tromper… et, elle m'a tout pris dans le divorce. Quelques jours plus tard, j'ai perdu mon emploi parce que je travaillais pour son père et qu'il a forcément pris la défense de sa fille…

Il but une gorgée de son café noir et Aiden n'osa pas l'interrompre, le laissant continuer.

— En bref, après quelques semaines, je me suis retrouvé à la rue, sans pouvoir toucher quoi que ce soit, parce que mon beau-père a fait en sorte de me rayer de toutes les boîtes de la ville et c'est comme ça que j'ai atterri dehors…

— Je vois… donc, tu t'es dit que monter dans le camion de mes fauves était la meilleure idée du siècle pour échapper à la rue ?

Il ne put s'empêcher de pouffer légèrement de rire, tandis que Sébastian en faisait autant.

— À vrai dire, quand j'ai compris où je me trouvais, crois-moi que j'étais prêt à sauter du camion en marche… mais, au lieu de ça, j'ai préféré me faire petit dans un coin en attendant que ça se passe…

— Et tu comptais sur le fait de ne pas te faire prendre ? … Parce que c'était rappé d'avance…

Il termina sa tasse encore chaude et la repoussa dans un coin de la table en lui proposant silencieusement un peu de pain et de beurre.

— J'avoue ne pas avoir réfléchis à la situation… ni à comment j'allais me sortir de là après…

— Tu es quelqu'un de prévoyant à ce que je vois… Sourit-il en coin, amusé sans l'être.

— C'est tout à fait moi. Tout était prévu, le divorce, la rue, les lions…

Ils rirent brièvement tous les deux, ce qui eut pour effet de détendre l'atmosphère dans la caravane et Sébastian finit par lui demander d'où lui venait exactement.

— Je suis né circassien, et je mourrais circassien. Je n'ai toujours connu que ça et j'aime notre mode de vie. Mes parents se sont rencontrés dans ce Cirque et c'est mon chez-moi.

— Tu vas trouver cela étrange, mais tout ça m'a toujours fasciné… peut-être que c'est pour ça que j'ai sauté dans ton camion… un rêve de gosse polonais.

— Oh, tu n'es pas le seul à rêver de notre vie, mais elle est moins merveilleuse qu'elle n'y paraît, tu sais, on a notre lot de drames nous aussi…

Il ne s'étala pas plus sur le sujet, et Sébastian comprit en un regard qu'il n'en apprendrait pas plus pour le moment. Ils terminèrent tous les deux de discuter autour du petit déjeuner et Aiden se leva finalement pour aller s'habiller chaudement et inviter son invité à faire de même. Comme la veille, il lui apporta une pile de ses vêtements à lui sur la table et lui prêta même une paire de bottes d'hiver afin qu'il ne souffre pas de froid dehors.

— Tiens, enfile ça ! On va aller faire le tour de la troupe pour te présenter ! Si tu veux rester jusqu'à la prochaine ville, il va falloir que tu fasses tes preuves !

— Bien, Chef !

Sébastian lui offrit un sourire sincère et ils se préparèrent chacun à leur tour afin de conserver une certaine intimité tout de même.

Une fois tous les deux prêts, Aiden l'entraîna au-dehors où le soleil se levait à peine et ils constatèrent avec bonheur qu'il ne neigeait plus et qu'ils auraient au moins une petite chance de profiter de cette journée.

— On va commencer par aller voir la troupe, la plupart se réunissent pour le déjeuner sous le chapiteau temporaire... expliqua le dompteur en marchant dans la boue jusqu'au dit chapiteau.

— Vous êtes combien en tout ?

— Mmh, une centaine... on est un grand Cirque, mais tu vas vite apprendre à connaître toutes les personnalités, je t'assure. Ici, on accepte tout le monde, et tu vas découvrir que les bizarreries, ça ne nous fait pas peur, au contraire...

— Qu'est-ce que tu entends par bizarreries ?

— Tu vas vite le savoir ! sourit-il en poussant le drapé du chapiteau afin de se glisser en dessous.

Quand ils furent enfin dessous, Sébastian eut tout le loisir d'observer la quasi-totalité des Circassiens puisqu'ils s'étaient tous tournés vers lui d'un même mouvement afin de le jauger.

La situation sembla cette fois le rendre très inconfortable et Aiden tenta de briser le malaise à son tour, bien plus à l'aise qu'au réveil. Pour la plupart, ils se connaissaient depuis des années, voire depuis l'enfance, et il avait d'ailleurs une place bien particulière dans le Cirque puisque ses parents et le père de Zimo avaient récupéré celui-ci du père Zimmerman, descendant de ses fondateurs.

— Les amis, je vous présente Sébastian Pietroski. Il

sera notre invité jusqu'à la prochaine ville et il donnera un coup de main pour gagner son pain comme tout le monde.

— Salut... Dit le dénommé un peu gauchement en levant brièvement une main.

Il vit des têtes se hocher, des mains le saluer, mais également des regards le fusiller afin de lui faire comprendre qu'il n'était pas le bienvenu. Il y en avait pour tous les goûts. Ne s'en formalisant pas,

Aiden commença les présentations de la trentaine de personnes attablées. Là aussi, c'était un bordel sans nom, un melting-pot de personnalités et de personnages tous plus hauts en couleur les uns que les autres.

Le dompteur put voir dans le regard du polonais qu'il était impressionné et ça le fit sourire brièvement. Il décida de commencer par le plus simple et il pointa la main vers sa jolie petite elfe colorée qui avait été l'une des plus accueillantes hier avec lui. Peut-être que cela aiderait à détendre un peu l'atmosphère lourde qu'il pouvait sentir sous le chapiteau ciré.

— Tu dois te souvenir de Poppy... Dit-il en indiquant sa meilleure amie.

Celle-ci lui accorda un grand sourire radieux et lui envoya même un baiser de la main en guise de bienvenue. Elle était tellement pétillante et radieuse qu'elle éblouissait tout sur son passage, comme toujours. Aujourd'hui, elle portait une robe jaune poussin de style pin-up et ses cheveux colorés étaient attachés en un chignon bien serré et ornementé d'un foulard dans les mêmes tons. Elle était magnifique, comme toujours.

— C'est notre diseuse de bonne aventure ! Si jamais tu as besoin de connaître ton avenir, c'est entre ses doigts que tu dois passer...

Ce que les gens ne savaient pas, c'est que Poppy avait réellement un don avec les gens. Peut-être qu'ils étaient beaucoup à ne pas y croire, mais elle savait y faire.

Elle possédait une âme très empathique et il lui arrivait de savoir comment vous vous sentiez avant même que vous ne le sachiez vous-même. Ça avait toujours impressionné Aiden. Entre croire et croire, il n'y avait qu'un pas, mais il aimait s'imaginer qu'elle possédait vraiment un don et qu'il pouvait compter sur son troisième œil pour les sortir de toutes les situations possibles.

Il pointa ensuite Zimo, le grand brun baraqué et barbu qu'il avait pu voir la veille également.

— Tu connais aussi Zimo, c'est notre maître de scène. Le Cirque appartient à sa famille depuis des générations et il est né dedans, comme moi.

David Zimmerman était également tout un personnage. Aiden le connaissait depuis qu'il était tout petit et il faisait office de grand frère depuis sa plus tendre enfance. Ils avaient grandi ensemble sous ce chapiteau et ils étaient quasiment inséparables. C'est d'ailleurs pour ça qu'Aiden avait tant d'importance au cœur de la famille et qu'il était aussi respecté que Zimo par le reste de la troupe. Le maître de la scène avait une personnalité plutôt posée.

Il n'était réellement excentrique que sur scène pour le public, mais dans la vie de tous les jours, il était un homme plutôt sage, réfléchi et drôle. Il ne se prenait jamais la tête pour rien et avait toujours des solutions pour tout, c'est ce qu'Aiden aimait chez lui. C'était un véritable couteau suisse humain. Il était capable de tout faire et d'apprendre un nouveau domaine en un temps record.

Aiden se pencha un peu vers le polonais et continua ses petites présentations pendant que les autres continuaient de déjeuner comme si de rien n'était.

— Là, tu as Dimitri et Anastasia, ce sont les cavaliers… Ils ont six étalons magnifiques que tu pourras observer plus tard, si ça te dit…

Un couple d'une trentaine d'années le salua sympathiquement, déjà vêtu de leurs costumes de scène moulants et pailletés. L'homme était finement musclé, les cheveux longs attachés avec un catogan en satin qui allait avec sa tenue et il avait un sourire d'une blancheur à faire pâlir les meilleurs dentistes. Quant à sa compagne, la belle Anastasia, elle avait les cheveux tressés de chaque côté de sa nuque et elle arborait un visage lumineux et accueillant.

Aiden les aimait beaucoup tous les deux. Il n'était pas rare qu'il passe du temps aux écuries pour les aider avec leurs étalons. Après les fauves, les chevaux étaient les animaux qu'il affectionnait le plus au monde. Il les trouvait tout aussi majestueux que ses lions, mais avec cette élégance équine qui faisait toute la différence. Il connaissait Dimitri et Anastasia depuis quelques années maintenant, ils avaient rejoint le Cirque après une collaboration qui s'était merveilleusement bien passée entre leur compagnie équestre et la troupe. Ils avaient eu envie de changer de vie, de faire partie d'un tout et de rejoindre la famille circassienne sur les routes.

— Leur spectacle équestre est magnifique, je suis sûr qu'il te plaira…

Sébastian osa un petit signe de la main vers le couple sous le regard attentif de son hôte qui continua sur sa lancée en indiquant une femme un peu plus loin. Elle était petite et gracieusement enrobée sous sa robe aux allures un peu médiévales. Aiden savait parfaitement pourquoi elle portait cette tenue, puisque son numéro tournait autour de l'époque, mais cela ne sembla pas piquer la curiosité de son invité. Mafalda était entrée dans le Cirque en même temps que les parents d'Aiden.

Elle était l'une des plus vieilles encore présente dans la troupe et c'était un peu la "Mama" de la famille. D'origine italienne, elle était également la cuisinière attitrée. Sa personnalité généreuse et aimante nourrissait les bouches de ces centaines d'artistes et de saltimbanques tous les jours depuis maintenant plus de 40 ans.

— Mafalda est notre femme à barbe, chanteuse des plus grands opéras du monde, mais aussi notre Maman à tous. Si tu as besoin de quoi que ce soit, tu peux te tourner vers elle sans problème... d'ailleurs, elle fait équipe avec notre trio de clown, Benji, Ralf et Gaspard...

Il désigna tour à tour, trois hommes de petite taille, sûrement atteints de nanisme à en juger par leurs traits de visages particuliers. Ceux-ci semblèrent un peu plus méfiants que la chanteuse d'opéra, mais le polonais les salua quand même pour faire bonne figure. Aiden savait qu'ils n'étaient pas méchants ou froids d'ordinaire, mais il avait également conscience qu'il était difficile pour eux d'accepter un "nouveau membre" comme ça sous le chapiteau sans réellement l'avoir souhaité ou y avoir été préparé. En dehors de ça, les trois frères étaient une petite bande de joyeux lurons toujours prêts à faire les 400 coups.

Il n'était pas rare que les artistes et les autres membres du Cirque soient les victimes de leurs farces un peu douteuses.

Il finit par se détourner d'eux pour poser la tranche d'une de ses mains près de sa bouche pour héler un des artistes qui se trouvait au bout de l'immense table qui s'étalait sur plusieurs mètres pour accueillir tout le monde.

— Hey Aug' ! ... Tu lui montres !

Il se tourna vers Sébastian pour ajouter plus bas.

— Auguste est artistiquement parlant appelé "Le troll des montagnes".

Celui-ci se leva difficilement de sa place et exposa sous les yeux surpris de l'invité sa taille impressionnante dépassant les deux mètres de haut. Dû à sa taille hors normes, il portait des vêtements, ainsi que des chaussures faites sur mesure et son visage était marqué par une légère déformation qui boursoufflait le dessus de ses yeux et sa mâchoire. Aiden l'avait toujours connu comme ça, aussi loin qu'il s'en souvînt et il l'adorât. Contrairement à ce que son physique impressionnant pouvait faire croire, c'était une véritable guimauve sur pattes.

Il était lui aussi un des plus vieux de la troupe restant avec Mafalda et tous les deux avaient d'ailleurs une relation très particulière. Il était un peu comme un fils pour elle.

— Wow... je ne me plaindrais plus jamais d'être trop grand... Chuchota Sébastian.

— Les enfants l'adorent, c'est un vrai nounours en vérité !

Aiden continua d'énumérer les différents personnages qui composaient le Cirque l'Absinthium et Sébastian ne put qu'être admiratif tout du long. Il lui présenta Vladimir, le lanceur de couteaux, Semeïo l'illusionniste qui avait plus d'un tour dans son sac, puis Yumi la contorsionniste que l'on appelait avec affection "Élastogirl". À chaque personnage, les yeux de Sébastian semblaient briller un peu plus et Aiden ne put s'empêcher de trouver cela touchant. Ils avaient presque le même âge, mais ils savaient encore s'émerveiller tous les deux de petites choses de la vie.

— Comme tu peux le voir, on a pas mal de personnalités différentes, mais c'est ce qui fait tout notre charme, à vrai dire. Tu finiras par les connaître, même en quelques jours.

— Tu surestimes ma mémoire des noms, là...

Aiden rit de bon cœur avec lui, comme s'ils se connaissaient depuis toujours et il lui indiqua de le suivre pour continuer de lui présenter la troupe.

— Leslie et Lily sont nos sœurs siamoises... elles sont aussi belles l'une que l'autre. Ne dis surtout pas le contraire ou tu risques d'assister à la troisième guerre mondiale en direct live...

Ils arrivèrent à la hauteur des deux jeunes femmes et Sébastian remarqua qu'elles n'avaient en effet qu'un seul corps pour deux têtes. Deux visages d'ailleurs pas très différents l'un de l'autre, comme de vraies jumelles.

— Enchanté les filles... Dit le polonais impressionné par le sourire qu'elles arboraient. - Salut !

Elles avaient répondu à l'unisson et Aiden, d'un petit coup de tête, lui avait fait signe d'avancer un peu pour qu'ils puissent poursuivre sans avoir à se lancer dans de grandes discussions interminables avec les siamoises.

— Marshall, je te présente Sébastian, Sébastian, voici

Marshall, notre meilleur cracheur de feu ! Un peu pyromane sur les bords, mais on l'aime quand même... railla-t-il en venant faire une accolade à son ami.

Puis, ils continuèrent ainsi en faisant le tour de la table. Voltigeurs, duos de clowns tristes, équilibriste, acrobates, homme singe poilu de la tête aux pieds, dresseur d'éléphants... Sébastian en eut presque la tête qui tourne à force de découvrir les nombreux talents de la famille de l'Absinthium. Bien sûr, il y avait les artistes, mais Aiden ne manqua pas de lui présenter les équipes techniques, les monteurs, les animaliers ainsi que les deux vétérinaires de la troupe. Tout le monde y passa avant qu'enfin ils ne puissent s'échapper du chapiteau pour souffler un peu. Sébastian se passa une main dans les cheveux sous le regard attentif d'Aiden et celui-ci lui indiqua...

— Je sais, ça donne un peu le vertige...

— À qui le dis-tu... mais, c'est merveilleux en même temps... vous semblez tous si... soudés...

— Oui, c'est comme ça dans les familles du Cirque. Bon bien sûr, ce n'est pas tous les jours faciles de faire avec autant de personnalités, surtout quand Zimo et moi devons les gérer, mais, c'est la plus belle chose que la vie m'ait offerte, je ne regrette pas.

— Tu m'étonnes... comment peut-on se sentir seul en vivant parmi vous, impossible.

— Oh! tu sais, la solitude n'a rien à voir... elle peut frapper à n'importe quelle porte, même dans une aussi grande famille...

Sébastian sembla analyser ce que lui disait le dompteur, mais il ne releva pas, comprenant qu'il parlait sûrement un peu de lui et que ce n'était pas réellement le moment idéal pour en parler.

— Bienvenue dans l'abracadabrantesque famille de l'Absinthium, Sébastian... Conclut-il finalement.

Chapitre 4 : Le Dompteur de Lions

'' Nonie Buch, la propriétaire du très célèbre foyer pour sans-abris de Cross Road, a été retrouvée assassinée dans le lieu même où elle mettait son cœur et ses mains à l'ouvrage. Nous recherchons des informations sur l'homme de la photo qui est la dernière personne à avoir quitté les lieux. ''

Cette fois, il prit conscience que la situation était inextricable. Il attrapa sa capuche de manteau pour la rabattre sur sa tête et il s'empressa de parcourir la rue pour fuir les regards qu'il sentait sur lui. La paranoïa s'empara de lui. Il avait le sentiment qu'on le suivait des yeux et qu'on chuchotait sur son passage. L'angoisse le prenait déjà à la gorge et il se sentit oppressé.

Sans réellement s'en rendre compte, il se mit à courir jusqu'à en avoir mal aux côtes et c'est sur un terrain vague qu'il atterrit près des voies de chemin de fer. Sébastian tenta de reprendre son souffle et observa les alentours afin d'être certain d'être seul. Qu'allait-il lui arriver à présent ? Qu'elle était la solution à toute cette histoire ? Devait-il se présenter à la police ? ... Non.

Il n'avait jamais réellement fait confiance en la justice américaine et ce n'était certainement pas aujourd'hui que ça allait changer. Une seule idée lui vint en tête : il fallait fuir la ville.

La nuit tomba rapidement alors qu'il avait passé la journée assis contre un mur tagué, le ventre tordu par la faim et l'esprit torturé par ses pensées. Il avait eu beau retourner le problème dans tous les sens, il restait tout de même qu'il n'avait pas d'argent pour quitter la ville...

- T'as le don pour te foutre dans la merde, Sébastian... Se dit-il à lui-même en se passant une main dans les cheveux.

Et, c'était là la stricte vérité. Depuis des mois, rien n'allait comme il le souhaitait dans sa vie et il avait le sentiment de sombrer un peu plus chaque jour. La vie s'acharnait sur lui. Ou du moins, le sort. Mais, alors qu'il pensait que tout était perdu d'avance, comme depuis des semaines, une petite musique lui parvint aux oreilles et il les tendit pour savoir d'où elle provenait. Étrangement, celle-ci lui était plutôt familière... comme l'odeur de la tarte aux pommes, ou la musique du marchand de glaces ambulant, il la connaissait.

Il se leva presque trop rapidement, prit d'un léger vertige à cause de la faim, mais il ne s'en formalisa que quelques secondes avant de marcher vers la mélodie. Il essaya de remettre ses idées en place pour trouver le souvenir qui collait à celle-ci, cependant son esprit semblait avoir tourné à plein régime trop longuement dans la journée et il ne parvenait pas à mettre un mot dessus. Pourtant, il le savait, celui-ci était sur le bout de sa langue.

Ses pas le menèrent près de deux gros poids lourds installés sur le terrain vague de l'autre côté du chemin de fer, et il se glissa entre les deux pour voir d'où lui parvenait la musique. C'est alors qu'il tomba sur un spectacle que sûrement peu de gens avaient eu le loisir de voir. Autour d'un petit feu de joie, dans un cercle de camions et de caravane, des gens dansaient et chantaient joyeusement. Un des hommes semblait s'amuser à faire le maître de cérémonie et ils y allaient tous de leur petit numéro de jonglerie ou d'acrobaties.

Le Cirque.

Le voilà ce mot qu'il cherchait et dont la musique avait bercé son enfance.

Ces saltimbanques et leurs animaux sauvages, les clowns, les étrangetés et tout ce qui faisait la magie de cet univers. Voilà pourquoi il avait reconnu cette mélodie. Le Cirque, depuis qu'il était petit, l'avait toujours grandement fasciné. Il y avait d'ailleurs un moment où il avait souhaité être un maître de la scène pour voir virevolter autour de lui tous ces numéros merveilleux qui faisaient briller les yeux des enfants, et les siens. Il s'en souvenait comme si c'était hier.

Mais, loin de ses souvenirs, c'est une idée qui prit le dessus sur sa fascination et il y songea dès lors comme étant la solution à son problème. Ils étaient son ticket de sortie.

Il prit alors son courage à deux mains et tandis que les Circassiens s'amusaient autour du feu, il s'éclipsa derrière un des camions poids lourd de la troupe et tenta d'ouvrir les portes arrière de celui-ci sans se faire remarquer. Il faisait nuit noire à cette heure-ci, et il n'y voyait pas grand-chose, mais il s'en fichait éperdument. Tout ce qu'il avait en tête, c'était l'idée de pouvoir quitter la ville clandestinement sans que cela lui coûte un sou. Il ne songea même pas à la possibilité qu'on le découvre ou qu'on le chasse de sa cachette. Il était persuadé d'avoir l'idée du siècle.

Après quelques minutes de débat avec les fermetures complexes du véhicule, il parvint à ouvrir l'une des portes et sans même se poser la moindre question, encore une fois, il monta à l'intérieur du camion en refermant derrière lui. Ce qui le surprit dans un premier temps, c'est l'odeur. Il pouvait clairement le dire '' Ça sentait le fauve ''. C'était un mélange entre le foin, l'urine concentrée et la viande crue. Un cocktail qu'il n'aurait jamais pensé pouvoir sentir de sa vie jusqu'à aujourd'hui. Mais, il comprit d'où cela provenait que quand des grondements lui parvinrent aux oreilles. Des fauves. En effet. C'est un rayon de lumière qui balaya la grille en haut du camion qui lui indiqua en présence de qui il se trouvait. Des lions. Deux majestueuses bêtes qui, par chance, étaient en cage. Malgré tout, ça ne l'empêcha pas de se coller subitement au fond du camion, plaqué entre la porte et un des murs alors qu'il avalait difficilement sa salive.

— Salut vous deux... chuchota-t-il comme pour se rassurer.

—... Je vais me mettre dans un coin et je vous fiche la paix, promis...

Voilà qu'il devenait complètement cinglé, tentant de parler aux Rois de la Savane comme s'ils étaient des chatons sauvages trouvés dans la rue. Il avait très mal choisi son compartiment de voyage, et encore moins bien sa compagnie. Pouvait-il avoir encore moins de chance ? Il glissa le long des parois et se mit en boule contre la porte, les yeux fixés sur les deux masses de poils qui, étrangement, ne semblaient pas plus intriguées que ça par sa présence. Droguaient-ils les animaux pour le voyage ?

C'est une question qu'il se posa rapidement avant de comprendre qu'ils étaient sans doute habitués à la présence humaine et que lui, ou un autre revenait au même pour les énormes félins. C'est donc ainsi que les heures passèrent jusqu'à ce qu'il sente du mouvement autour du véhicule et qu'il entende le moteur démarrer. Ça le réconforta presque instantanément qu'ils n'aient pas eu l'idée de venir voir les bêtes avant le départ, et il se lova un peu plus contre l'angle, enveloppé dans son manteau et dans son jeans trop large.

Après quelques kilomètres, bercé par les mouvements du camion, il finit par s'endormir comme un bien heureux.

Quelques minutes après avoir fait connaissance avec la troupe, Sébastian suivit Aiden vers le camion où il avait passé la nuit avec les deux lions. Étrangement, il ne les avait jamais réellement vues à la lumière du jour et il était curieux d'en apprendre plus sur eux, et sur le pourquoi il l'avait laissé entier cette fameuse nuit.

Avec une habitude déconcertante, Aiden débarra le camion assez aisément et il remonta tout un pan de celui-ci vers le ciel pour découvrir les cages des deux fauves.

— Alors, je sais que vous êtes plutôt intimes maintenant, mais je te présente Sirius et Archimède... mes deux compagnons de jeux... Sourit Aiden en se saisissant d'un seau de viande crue au sol.

— Ils sont... plus impressionnants de jour...

Et impressionné, il l'était amplement. Ce n'était pas tous les jours qu'on pouvait approcher des animaux comme eux d'aussi près.

— Archimède est le plus vieux, il est aveugle... mais, il a ses autres sens bien développés, quant à Sirius, c'est comme son fils, c'est un jeune fougueux qui adore jouer et parader...

Sébastian écouta religieusement les explications de son hôte et put remarquer à quel point il était fusionnel avec ses animaux. Archimède était directement venu se frotter contre les barreaux de sa cage en entendant la voix suave de son maître et il l'avait laissé passer la main à travers pour lui caresser le dessus de la tête.

— C'est impressionnant... il semble si inoffensif quand tu es là...

— C'est parce que lui et moi, on a quasiment grandi ensemble. C'était un bébé quand le Cirque l'a recueilli... il est né en captivité, mais, à la fermeture de la réserve où il se trouvait, un ami de mon père lui a fait intégrer la troupe... Il est aveugle de naissance, mais ça fait tout son charme.

Sébastian esquissa un sourire attendri par l'histoire du lion et il sentit la main d'Aiden venir chercher la sienne. Il le regarda dans les yeux, les sourcils froncés, sans comprendre et le dompteur lui plongea la main dans le seau de viande crue.

— Tu veux essayer ?

— Quo... quoi ? Non... attends, il ne me connaît pas...

— Après la nuit que vous avez passée ensemble, il connaît ton odeur, ne t'en fait pas... plaisanta Aiden en glissant ses doigts contre les siens pour lui faire attraper un morceau.

Le cœur de Sébastian se mit à battre à tout rompre dans sa poitrine et il n'osa plus regarder le dompteur dans les yeux. Son abdomen était contracté presque douloureusement entre ressenti et inquiétude et il ne savait pas quoi faire. Il se laissa donc porter par les doigts de son hôte qui le guidait dans son geste et ils passèrent leurs deux mains à travers les barreaux pour qu'Archimède vienne les sentir et prendre presque trop délicatement la viande qu'ils tendaient à sa gueule. Ses doigts entre ceux d'Aiden se tendirent légèrement au contact du lion, mais il sentit une pression de l'américain autour d'eux qui le rassura.

Il le poussa même à oser une caresse sur le cou de l'animal alors qu'il mangeait. À moitié collé contre son flanc, le corps puissant du dompteur lui insinua un frisson le long de l'échine, mais plus encore, ses doigts chauds et humidifiés par la viande saignante le firent succomber en quelques caresses inconscientes.

C'était un moment particulièrement impressionnant et la sensualité, peut-être involontaire du dompteur, ne venait que rajoutait de la puissance à celui-ci.

Sébastian profita de l'instant suspendu avant qu'ils ne ramènent leurs mains en dehors de la cage et que son hôte ne brise le moment par quelques paroles.

— Tu vois, je le connais, j'étais sûr qu'il te laisserait faire…

— Oui, enfin, tu étais là… j'imagine que ça joue en ma faveur… sourit Sébastian.

Même si l'instant s'était évanoui entre eux, en un simple regard, il put comprendre qu'il n'avait pas été le seul à ressentir ce qui venait de se passer. Les yeux d'Aiden semblaient mêlés entre le désir de se l'avouer et l'envie d'oublier ce qu'il venait d'arriver.

— Bon en revanche, pour Sirius, je vais le faire, parce que lui, il est un peu moins ouvert aux inconnus et j'ai moyennement envie que tu me colles un procès s'il te mange une main… Raya-t-il comme pour échapper à la tension qui s'était immiscée entre leurs corps.

Sébastian se contenta de sourire et de reculer légèrement du camion pour lui donner la place et la chance de nourrir l'autre fauve. En effet, celui-ci semblait un peu moins enclin aux caresses et il tournait en rond dans sa cage en attendant son morceau de bidoche. Malgré tout, cela donna au polonais tout le loisir d'observer le maître à l'œuvre et il ne s'en priva pas. Il ne pouvait absolument pas nier le fait qu'il était attiré par lui. À vrai dire, il l'avait été dans les secondes qui avaient suivi leur rencontre et ça n'avait pas désamplifié depuis, bien au contraire.

— D'ailleurs, après une discussion avec Zimo, on a décidé de reprendre la route cette nuit au petit matin, on partira vers quatre heures et tu monteras dans la cabine avec moi. Zimo prendra l'autre camion avec Poppy et Sven, notre véto...

— Très bien, moi je vous suis de toute façon, du moins, jusqu'à la prochaine grande ville.

Sébastian interrompu dans sa contemplation osa un sourire qui se fana dès qu'Aiden eut le dos tourné. Étrangement, il n'avait pas hâte qu'ils arrivent à la prochaine grande ville ni qu'ils le laissent sur le bas-côté, comme ça, imaginant qu'il ne les reverrait sans doute jamais.

Il aimait l'ambiance que dégageait la troupe... il aimait la présence d'Aiden et il avait envie de profiter de cette pause dans le temps pour oublier. Ici, c'était comme si on lui offrait une nouvelle vie. Une nouvelle identité. Il pouvait être celui qu'il souhaitait et effacer son passé comme la craie d'un tableau. C'était presque trop beau pour être vrai, mais cette chance, il avait envie de la saisir... Alors, peut-être que c'est ce qu'il ferait. Peut-être demanderait-il à Aiden de pouvoir rester plus longtemps avec eux, d'aller plus loin... Oui, peut-être qu'il oserait...

Le reste de la journée se passa tranquillement alors

qu'il suivait le dompteur autour du Cirque et ce n'est que vers vingt heures, après avoir mangé un souper avec la troupe, qu'ils rejoignirent la caravane d'Aiden pour aller se coucher. Comme la veille, celui-ci l'invita à prendre une douche s'il le souhaitait et Sébastian déclina gentiment, insistant sur le fait qu'il était trop fatigué pour en avoir la force. Le dompteur ne s'en formalisa pas et lui accorda un sourire avant de lui-même rejoindre la chambre. Le polonais monta l'échelle qui menait à son matelas et ce n'est qu'une fois en haut qu'il se changea difficilement pour enfiler le jogging et le t-shirt qu'il lui avait prêtés la nuit passée.

Cependant, il ne put s'empêcher de jeter un rapide coup d'œil à son hôte alors que celui-ci se changeait au pied de son lit. Dissimulé en hauteur, il savait que ce n'était pas très juste de profiter de sa tour d'observation, mais c'était plus fort que lui. Son torse était sculpté de façon brute et les quelques tatouages qu'il pouvait y voir dessiner l'intriguaient particulièrement. Son ventre plat n'avait lui aussi aucun défaut, jusqu'à la fine ligne de poils blonds qui descendait sous l'élastique de son pantalon de pyjama.

Sébastian aurait donné très cher pour pouvoir glisser ses doigts sur ce '' v '' parfait qui marquait ses hanches et ne faisait que sublimer son abdomen. Si bien qu'il s'en mordit la lèvre avant de laisser sa tête retomber sur son oreiller, contemplant le plafond, légèrement moins séduisant. Cette simple vision lui avait fait se remémorer le souvenir de l'après-midi avec les lions et une douce chaleur s'était emparée de tout son corps sans même qu'il puisse la prévenir.

— Bonne nuit… Entendit-il d'en bas.

La voix d'Aiden venait de le tirer de ses rêveries et il bredouilla comme un enfant pris en faute.

— Oh... Bonne nuit, Aiden.

— Demain, je te réveille avant le soleil.

Sébastian ferma les yeux en souriant de façon béate et ne parvint à s'endormir qu'une heure plus tard, bercé par la respiration du dompteur sous lui.

Chapitre 5 : Sur la route

02:00 am, le lendemain.

Une fine couche de sueur recouvrait son corps, imbibant ses vêtements. Il venait d'ouvrir les yeux dans un sursaut désagréable, se souvenant, par brides, du cauchemar qui avait hanté sa courte nuit. Son regard planté sur le lit du dessus, il tentait de reprendre une respiration normale, son cœur palpitant encore à tout rompre dans sa poitrine. Il en avait presque la nausée. Il la sentait monter lentement de son estomac dans son œsophage et rendre acide la salive qui se posait sur sa langue sèche. Un long soupire quitta ses lèvres avant qu'il ne repousse vivement les draps pour se traîner jusqu'au pied de son lit pour en descendre. Un verre d'eau. C'est ce dont il avait besoin. Il tenta de faire le moins de bruit possible, remontant l'espace jusqu'à la cuisine pour sortir un verre et le remplir au robinet sans plus de cérémonie. Il le but finalement d'une traite et s'affaissa par la suite au-dessus de l'évier, les deux paumes posées de chaque côté de celui-ci. Sa tête rentrée entre ses épaules était lourde... d'angoisses, de souvenirs, de son cauchemar.

Il avait revécu la tragédie dans son ensemble, presque dans les moindres détails et ça venait de lui en foutre un coup. Il se retenait clairement de laisser couler les larmes qui bordaient ses yeux depuis plusieurs longues secondes. Il avait déjà trop pleuré, mais son deuil ne semblait pas encore fait. Comment pouvait-il l'avoir cru ? Ce soir-là avait marqué le pire jour de son existence, il ne pouvait pas nier son souvenir aussi facilement. Un claquement de doigts n'aurait pas suffi et ne suffirait jamais.

Il sentit soudainement une main se poser sur son épaule et il tourna lentement la tête, ne l'ayant pas réellement entendu approcher, perdu dans ses pensées. Son regard se posa dans le sien et sans même qu'il ne le prévoit, un sanglot s'arracha à sa gorge et le força à faire tomber toutes ses résistances. Les larmes coulèrent silencieusement sur ses joues et il sentit Sébastian se glisser dans son dos et entourer son buste de son bras pour lui assurer sa présence. Jamais personne ne l'avait pris dans ses bras depuis ce fameux soir, pas même Poppy... qui pourtant était celle qui n'avait aucune gêne à entrer dans la bulle des gens. Il avait fallu attendre la présence de cet étranger pour qu'il puisse ressentir cette chaleur dont il avait eu tant besoin.

Peut-être était-ce parce que Sébastian ne le voyait pas comme les autres... comme celui qui encaisse toujours tout facilement et qui gère, soi-disant, parfaitement ses sentiments et ses émotions. Ce n'était pourtant pas le cas, loin de là. Une de ses mains remonta jusqu'au bras de son invité et il lui affligea une légère pression comme pour le remercier d'être là.

La pièce était silencieuse, tout comme eux, seules leurs deux respirations se calquaient l'une sur l'autre. Aiden pouvait sentir le souffle chaud du Polonais sur sa nuque et son nez qui venait parfois le frôler délicatement. Si le temps semblait s'être arrêté dans la caravane, il ne pouvait nier les nombreux courants électrisants qui le parcouraient depuis qu'il avait passé ses bras autour de lui. C'était une sensation grisante qu'il n'avait jamais ressentie, surtout pas en présence d'un autre homme. Ça l'effrayait autant que ça l'apaisait presque totalement. Un cocktail d'émotions qu'il avait un peu de mal à comprendre, à s'expliquer...

Malgré tout, la gêne finit par prendre le pas sur le réconfort et il fit comprendre à son invité qu'il voulait échapper à son étreinte gentiment. Il se tourna légèrement sur le côté alors que les bras de Sébastian desserraient leur prise sur ses larges épaules.

Il lui offrit un sourire timide pour le remercier et sécha ses larmes d'un revers de manche brut.

— Excuse-moi pour ça... Ce n'est pas dans ma nature de craquer comme ça...

— Eh... t'as le droit, comme tout le monde... Murmura-t-il presque avec son petit accent polonais.

Pour accompagner ses mots, une de ses mains regagna rapidement sa nuque et lui arracha un nouveau frisson. Il ne comprenait pas encore réellement pourquoi Sébastian était si tactile avec lui. Du moins, il préférait mettre ça sur le compte de sa personnalité. Comme Poppy, il avait sûrement moins de mal à montrer ses sentiments que lui. Malgré tout, il apprécia quand ses doigts passèrent de sa nuque à son épaule pour la presser délicatement. Ce geste le mettait bien plus à l'aise. C'était un code social dont il avait l'habitude avec Zimo.

— Tu veux en parler ? demanda patiemment son invité.

— Pas vraiment...

Sébastian n'insista pas et il apprécia le geste, autant que le silence qui suivit.

— Tu peux aller te recoucher, il nous reste deux bonnes heures avant de devoir prendre la route...

Était-ce une façon polie de congédier l'étranger pour reprendre ses esprits seul ? Peut-être. Mais, il apprécia que celui-ci comprenne le sous-entendu et acquiesce. Sa main se serra une dernière fois autour de son épaule robuste et il le contourna pour retourner se coucher. Quant à lui, il était certain qu'il ne parviendrait pas à retrouver le sommeil après cela... étrangement plus du tout à cause de son cauchemar, mais bel et bien de cette étreinte chaude et agréable. Malgré tout, après avoir ressenti la tentation de se poser sur les banquettes avec un café en plein milieu de la nuit, il regagna à son tour la chambre et se faufila sous ses draps encore légèrement moites. Un frisson désagréable le parcourut en entier en se glissant sous eux, mais il fut très vite remplacé par une sensation de chaleur agréable, bien que différente de celle qu'il avait eue dans les bras de Sébastian.

04 :03 am.

Il était parvenu à se rendormir, bizarrement. Il n'avait même pas entendu son réveil de téléphone sonner et ce n'est que quand il sentit une main sur son crâne qu'il bougea légèrement.

Celle-ci passa en quelques caresses dans ses cheveux et il eut presque envie de se laisser ravaler par le sommeil sans attendre. Il se souvenait que sa mère faisait cela aussi pour l'endormir le soir quand il était petit. Ça avait le don de lui envoyer de petites décharges anesthésiantes sur tout le cuir chevelu. C'était agréable. Mais, quand il réalisa enfin où il se trouvait, quel âge il avait et cette réalité où sa mère n'était plus, il sursauta violemment dans son lit et se redressa aussitôt brutalement, repoussant la main, paniqué.

C'est là qu'il put entrevoir le visage de Sébastian dans la pénombre, les deux mains en l'air comme un enfant prit en faute après un acte punissable.

— Pardon... Je ne savais pas comment te réveiller, il est déjà 4 heures passées, y'a du mouvement dehors.

— Merde ! dit-il en se frottant les deux mains sur le

visage pour se réveiller vigoureusement.

Sébastian avait bien fait, même si, sa proximité dans son lit, une fois de plus, le mettait mal à l'aise. Il se passa une main dans les cheveux et indiqua qu'ils feraient mieux de se préparer pour ne pas retarder le départ du convoi pour la prochaine ville.

Après tout, c'était pour ça, à la base, qu'ils devaient se lever aussi tôt.

Le Polonais lui sourit sympathiquement à son tour et ils se séparèrent chacun dans un coin de la caravane pour s'habiller et ranger un peu leurs deux couches.

Seulement dix minutes plus tard, ils étaient tous les deux prêts et sur le pas de la porte pour sortir rejoindre les autres. Cette fois-ci, comme il l'avait expliqué à Sébastian, c'est eux qui conduiraient le camion des fauves et, comme à son habitude, il laisserait les monteurs prendre les caravanes et le matériel tout au long du convoi. Il entraîna donc la nouvelle recrue jusqu'à son poids lourd et salua Zimo qu'il croisa rapidement entre deux véhicules.

— Eh bah, vous avez fait des folies ? Vous êtes en retard les gars ! cria celui-ci en riant.

Aiden se contenta de lever les yeux au ciel en lui envoyant la main et il fit le tour de son camion pour ouvrir la porte à Sébastian.

— Je ne sais pas si t'es déjà monté dans une cabine... mais ce n'est pas compliqué, un pied devant l'autre... Sourit-il avant de lui accorder un clin d'œil et de faire le tour à nouveau pour rejoindre sa propre place.

Il avait repris contenance. Il avait laissé le moment

qu'ils avaient passé tous les deux cette nuit dans un coin de sa tête assez lointain et il était à présent comme il en avait l'habitude. Pas froid... non. Mais... léger. Il monta à sa place et referma la porte dans un claquement lourd avant de se tourner brièvement vers son invité pour lui expliquer le programme.

— On en a pour un petit moment avant la prochaine ville. On fera sûrement un arrêt entre les deux, mais, si tu as faim ou soif, n'hésite pas à te servir, la glacière est là... indiqua-t-il entre eux.

— Parfait... je vois que tu es prévoyant.

— Tu remercieras plutôt Poppy qui pense toujours à m'en faire une quand on prend la route, j'ai tendance à ne jamais y penser...

Sur ces mots, un silence s'installa dans la cabine et il démarra le moteur presque en même temps que les autres. Un vrombissement commun fit trembler légèrement la cabine et il osa un dernier regard vers Sébastian avant de se mettre en route, suivi du reste du convoi.

— Si tu veux poursuivre ta nuit, ne te gêne pas, je suis habitué à conduire seul... et de nuit... finit-il par dire en fixant la route des yeux.

— Ça, tu vois, il ne faudra pas me le dire deux fois de suite... sourit Sébastian.

Un léger rire s'échappa des lèvres d'Aiden avant qu'il ne jette un coup d'œil à son passager qui commençait déjà à s'emmitoufler correctement dans son manteau pour se caler contre la fenêtre et tenter de se rendormir afin de gagner un peu plus d'heures de sommeil. Cela lui tira un sourire étrangement tendre et il reposa son regard sur la route, parfaitement réveillé à présent. Comme il l'avait dit plus tôt, il avait l'habitude de conduire de nuit, et seul... même si en général, ils essayaient toujours d'être au moins deux au cas où le sommeil emporterait l'un ou l'autre. Une précaution.

Une heure passa, puis deux, et il ne pouvait s'empêcher de jeter quelques regards à Sébastian de temps en temps. Il avait encore du mal à comprendre pourquoi tout était si... simple avec lui. Pourquoi il ne craignait pas de parler, de s'ouvrir... de s'effondrer. Cet homme dégageait quelque chose de particulier et c'était comme s'ils s'étaient toujours connus, à vrai dire.

Comme un vieil ami que l'on retrouve, ou une vieille âme que l'on a déjà croisée dans une vie antérieure. Il avait le sentiment de le connaître sans réellement avoir les détails de sa vie. C'était perturbant. Plus encore quand il lui arrivait de remarquer le regard spécial qu'il posait sur lui. Pas celui d'un ami ni d'un homme pour un autre, mais bel et bien quelque chose d'attentionné, de protecteur et de séduisant. Oui, il arrivait de moins en moins à nier l'évidence. Il le trouvait beau. Il aimait les traits anguleux de sa mâchoire, son nez droit, ses yeux d'un bleu océan et sa chevelure brune qui semblait indomptable tout en l'étant à la fois. Sa nuque dégagée, qu'il avait le loisir de pouvoir apprécier à l'instant même, ainsi que sa barbe de trois jours, soulignait sa gorge et sa pomme d'Adam légèrement apparente. C'était étrange comme il était parfait sans l'être. Négligé, mais pourtant si séduisant à ses yeux.

Il n'en revenait pas d'avoir de telles pensées pour lui, allant jusqu'à s'en mordre la lèvre si fort. Une de ses mains passa dans ses cheveux mi-longs sur le dessus et il les renvoya vers l'arrière pour dégager les mèches rebelles de son front. C'était bel et bien la première fois qu'il trouvait un homme séduisant à ce point et ça avait le don de faire monter une vague d'angoisse en lui.

Vague qui lui monta le feu aux joues jusqu'à l'obliger à ouvrir légèrement la fenêtre conductrice pour ressentir un peu la fraîcheur extérieure. La petite brise lui fit le plus grand bien et il remit un peu d'ordre dans ses pensées, se concentrant sur la route et non sur son invité, encore endormi à ses côtés.

Une autre heure passa sans qu'il ne se passe pas grand-chose et c'est quand il tenta de fouiller à une main dans la glacière à la recherche d'une bouteille d'eau qu'il sentit du mouvement du côté de son passager. Celui-ci ouvrit difficilement les yeux et, en le remarquant en pleine galère, se redressa aussitôt pour l'aider.

— Désolé, je ne voulais pas te réveiller, mais je ne sais pas où se trouve cette foutue bouteille d'eau... Poppy a dû la mettre au fond...

— Ne t'en fait pas... attends, laisse-moi faire.

— Merci...

Il retira sa main de la glacière désagréablement fraîche et observa du coin de l'œil Sébastian chercher à son tour.

— Elle est là !

— Fais-moi penser à glisser un mot à Poppy... Sourit-il en prenant la bouteille d'eau que le Polonais lui avait gentiment ouverte.

— Ne te plains pas, elle aurait pu ne pas t'en mettre du tout !

Ils se sourirent tous les deux et il porta le goulot à ses lèvres pour en boire de longues gorgées. En général, c'était pas mal ce qu'il consommait durant les voyages entre deux villes.

— Vous restez combien de temps dans chaque ville ? demanda soudainement son copilote.

— Mmh, ça dépend, on n'a pas bougé de New York pendant une année... puis on a repris la route quelques semaines avant que tu ne montes clandestinement dans mon camion...

— Une année... ça paraît long pour un Cirque, non ?

— Ouais, on était bien... et, on faisait quasiment complet chaque soir de fin de semaine... C'était une stabilité assez confortable...

— Pourquoi partir alors ?

Aiden lui jeta un regard, semblant hésiter à répondre à sa question. Mais, finalement, encouragé par ce '' quelque chose '' qu'il dégageait, il expliqua.

— Un accident... une mauvaise presse et la descente en enfer a commencé, tu vois... On a cherché à fuir tout ça pour tenter un nouveau départ, nous aussi...

Sébastian acquiesça, comprenant qu'il n'aurait pas plus de détails ce matin-là. Il attrapa une pomme dans la glacière sous les yeux d'Aiden et planta sa dentition parfaite dedans.

— Aux nouveaux départs alors... dit-il en levant le fruit comme s'il s'agissait d'un verre, la bouche encore pleine.

— Ouais, aux nouveaux départs...

Aiden leva sa bouteille en souriant brièvement, reposant son regard sur la route, nostalgique.

Il la lui tendit ensuite pour qu'il remette le bouchon et le silence gagna à nouveau la cabine pendant quelques minutes. Toujours rien de gênant, cette fois, mais quelque chose de plutôt lourd malgré tout, comme si chacun s'était perdu dans ses pensées... longuement.

Chapitre 6 : Terrain vague

Le jour était à présent levé depuis près d'une heure et l'ambiance était totalement différente dans la cabine du poids lourd. Sébastian s'était redressé complètement sur son siège et il chantait à tue-tête un vieux tube qui passait à la radio, en tapotant le tableau de bord. Aiden était hilare devant l'exagération de ses gestes et il aimait le voir comme ça. C'était bel et bien la première fois qu'il le voyait rire de cette façon... en fait, rire tout simplement. Douce mélodie à ses oreilles. Il continua de faire le pitre pendant quelques minutes encore jusqu'à un solo de batterie qu'il s'acharna à reproduire sur la boîte à gants, prenant ses doigts pour des baguettes. Sa lèvre était mordue et ses cheveux complètement décoiffés et il ne se calma qu'à l'entente de la voix de l'animateur qui le coupa dans son élan artistique.

— Eeeeh... protesta le Polonais en souriant, faussement agacé par l'interruption.

— Crois-moi, j'ai prié pour qu'il l'ouvre depuis au moins 2 bonnes minutes !

— Oh, voyez-vous ça! te moquerais-tu de mon talent pour le chant ?

— Je ne dirai pas ça. C'était un véritable massacre.

Aiden garda son sérieux quelques secondes avant qu'ils ne se mettent à rire tous les deux comme deux bons copains. Sébastian se sentait léger, joueur et il ne manqua pas d'observer le conducteur de façon très intense pendant quelques minutes.

— Quoi ?

— Oh rien. Tu me le paieras.

— Ah ouais ? … J'ai bien hâte de voir ça, tiens…

— Tout vient à point machin truc…

Le dompteur se moqua gentiment de lui en finissant sa phrase.

— Oh, ça va, hein… j'suis pas très bon avec les expressions…

— J'avais cru com… merde !

Aiden ne termina pas son mot et en suivant son regard Sébastian remarqua de la fumée s'échapper du capot de leur camion. Mauvais signe. Clairement.

Presque aussitôt, le dompteur chercha un moyen de se mettre sur le bas-côté pour indiquer aux convois qu'il y avait un problème. Il finit par se glisser sur un terrain vague entouré d'une forêt quelques kilomètres plus loin et par chance, parvint à s'arrêter sans encombre.

— Qu'est-ce qui se passe ? demanda-t-il, inquiet de la situation.

— Ça doit être le liquide de refroidissement… Fais chier…

Il attrapa sa radio sur le dessus de son pare-soleil et Sébastian l'observa, soudainement campé et en alerte sur son siège.

— Zimo, va falloir faire un arrêt, j'ai un souci avec le refroidissement.

— OK, reçu cinq sur cinq, on pose le camp.

Aiden se tourna vers Sébastian après avoir raccroché la radio à sa place et il lui expliqua brièvement la situation. Il soupçonnait que le liquide de refroidissement du moteur avait foutu le camp, où qu'il y eût un souci avec le moteur en lui-même tout court. Il était donc hors de question qu'ils continuent de rouler comme ça pour le moment.

Ils allaient devoir poser le camp sur ce terrain vague entre deux villes, en espérant qu'ils ne se prendraient pas une amende entre temps.

— J'vais d'abord voir ce qui se passe physiquement avec le moteur... et, si besoin, j'irai à la ville la plus proche pour trouver de quoi arranger le problème...

— Bien, je t'accompagnerai si tu veux.

Le dompteur lui sourit en hochant la tête positivement et il lui fit signe de descendre de la cabine afin qu'ils posent le camp et qu'ils inspectent le véhicule dans lequel ils se trouvaient. Zimo les avait rapidement rejoints après s'être garé à son tour et Aiden et lui avait déjà la tête dans le moteur avant même que Sébastian ne puisse se rendre compte de quoi que ce soit. Il écoutait la conversation d'une oreille, pas du tout doué en mécanique et encore moins capable de conduire un engin pareil. Les experts pour le coup, c'était bel et bien eux. Zimo trouva une fuite sur le réservoir du liquide de refroidissement et c'était apparemment le fait qu'ils en aient plus qui avait fait chauffer les pistons jusqu'à ce que de la fumée sorte du capot.

— Tu penses pouvoir colmater ça ? demanda Aiden à son ami.

— Franchement, je ne prendrai pas de chance... on va devoir le changer...

— Génial… bon bah, comme je disais à Sébastian, on va aller dans la ville la plus proche avec la caravane et l'on va ramener un réservoir et du liquide…

— OK, mais vous irez en après-midi, on vient de se taper plusieurs heures de route déjà, on fait une pause, c'est plus prudent, Aiden.

— Bien mon capitaine ! … Bon, allons rassembler la troupe pour annoncer qu'on pose le camp au moins jusqu'à demain midi…

Sébastian, les mains dans les poches du jeans que lui avait prêté Aiden, acquiesça même s'il ne s'adressait pas directement à lui et il suivit les deux hommes jusqu'à l'autre camion où la plupart des artistes s'étaient réunis.

— Bon, les gars, changement de plan. On doit poser le camp, on a un camion mort et l'on ne peut pas reprendre la route ! dit Zimo en s'exprimant avec des gestes simples.

Il entendit une voix ronchonner dans son coin, par-dessus les autres et le maître de la scène sembla l'entendre aussi parce qu'il n'apprécia pas du tout la démarche.

— Qu'est-ce que t'as à dire là-dessus Oscar ? gronda-t-il.

— Ce que tout le monde pense tout bas…

Les quelques artistes qui les séparaient s'écartèrent pour que les deux hommes puissent se faire face. Sébastian resta en retrait près d'Aiden, impressionné par l'affront de l'homme qui s'avançait sans se démonter. Il était grand, une véritable armoire à glace, et apparemment, il avait une place importante dans la troupe, puisque tout le monde semblait pendu à ses lèvres, attendant qu'il s'exprime sur ce qu'il entendait par '' ce que tout le monde pense tout bas ''.

— Que comme par hasard, on manque d'avoir un accident avec un camion alors qu'on a accueilli ce foutu clandestin dans la troupe depuis deux jours...

Sébastian ne s'était pas du tout attendu à ça. L'armoire à glace l'accusait clairement d'être à l'origine de la perte du liquide de refroidissement qui avait causé l'arrêt du convoi.

Conscient de ne pas avoir été bien vu par toute la troupe, ça, oui, il l'était, mais de là à se faire accuser de vouloir planter celle-ci dans le décor. Il ouvrit la bouche, comme un poisson hors de l'eau, s'apprêtant tout de même à se défendre... mais, il fût pris de court par Aiden.

— Il se serait envoyé dans le décor avec nous, abruti. Il n'y aurait rien gagné, alors ravale tes paroles !

Le Polonais le remercia intérieurement de prendre sa défense comme ça, sans qu'il y soit obligé.

— Oh, j't'en prie, il te suit comme un p'tit chien errant depuis que tu l'as trouvé, tu ne vas pas dire le contraire, forcément !

— ASSEZ ! s'exclama Zimo en pointant Oscar du doigt, l'obligeant à se taire. – Tu gardes tes accusations mauvaises pour toi, Scar' et tu installes ton camp. Sébastian n'a pas à subir tes conneries jusqu'à la prochaine grande ville... et c'est valable pour ceux qui pensent comme lui !

Il se sentit tout petit. Les regards sur lui variaient entre "excuses " et "méfiance" et il préféra s'éloigner de la troupe afin de reprendre contenance. Il avait déjà bien assez sur la conscience sans qu'on l'accuse en plus d'avoir tenté de tuer toute la troupe dans un carambolage qui lui aurait coûté la vie aussi.

C'était stupide... mais blessant également. Il remercierait Aiden et Zimo plus tard, mais pour le moment, il avait besoin de se retrouver un peu avec lui-même et il glissa un mot à Aiden qui tentait de le rattraper.

— J'vais me reposer dans ta caravane, si ça ne te dérange pas... je n'ennuierai personne.

Aiden essaya de le convaincre de ne pas se laisser atteindre par les accusations d'Oscar à son égard, mais il était loin de savoir et de connaître tous les détails de ce qui se passait dans sa tête à cet instant précis. Il lui lança un regard qui voulait absolument tout dire et le dompteur ne chercha pas à en dire plus. Il acquiesça simplement et Sébastian se dirigea vers le véhicule reconnaissable de celui-ci. Il monta à l'intérieur et se posa lourdement sur la banquette de la table après avoir retiré son manteau de ses épaules.

Il se sentait mal. Horriblement mal de mentir sur son départ, sur ce qui s'était passé dans la ville qu'il avait quittée... fui... et surtout, il prenait conscience que le plus difficile était de cacher cette partie atroce à Aiden. Ils avaient beau ne pas se connaître depuis longtemps, il l'appréciait réellement et il ne voulait pas baser ce début de "quelque chose" sur un mensonge".

Il ne savait bien sûr pas quand ni comment le lui avouer, mais il le ferait, parce que ces accusations à la volée de la part d'Oscar avaient réveillé en lui un sentiment désagréable qu'il ne voulait plus ressentir, surtout pas en présence du dompteur.

Il se passa une main sur le visage et soupira longuement.

Il avait besoin de sommeil. Dormir encore quelques heures pourrait sûrement lui faire le plus grand bien. Délaissant son manteau sur la banquette, il retira son pull, ainsi que son t-shirt et les laissa sur une chaise dans un coin de la zone de nuit. Mais, alors qu'il comptait monter sur le matelas qui lui était destiné, les draps d'Aiden semblèrent l'appeler et il avala difficilement sa salive. Non. Il ne devait pas succomber à cette tentation. Et pourtant, c'est en posant un genou sur le rebord du lit qu'il comprit qu'il ne saurait en être autrement. Il se hissa jusqu'à son oreiller lentement, conscient de son erreur, et plongea entièrement son visage dedans, respirant son odeur jusqu'à l'imprimer dans toutes les fibres de son être. Il avait un parfum envoûtant et musqué, mêlant des fragrances boisées, épicées, le tout enrobé érotiquement par les effluves de mâle dont il pouvait presque avoir le goût sur la langue.

Sa sueur. Il s'agrippa à l'oreiller comme à son corps et laissa ses genoux reculer sur le matelas, s'allongeant de tout son long sur le lit, comme il l'aurait fait sur l'homme à qui il pensait à cet instant même. Était-ce possible de désirer à ce point quelqu'un en si peu de temps ? À en croire les réactions que sa simple odeur pouvait lui procurer, il n'en douta que quelques secondes. Il se tordit presque de douleur sur le matelas, gémissant dans le coussin en se retenant de venir soulager son sexe de la tension qui l'habitait actuellement.

Les flashs de la nuit dernière ne l'aidèrent pas à résister alors qu'il se revoyait le nez dans sa nuque, respirant sa peau et le serrant dans ses bras. Il lui avait fallu toute la volonté du monde pour ne pas bander, il s'en souvenait, mais, là, c'était impossible. Insoutenable. Il glissa sa main lentement entre le matelas et son corps à moitié nu, hésitant encore, tremblant à l'idée de sentir une pression sur sa verge. Il en crevait d'envie. Il en avait même rêvé...

et l'avait fantasmé toute la journée dans la cabine de ce camion où ils avaient été enfermés pendant plusieurs heures tous les deux. Bordel qu'il lui avait fallu se faire violence pour ne pas oser venir poser sa main sur l'entrejambes de l'Américain et lui dire clairement ce dont il avait envie.

Ses doigts finirent par se glisser sur le jeans d'Aiden qu'il portait depuis la veille et il déboutonna habilement celui-ci, dézippant la fermeture éclaire afin de pouvoir, enfin, laisser sa main passer sous l'élastique de son boxer et venir se refermer avec une fermeté sans nom sur sa hampe. Ce simple contact peau à peau, le fit gémir de plus belle dans l'oreiller de son hôte et il imagina assez facilement que cette main était la sienne. Ses mains, il avait eu le loisir de les détailler toute la matinée alors qu'elles tenaient le volant du poids lourd. Elles étaient larges, veineuses comme il les aimait et il avait pu le sentir la veille, sa peau était légèrement rugueuse. Des mains par lesquelles il avait envie d'être touché, d'être caressé…

— Aiden… gémit-il bruyamment en reprenant sa respiration loin de la taie d'oreiller.

Il espérait que personne n'avait entendu cela, parce que l'érotisme avec lequel il venait de prononcer son prénom l'avait frappé seulement quelques secondes après. Sa main encore sur son sexe douloureux se mit à accélérer ses mouvements et ses hanches ondulèrent lentement pour se frotter sur le matelas, ajoutant à la pression exercée.

Il ne pouvait définitivement pas jouir comme ça, dans les draps du dompteur, mais il n'avait pas non plus envie d'arrêter. Il imaginait sa langue lui parcourir le corps, connaître enfin son goût et rien que cette idée lui tira un soupire de plaisir non retenu. Son attirance pour lui était physique… mais pas seulement. Il commençait doucement à voir certaines facettes de sa personnalité qu'il pourrait bien adorer à l'avenir. À vrai dire, il avait déjà envie de l'adorer. Malgré la réticence qu'il sentait provenant de son hôte, il sentait qu'il y avait quelque chose de particulier qui se créait entre eux et que ni l'un ni l'autre ne pourrait bientôt plus y échapper. Il roula sur le côté, puis sur le dos, l'oreiller toujours plaqué sur le visage. Ses doigts se pressaient davantage autour de son sexe et il pouvait sentir ses veines palpiter, le rendant aussi dur que possible. Il était sur le point de venir. Il le sentait. Il le savait.

À vrai dire, ça faisait des mois qu'il ne s'était pas touché de cette façon. Qu'il n'avait pas pris autant de plaisir dans le geste, et dans les images qu'il se créait par la même occasion. C'était tellement bon. Bon au point qu'il finit par venir dans son boxer comme un adolescent, le parfum d'Aiden imprimé sur la peau.

L'oreiller glissa lentement de son visage, tirant sa lèvre inférieure vers le bas alors qu'il se rendait compte qu'il avait mordu dans le coussin et légèrement salivé en son centre.

— Bordel... se sermonna-t-il en grimaçant.

Plus pour l'ensemble du geste que pour la trace de salive. Sa main encore posée autour de son sexe, il le relâcha et essuya ses doigts sur le tissu de son boxer qui, de toute façon, était bon pour un lavage. Finalement, il n'avait pas taché les draps... mais, il y avait laissé son odeur, et ça, c'est une chose à laquelle il n'avait pas pensé.

Il se releva rapidement, replaçant l'oreiller à sa place comme pris en faute et il se dépêcha de rejoindre la petite douche afin de se déshabiller pour se laver entièrement. Il remerciait le ciel qu'Aiden ne soit pas arrivé pendant qu'il se donnait du plaisir aux creux de son lit. Le moment aurait été... ou alors, regrettait-il que ce ne soit pas le cas ? Peut-être que foutu pour foutu, il aurait osé cette fois l'inviter à partager une intimité avec lui.

— Tu te racontes vraiment des histoires...

Il se flagellait lui-même sous la douche alors que l'eau chaude venait détendre ses muscles endoloris par le plaisir et qu'il frottait son corps et son entre-jambes pour faire disparaître toute trace de son crime, une fois encore. Comment cet homme pouvait-il le mettre dans un état pareil ? Des hommes, il n'en avait connu que deux, mais aucun des deux ne l'avait jamais mis dans cet état second sans même le chercher. Aiden le faisait naturellement bander, quoi qu'il puisse dire ou faire... et ça, c'était dangereux. Les deux mains sur la paroi étroite de la douche, il laissa sa tête sous l'eau après avoir tourné le robinet pour qu'elle soit plus froide. Il fallait qu'il se rafraîchisse les idées s'il voulait sortir de cette foutue caravane un jour...

Ce n'est que quelques minutes plus tard qu'il sortit de celle-ci entièrement nu, attrapant la serviette qu'il avait

placée tout près pour se sécher, essayant de ne penser qu'à des choses qui n'avaient rien à avoir de près ou de loin avec le dompteur de lions. Exercice difficile quand celui-ci débarqua au même moment dans la caravane, sans avoir songé à frapper. Sébastian se retrouva sur le cul au milieu du couloir étroit, la serviette plaquée sur ses attributs masculins et le visage exprimant la surprise et surtout une légère angoisse.

— Fuck, excuse-moi... dit rapidement Aiden en détournant le regard, une main sur la nuque.

Sébastian, tombé après son sursaut, tenta de s'agripper

au comptoir le plus proche pour se relever et il se dépêcha d'enfiler la serviette autour de ses hanches pour se cacher, se passant une main dans les cheveux.

— Hey non, ne t'excuse pas... t'es chez toi après tout, c'est ma faute...

Il avala difficilement sa salive et tenta, en vain, de ne pas penser à ce qu'il venait de faire dans le lit de celui-ci. Malheureusement, le feu lui monta aux joues presque instantanément et il grimaça.

— Je venais juste te dire qu'on a installé le chapiteau temporaire et qu'on a préparé le diner... tu.. Tu n'auras qu'à venir quand tu seras prêt...

— D'accord ... merci...

Quand Aiden quitta la caravane, Sébastian s'agita sur place en mimant un hurlement.

Quel con ! Quel con ! Quel con !

Chapitre 7 : La famille

C'était l'effervescence sous le chapiteau, presque autant que lors d'un soir de première. À vrai dire, l'urgence d'avoir dû poser le camp avait amené une organisation à la vite et Mafalda, la cuisinière et chanteuse d'Opéra la plus respecté de la troupe, détestait ça. Aiden était toujours impressionné par la quantité de nourriture qu'ils pouvaient tous ingurgiter en une seule journée, voire en un seul repas. Les tables avaient été placées les unes à la suite des autres sous le ciré de la toile et les plats se présentaient un à un entre les différents artistes et les différentes équipes de la troupe. Mafalda avait abattu, avec ses fidèles sous-chefs, la tâche colossale de nourrir une centaine de personnes en un temps record. Il ne pouvait être qu'admiratif.

Lui revenait de sa caravane où il était allé prévenir Sébastian que le repas était prêt. La scène ne s'était d'ailleurs pas réellement passée comme il s'y était attendu puisqu'il l'avait trouvé entièrement nu au milieu du couloir, en train de se sécher à la sortie de la douche. Le pauvre avait fait un bon et s'était retrouvé le cul par terre et la main plaquée, avec la serviette, sur les bijoux de famille.

Aiden ne savait pas combien de temps il l'avait observé. Peut-être un peu trop longtemps quand il réalisa que les joues du Polonais prenaient feu pour se colorer d'une teinte légèrement rosée. C'est à ce moment qu'il avait détourné le regard pour s'excuser et le prévenir que le repas était prêt et qu'il attendait sous le chapiteau avec les autres.

En réalité, il était également venu pour parler du malaise qu'il y avait eu entre lui et Oscar quelques heures plus tôt, mais, définitivement, ça n'avait pas été le moment de parler de gêne ou de malaise.

C'est à peine dix minutes plus tard que Sébastian arriva finalement sous le chapiteau et Aiden se leva rapidement pour aller le chercher et ne pas le laisser affronter la vague de regards qui allaient se poser sur lui. Il était conscient que toute la troupe n'était pas de l'avis d'Oscar sur le sujet, mais il ne pouvait tout simplement pas le laisser seul dans un moment aussi délicat. Il arriva à sa hauteur et lui offrit un sourire sans faire mention de la tenue dans laquelle il l'avait trouvé quelques minutes plus tôt. Il se contenta de l'entraîner à sa suite vers une des extrémités des tables où se trouvaient déjà Poppy, Zimo ainsi que Mafalda et Auguste, dont le bout de table était surélevé. Puis il l'invita à s'asseoir.

— Ne fais pas attention à Oscar et à ceux qui pourraient avoir son opinion... On a été très clair avec eux... dit-il comme pour le rassurer.

— Merci...

Il hocha la tête pour lui signifier "N'importe quand" et contourna la table pour aller s'asseoir entre Auguste et Mafalda. Sébastian, en face de lui, avait également le géant à sa droite et de l'autre côté se trouvait Poppy, ainsi que Zimo près de la jeune femme. Le repas promettait d'être intéressant. Pour une fois, ils auraient un peu de temps pour apprendre à se connaître les uns et les autres avec le nouveau venu.

— Bienvenue à la table de l'Absinthium Séb... lança le maître de la scène avec un sourire sincère et accueillant.

— Oui, bienvenue ! renchérit la petite divinatrice à ses côtés.

Il sourit aux deux Circassiens et passa entre le banc et la table sous les yeux intéressés d'Aiden.

— Tu vas voir, la cuisine de Maf' est divine, tu ne voudras plus jamais repartir... ajouta Poppy en venant s'agripper à son bras avec enthousiasme.

Elle était une fois de plus fidèle à elle-même. Pleine de vie, attachante et tactile. Un magnifique contraste avec lui qui semblait être tout le contraire. Le Polonais lui lança un regard amusé et haussa un sourcil comme pour demander silencieusement "Elle est toujours comme ça ?" ce à quoi il répondit par un large sourire amusé.

— Poppy, lâche-le, tu vas nous l'effrayer !

— Tu dis n'importe quoi, David, il a besoin de se sentir accueilli parmi nous après tout ça...

— Ne m'appelle pas comme ça... tu sais qu...

Et c'était reparti pour un tour. Aiden continuait de sourire et de regarder son invité alors que les deux autres se chamaillaient comme un vieux couple. C'était tous les jours comme ça depuis maintenant une dizaine d'années. Pénélope, dit "Poppy", avait intégré la troupe avec son frère grâce à Zimo, frère qui malheureusement les avait abandonnés en cours de route pour une vie plus stable. Mais depuis, ils étaient tout aussi inséparables qu'Aiden et lui. Ils semblaient se taper sur le système l'un et l'autre, mais c'était tout le contraire quand on les connaissait bien.

— Allez, trêve de bavardages, manger ! s'exclama Mafalda pour couper court à la discussion.

— Oui, maman ... s'amusa Zimo alors qu'il attrapait le plat de pâtes devant lui et qu'il essayait d'échapper à une tape de la vieille femme par-dessus la table.

Celle-ci malheureusement, ne parvint pas à l'atteindre alors elle finit par tourner son attention sur Sébastian qui se fit tout petit sur sa place.

— Surtout toi, le nouveau, t'es tout maigrichon... il va falloir reprendre un peu du poil de la bête, hein, je ne te laisserai pas partir comme ça...

Aiden sourit à la façon maternelle qu'elle avait de sermonner Sébastian, mais il ne pouvait qu'être d'accord avec elle et son accent italien. Malgré une fine musculature qu'il avait pu parfaitement apercevoir sous le toit de sa caravane, il était amaigri par les mois passés dans la rue et ça pouvait se voir. Il l'encouragea à se servir en lui tendant un autre plat rempli à l'identique de bons spaghettis aux boulettes de viande. Il était conscient que la situation pouvait être impressionnante. Après tout, ce n'était pas tous les jours qu'on avait le loisir d'assister à un repas de famille d'une centaine de personnes... alors qu'ici, c'était un quotidien qui ne faisait plus ni chaud ni froid.

— Sers-toi, tu vas adorer ! C'est mon plat préféré ! dit-il, souriant.

Quand le plat fût hors de ses mains, il passa un bras autour des épaules de Mafalda et la serra contre lui, déposant un baiser sur sa joue de façon très exagéré. Un petit truc entre eux.

— Merci, Mama, pour ce repas, t'as encore fait des miracles en un temps record.

— Oui, il serait temps justement de penser à me récompenser !

— Tout ce que tu voudras Maf ! s'exclama Zimo en terminant sa bouchée.

— Tssss…

Elle fit un geste vers lui pour qu'il se taise, comme s'il en faisait trop et elle laissa un rire s'échapper de ses lèvres. Aiden lui, observait la scène un peu en retrait, comme Sébastian, et il souriait presque béatement dans son coin en réalisant combien il avait de la chance de tous les avoir dans sa vie. Puis, son regard accrocha celui du Polonais et, sans vraiment comprendre pourquoi, ils ne parvinrent plus à se lâcher de tout le repas.

Entre deux œillades, ils tentaient de suivre la conversation, mais Aiden était étrangement toujours attiré par la présence de Sébastian à la table. Personne ne semblait faire attention à eux, surtout pas Auguste qui les dépassaient de plusieurs centimètres en bout de table, et c'était agréable. Comme si le temps n'appartenait qu'à eux et qu'ils pouvaient le manipuler à leur guise. Dès que ses yeux rencontraient les siens, un sourire naissait sur son visage et l'effervescence autour d'eux semblait n'être qu'un bruit de fond lointain, comme si plus rien n'existait. Encore une fois, même s'il ne voulait pas se l'avouer ou réaliser ce qui était en train de se passer entre eux, c'était bel et bien présent. Il pouvait le ressentir.

Quelque chose de spécial s'était créé avec Sébastian quoiqu'il puisse bien vouloir s'avouer à lui-même.

— Alors, Sébastian, parle-nous un peu de toi !? demanda soudainement Zimo en sortant les deux hommes de leur petite bulle.

— Mmh, y'a pas grand-chose à dire, je suis né en Pologne, je suis diplômé en aéronautique et je viens de passer des mois difficiles… ma femme m'a quitté, j'ai perdu mon emploi, j'me suis retrouvé à la rue… bref…

— Eh bah, je ne m'étais pas attendu à autant de franchise... rit le maître de la scène.

— Oh, tu sais ! j'ai... rien à cacher, j'assume complètement d'avoir foiré cette dernière année...

— Si ça peut te rassurer, on n'en a pas mal chié aussi cette année... ajouta Zimo.

Aiden acquiesça dans son coin, mais décida de ne pas intervenir dans la conversation des deux hommes. Il n'aimait pas particulièrement parler de ces derniers mois et encore moins de l'événement qui les avait tous faits quitter New York. Peut-être le serait-il un jour, mais pour le moment, son deuil n'était pas encore fait et il devait prendre du recul sur lui-même pour apprendre à vivre avec et en assumer les conséquences.

— Et vous tous alors ? Pourquoi le Cirque ? demanda le polonais.

— Personnellement, je suis né dedans, il appartient à ma famille depuis des siècles... sourit Zimo en parlant toujours avec quelques gestuels.

— Moi, je les ai rejoints il y a seulement dix ans... à peu près... avec mon frère on avait toujours été fasciné par le Cirque et l'on a décidé qu'on y aurait notre place. On n'avait plus rien qui nous retenait, on était jeunes et l'on avait besoin d'aventure ainsi que d'un nouveau départ... renchéri la jeune elfe colorée à ses côtés.

— Et ton frère, il est où ? Je n'ai pas eu le plaisir de le rencontrer...

— Oh, tu sais Sébastian, l'amour... l'envie de fonder une famille dans la stabilité, il a pris un chemin différent trois ans après... sourit-elle.

Le Polonais hocha la tête pour signifier qu'il comprenait et Aiden rencontra son regard quelques secondes plus tard, comme s'il cherchait à avoir des réponses de sa part. Le dompteur sourit brièvement et il expliqua à son tour…

Mes parents ont intégré le Cirque avant ma naissance, j'ai grandi avec David et l'on est pas mal les plus anciens avec Mafalda et quelques autres, dont Auguste, à être les piliers de ce qu'ils ont créé avec le père de Zimo… Puis, si tu veux savoir pourquoi les lions… et bien, je dirai le goût du risque… rit-il brièvement, amusé, bientôt suivi de tous.

— Non, allez, pourquoi les lions ?

— Parce que j'ai rencontré Archimède, que son histoire m'a touché et que j'ai lié avec lui une relation unique… mes parents n'étaient pas vraiment d'accord à la base, mais ils ont dû se faire une raison… eux, c'étaient des voltigeurs, tu vois le genre… rien à voir…

— Et c'est comme ça qu'il est devenu le meilleur numéro de notre Cirque… Ajouta Zimo.

— N'exagère pas, Zim', ce n'est pas du tout le cas !

— Tu plaisantes… Sébastian, tu devrais le voir à l'œuvre avec Archi… il lui fait faire ce qu'il veut, même pour un vieux fauve aveugle…

Aiden eut le souvenir de l'avoir fait caresser le gros lion sans même craindre qu'il réagisse mal et en un regard pour Sébastian, il comprit qu'ils en avaient le même souvenir.

— Ça, j'ai eu l'occasion de le découvrir, oui… dit simplement le brun presque avec nostalgie.

Ils se sourirent tous les deux et la conversation reprit rapidement sur Mafalda et Auguste alors que le Polonais semblait n'écouter que d'une oreille, lui accordant des regards en coin et discrets de temps en temps. C'était plutôt spécial d'être observé ainsi.

Il pouvait le voir dans ses yeux. Ce n'étaient pas des regards que l'on pose sur tout le monde, mais bel et bien quelque chose sur lequel Aiden ne parvenait pas à mettre des mots. Jamais encore un homme ne l'avait regardé de cette façon et ça avait le don de le troubler au plus haut point. Peut-être parviendrait-il à se l'expliquer un jour, mais pour le moment, c'est dans un flou intersidéral qu'il pataugeait.

Il tenta de reprendre le fil de la conversation pour ne pas paraître trop à l'écart.

— Ici, tu peux m'appeler Mama... indiqua la plus vieille de la table.

— Ouais, c'est notre maman à tous, tu peux compter sur elle vingt-quatre heures sur vingt-quatre, elle est toujours d'attaque pour résoudre des problèmes... plaisanta gentiment Zimmerman.

— Pour une fois, cet idiot à raison, si jamais tu as besoin de quoi que ce soit, tu peux venir me voir, mon chéri, même pour une fringale de trois heures du matin... Sourit-il.

Mafalda était un cœur sur patte.

Aiden avait toujours aimé la générosité de son cœur et la facilité qu'il avait à pouvoir lui demander un peu de réconfort quand il en avait besoin. Du moins, quand il était petit. Parce qu'il se rendait compte en effet qu'il ne s'était pas tourné vers elle depuis longtemps. Peut-être parce qu'il pensait ne plus avoir besoin d'être consolé... alors qu'au fond, c'était le cas même s'il était trop fier pour se l'avouer.

Le repas se poursuivit tranquillement, toujours dans cette effervescence habituelle. On entendait les différents tons de voix, les ustensiles dans les plats, les rires des uns et des autres et ça avait quelque chose de particulièrement apaisant pour lui. Dans ces moments-là, il oubliait un peu sa solitude intérieure... et les angoisses qui logeaient encore dans sa poitrine.

— Ehoh, Aiden, tu rêvasses encore ! Aide-nous à débarrasser la table, feignant ! lui dit Poppy.

— Mmh, oui pardon, j'arrive...

Il espérait qu'elle n'avait pas remarqué les regards qu'ils s'étaient jetés tout le repas avec Sébastian. Il était certain d'avoir été discret, mais avec le troisième œil de sa meilleure amie, rien n'était moins sûr que ça.

Ils mirent tous la main à la patte pour débarrasser l'immense table et c'est dans ces moments qu'il était content d'avoir mangé dans des assiettes jetables. Ce n'était pas très écologique, mais ils ne faisaient ça qu'en cas de déplacement, heureusement. Les tables se vidèrent en un temps record et pendant que certains les nettoyaient rapidement, d'autres se proposaient pour la corvée de lavage des plats, qui eux, n'étaient pas recyclables. Aiden put voir au loin Sébastian discuter avec Mafalda alors qu'il l'aidait à la tâche et ça le fit sourire. Finalement, il trouverait peut-être des alliés le temps d'arriver dans la prochaine grande ville. D'un pas déterminé, il se dirigea vers son invité et posa amicalement une main dans son dos, s'adressant à la femme de la "maison".

— Je te l'empreinte Mafalda, on doit aller en ville pour

la pièce du camion.

— Bien, faites attention les garçons...

Aiden déposa un baiser sur son front, alors qu'il la dépassait d'au moins une tête et il fit signe à Sébastian de le suivre au-dehors du chapiteau pour préparer leur expédition. Celle-ci n'allait normalement pas être très longue, mais il préférait se préparer à toute éventualité.

On ne pouvait pas dire qu'il avait beaucoup de chance avec ses véhicules ces temps-ci...

— Alors, ça s'est plutôt bien passé non ? demanda-t-il en souriant une fois dehors.

— Oui, je m'étais attendu à pire... ils sont tous vraiment sympa... enfin tous...

Aiden laissa un rire bref quitter ses lèvres. Oui, malgré quelques têtes de mules à l'instar d'Oscar, ils étaient tous très sympathiques et il ne doutait pas qu'il finirait par se sentir bien parmi eux, même si au fond, ce n'était plus que pour quelques jours. Les deux hommes se rendirent jusqu'à la caravane du dompteur, mais cette fois au lieu de passer par la porte du côté, ils s'installèrent tous les deux à l'avant afin de prendre la route. Aiden avait pris la peine de prévenir Zimo qu'il partait avec Sébastian pour la ville la plus proche afin de trouver la pièce pour le camion et celui-ci lui avait fait promettre de s'occuper d'Archimède et de Sirius pour les rations de nourriture et le changement des cages. C'était une chose qu'il aimait dans cette grande famille du Cirque, l'entraide. Vous pouviez toujours compter sur quelqu'un. Peu importe la tâche, la difficulté ou l'intention.

Il y avait des avantages à partager un quotidien avec une centaine de personnes... comme c'était parfois dur de se démarquer ou d'obtenir l'attention de quelqu'un.

— Bon, on devrait en avoir pour une petite heure de route d'après le GPS...

— Tu penses qu'on pourra rentrer avant la nuit ? demanda Sébastian.

— Mmh, on devrait pouvoir, tout dépend si l'on trouve ce que l'on va chercher ou pas. Sinon, il faudra qu'on pousse un peu plus loin et là, c'est à voir si ça en vaut la peine...

Dans tous les cas, on a besoin de cette pièce pour faire redémarrer le convoi, donc, je pense qu'on n'aura pas réellement le choix, n'est pas ?

— En effet... Finit-il par dire en souriant.

— Alors, c'est parti pour un petit road trip tous les deux.

Aiden lui accorda un regard et il ne parvint pas à comprendre le sous-entendu qu'il sentait planer dans cette phrase. Était-il à ce point heureux qu'ils puissent partager un moment tous les deux loin du Cirque et de tout le monde ? Peut-être... il devait avouer que, lui-même, cette perspective lui plaisait assez.

Chapitre 8 : À l'écart avec toi

La neige avait recommencé à tomber sur eux à peine quelques minutes après qu'ils avaient eu pris la route. Les essuie-glaces faisaient des va-et-vient pour qu'Aiden puisse voir la route alors que lui, c'est plutôt sur le dompteur qu'il portait toute son attention. De façon discrète, il le détaillait et tentait d'imprimer les traits de son visage et les imperfections peu nombreuses qui faisaient son charme. Son nez, de profil, était parfaitement droit et pointu sur le bout. Ses lèvres charnues avaient une couleur invitante et sa barbe parfaitement entretenue semblait agréable sous les doigts. Il s'imaginait d'ailleurs parfaitement la caresser tout en l'embrassant.

— Pourquoi tu souris béatement comme ça ? demanda soudainement Aiden, le sortant de sa rêverie.

— Rien. Laisse tomber…

Aiden fronça les sourcils en lâchant brièvement la route des yeux pour le questionner en un regard.

— Tu es particulièrement beau quand tu es concentré sur quelque chose… C'est tout…

Venait-il réellement de dire ça ? Avait-il été assez stupide pour être aussi franc avec le dompteur qui se trouvait à ses côtés ? Il fallait croire que oui aux vues du second regard que lui jeta Aiden. Cependant, le regrettait-il réellement ? Non. Ça aurait fini par sortir de sa bouche à un moment ou à un autre alors, peut-être qu'il valait mieux tard que jamais. Après tout, il ne lui restait plus que quelques jours en sa compagnie pour qu'il se passe, ou non, quelque chose entre eux.

Il ne s'était jamais posé la question de la sexualité du

Circassien, étrangement, ou bien était-ce parce qu'il avait tout de suite senti que son attirance pourrait être largement partagée.

— Zimo a mis un truc dans ton café ce matin ?

— Non… Sourit-il, gêné.

— C'est simplement que… enfin, c'était soudain… j'ai rarement de compliment venant d'un autre homme…

— Il y a une première fois à tout, il faut croire…

Il grimaça légèrement, à moitié souriant, et décida de se contenter de garder le silence le reste du trajet pour ne pas augmenter le malaise qui planait à présent dans l'habitacle du véhicule. Il se sentait stupide de s'être laissé aller à la confidence comme ça malgré tout… et en même temps, ça devenait de plus en plus difficile de cacher qu'il avait une attirance pour cet homme. Il avait toujours eu des doutes sur sa propre sexualité, mais avant, il y a quelques mois, il n'avait jamais accepté son homosexualité pleinement.

Il avait malheureusement fallu qu'il brise le cœur de sa première petite amie, devenue sa femme, pour le découvrir. Cependant, malgré la douleur que tout ça avait pu causer, les mensonges, la trahison, il ne pouvait pas regretter d'être aujourd'hui pleinement lui-même aux yeux des autres. Alors, pourquoi ne pas l'être avec Aiden?

— C'était un homme.

L'Américain lui jeta un regard interrogateur sans comprendre le sujet de la conversation.

— La personne avec qui j'ai trompé ma femme. C'était un homme… ajouta-t-il.

Oh.

C'est tout ce qui put sortir de la bouche du blond à ce moment précis, mais il ne s'en formalisa pas.

— Je n'ai assumé mon homosexualité qu'il y a quelques mois... je sais, ça paraît insensé...

— Non... c'est... admirable au contraire.

Il s'installa un peu plus confortablement dans le fond de son siège et lui offrit un bref sourire. Au point où il était maintenant, il fallait qu'il crache le morceau.

— J'ai toujours senti que j'avais ça en moi... mais je l'ai nié si fort que je me suis perdu moi-même... tu vois ? Il m'a fallu plus de 30 ans pour enfin être celui que je suis réellement...

Aiden hocha la tête et reposa son regard sur la route, sans faire de commentaires.

— J'espère que mon compliment ne te gêne pas davantage maintenant que tu sais ça... parce que ça ne devrait pas, tu es attirant...

— Non... c'est juste que j'aime les femmes donc c'est étrange...

Et voilà, l'aveu tant attendu qui venait lui couper l'herbe sous le pied. S'était-il fait des idées ? Avait-il imaginé cette attirance partagée parce qu'il aurait aimé y croire pleinement ? Même le premier homme qu'il avait embrassé dans sa vie ne l'avait jamais attiré autant qu'Aiden. C'était comme ressentir un manque de quelque chose que l'on n'a pourtant jamais connu ou goûté. Une envie, un désir, un besoin viscéral. Ça lui serrait la poitrine, lui tordait les entrailles et contractait tous ses muscles les uns après les autres. Il avait envie de lui hurler de le toucher… de lui faire ressentir quelque chose… de le rendre vivant. Rien ne semblait à la hauteur de ce qu'il cherchait réellement depuis des années dans une relation. Il n'avait eu que sa femme, aimée, mais pas comme elle l'aurait mérité… et puis, quelques hommes sans lendemain. Mais cette attraction… bordel qu'il avait envie de lui donner une chance.

Néanmoins, il décida de ne pas aller plus loin sur ce chemin de peur de voir s'anéantir tous ses espoirs en quelques mots bien placés et bas. Impossible qu'il ait imaginé les regards, les sourires… et cette étreinte en pleine nuit où il avait pu le serrer dans ses bras et sentir son odeur envoûtante pour la première fois. Rien que ce souvenir le faisait douter des paroles du dompteur. Cependant, il respectait le fait qu'Aiden n'était peut-être pas aussi à l'aise avec sa sexualité que lui…

— Tu penses qu'on arrive bientôt ? demanda-t-il pour changer de sujet.

— Mmh, le GPS indique dans dix bonnes minutes… le garage devrait être sur la droite.

— Parfait, on va pouvoir se dégourdir un peu les jambes !

Et s'aérer l'esprit. Il en avait besoin.

Il fallait qu'il s'éloigne un peu d'Aiden, même quelques minutes pour tenter de remettre de l'ordre dans ses pensées et dans ses envies. Comment pourrait-il gérer une convoitise aussi puissante si jamais elle n'était pas réciproque ?

Ils arrivèrent finalement quelques minutes après au garage de la petite ville, comme convenu par la voix du

GPS qui avait été la seule à s'exprimer après ce dernier échange. Aiden les gara sur le parking quasiment désert et Sébastian s'empressa de descendre de la caravane pour prendre l'air. Il ne voulait pas qu'un malaise s'installe entre eux après cette discussion, au contraire, il aurait aimé que celle-ci fasse avancer les choses d'une manière ou d'une autre. L'Américain lui fit signe qu'il allait à l'intérieur pour parler au garagiste et il le laissa s'éloigner alors qu'il s'adossait délicatement sur la carrosserie de leur transport. Il neigeait encore. Mais, emmitouflé dans son manteau, il se fichait pas mal que la neige se pose sur lui. C'était plutôt agréable même.

Aiden revint quelques minutes plus tard, semblant agacé par les nouvelles. Intéressé, le Polonais se décolla du véhicule dans un petit élan et décroisa ses bras pour lui demander :

— Alors ? Qu'est-ce qu'il en dit ?

— Mauvaise nouvelle, on va devoir passer la nuit ici, il n'aura la pièce que demain matin.

— On ne peut pas aller la chercher ailleurs ?

— Son ami vient de la grande ville avec du stock demain de toute manière, alors autant ne pas se taper la route… non ?

— C'est sûr… on fait quoi alors ?

— Je vais appeler Zimo et lui dire qu'on passe la nuit ici. On a la caravane de toute façon.

— Bien. Je te suis.

D'un côté, ça avait peut-être du bon tout ça. Du moins, c'est un signe que Sébastian ne manqua pas de prendre. Ils auraient un peu de temps tous les deux loin du Cirque, à l'écart. Peut-être qu'il parviendrait à tirer quelque chose de cette expédition finalement.

— Oh et puis merde, tu sais quoi... annonça soudainement Aiden.

— Non... quoi ?

— J'vais nous payer des chambres d'hôtel... je n'ai pas dormi dans un vrai lit depuis des siècles, et je rêve de prendre un bain...

— Hey, non... te gêne pas pour moi, je n'ai pas de quoi te rembourser... je dormirai dans ta caravane sans problème.

— Non. Je sais que ça te ferait du bien à toi aussi, alors, laisse-moi te l'offrir. D'accord ?

Sébastian sembla hésiter longuement, mais il finit par acquiescer. C'est donc avec l'idée de trouver un hôtel dans le coin qu'ils se dirigèrent vers le centre de la petite ville. Dans la tête du brun, des centaines de scénarios tournaient déjà en boucle, certains plus clichés que d'autres, mais il ne pouvait s'empêcher de penser que c'était là l'opportunité qu'il attendait pour se rapprocher d'Aiden.

Celui-ci les gara finalement sur le parking d'un hôtel en plein centre à peine une demi-heure plus tard, alors que le trajet s'était fait dans un silence de plomb. Sébastian fut le premier à descendre de la caravane, mais il fut rapidement rejoint par le conducteur.

— Bon, je vais prendre nos chambres.

— Ça me fait quand même chier de ne pas pouvoir participer, Aiden...

— Ne t'en fais pas, ça me fait plaisir ! Tu n'auras qu'à laver les cages de mes bêtes pendant deux jours pour compenser !

Il rit de bon cœur et Sébastian leva les yeux au ciel en souriant.

Quand ils entrèrent dans le hall, un sourire neuf se glissa sur ses lèvres. C'était charmant, chaleureux et intimiste. Tout ce qu'il demandait à un petit hôtel de village comme celui-ci. La propriétaire les accueillit avec un large sourire et demanda ce qu'elle pouvait faire pour les aider.

— Je vais vous prendre deux chambres, s'il vous en reste... on va rester pour la nuit.

— Oui, parfaitement, à quel nom dois-je les mettre ?

— Stevenson. Aiden. Tenez...

Il tendit sa carte de crédit à la femme alors que Sébastian attendait un peu en retrait, silencieux. Aiden semblait demander des détails sur les chambres, mais il n'y prêta aucune attention, simplement heureux intérieurement à l'idée de dormir dans un lit confortable.

— Vous avez des bagages à faire monter ?

— Non, c'est un arrêt imprévu, on partira tôt demain matin.

— Bien, voici vos deux cartes magnétiques.

Elle lui tendit les deux passes et ils prirent l'escalier pour monter au deuxième étage où se trouvaient les deux chambres. Sébastian remarqua qu'elles étaient l'une à côté de l'autre et qu'il aurait sûrement le loisir de trouver une excuse pour le rejoindre dans la sienne plus tard. Le blond lui donna sa carte pour qu'il ouvre sa porte, la "77" et il se dirigea vers la sienne.

— J'propose qu'on se pose un peu, on se fera monter un truc à manger plus tard... dit-il en ouvrant sa chambre avant d'y entrer.

Sébastian se contenta d'acquiescer et il entra à son tour dans la sienne. Elle était petite, mais parfaite à ses yeux. Un grand lit deux places trônait au milieu et une salle de bain à l'entrée offrait tout le confort dont il avait besoin. Ça faisait des semaines qu'il n'avait pas pris un bain lui aussi... et il avoua qu'il se laisserait bien tenter. Néanmoins, c'est plutôt le lit qui l'appelait à cet instant précis. Il n'hésita d'ailleurs pas à se jeter dessus face contre les draps pour profiter du matelas moelleux. Il resta ainsi quelques minutes avant de se relever pour retirer tous ses vêtements et glisser sous les draps chauds et confortables. Ils sentaient le frais et il aimait la douceur de la matière sur sa peau. Il s'endormit comme un bébé en quelques minutes, la tête enfoncée dans l'oreiller.

Il ne fut réveillé que deux heures plus tard par des coups portés à sa porte. Dans un premier temps, il s'écrasa l'oreiller sur le visage, mais, il finit par abdiquer et se leva pour enfiler son boxer et répondre à ce qu'il pensait être le service aux chambres.

Finalement, il se retrouva face à face avec Aiden, frais comme un cardon et prêt à commander le repas du soir. Sébastian, les yeux encore ensommeillés, figea quelques secondes avant de l'inviter à entrer. Et tandis qu'il fermait la porte, il se dépêcha d'aller mettre son pantalon et son t-shirt pour ne pas créer de malaise plus grand entre lui et le dompteur.

— Tu as pu te reposer ? demanda Aiden.

— Ouais, je n'ai pas aussi bien dormi depuis longtemps... merci... sourit-il.

— J'ai pu prendre un bain, personnellement, je peux mourir heureux...

Il rit brièvement avant de s'asseoir sur une chaise dans un coin de la chambre. Sébastian se passa une main dans les cheveux et lui indiqua le téléphone sur la table de nuit.

— Tu peux te commander le repas, je n'ai pas faim...
— Hors de question que je mange seul ! N'ait pas de gêne !

— Je me contenterai d'un sandwich alors... sincèrement...

— Va pour deux alors !

Le Polonais le laissa commander à l'accueil de l'hôtel et il s'installa assis sur le lit, le dos posé contre la tête de lit. Il ne pouvait pas s'empêcher de poser son regard sur Aiden qui semblait perdu dans ses pensées. Il sentait que le malaise n'était pas tout à fait dissipé entre eux. Au contraire, il semblait s'étoffer à mesure que les minutes passaient. Le silence était lourd dans la pièce jusqu'à ce que le blond se lève pour tenter d'ouvrir un peu la fenêtre afin de faire entrer de l'air dans la chambre.

— Merde ! s'exclama-t-il en secouant sa main.

— Quoi ?

— Fais chier... je me suis ouvert la main avec cette

foutue fenêtre…

Sébastian se leva en moins de temps qu'il n'en faut pour le dire et il se précipita vers le Circassien pour attraper sa main entre les siennes. Une bonne coupure lui traversait en effet la paume. Elle semblait assez peu profonde, mais le sang commençait tout de même à s'en écouler lentement. Il l'entraîna vers le lit et le fit asseoir au bord du matelas lui indiquant qu'il allait chercher de quoi le désinfecter dans la salle de bain.

Ses doigts eurent du mal à quitter la peau rugueuse de sa main, mais il se fit violence pour ne pas se montrer davantage entreprenant.

— Attends Sébastian… Murmura presque Aiden.

L'ingénieur aéronautique se tourna vers lui en fronçant les sourcils, pouvant voir qu'il avait déjà simplement fait le tour de sa main avec un mouchoir en tissu, sûrement trouvé dans sa poche. Il resta figé au milieu de la pièce, à mi-chemin entre le lit et la salle de bain.

— Ça va…

Sébastian comprit qu'il ne parlait pas réellement de sa blessure, mais bel et bien de la situation entre eux, du malaise… ou alors même de la tension entre eux.

Il s'avança vers le dompteur lentement alors que celui-ci était toujours assis au pied de son lit. Son regard planté dans le sien, il semblait avoir un millier de questions à lui poser sans oser ouvrir la bouche. Sa soudaine vulnérabilité toucha le Polonais et il essaya de ne pas l'effrayer dans ses mouvements, comme il l'aurait fait pour apprivoiser un animal sans défense. L'atmosphère était lourde et grisante à la fois, il pouvait sentir qu'elle était chargée de sens et d'émotions.

Il aurait aimé, à cet instant, être dans la tête du plus vieux pour savoir ce qu'il pensait de tout ça. Dans la pénombre de pièce, seulement éclairée par la petite lampe de chevet, il finit par franchir les derniers pas qui le menaient à Aiden et quand il se trouva enfin devant lui, le surplombant de toute sa hauteur, il baissa légèrement son regard, toujours pour garder le contact. C'était presque une règle tacite... "Ne me quitte pas des yeux ou tout sera perdu". Lentement, sa main se leva pour venir se déposer sur sa mâchoire et sa barbe douce, délicatement taillée et entretenue. Il put voir Aiden avaler difficilement sa salive, toujours sans oser prononcer le moindre mot. Le moment semblait s'être arrêté dans le temps et à tout instant, cette bulle figée pouvait éclater entre ses doigts. Sébastian n'avait pas envie que cela se produise, mais malheureusement, ça ne dépendait pas que de lui. Son pouce caressa doucement la pommette du dompteur alors que ses doigts se glissaient sur l'arrière de son oreille et son autre main rejoignait la première sur l'autre joue pour prendre son visage en coupe. Tous ses gestes étaient lents, tendres... et il priait pour que le blond ne le fuie pas.

Après un dernier regard profond, il se pencha lentement vers lui et frôla dans une caresse, son nez du sien, fermant les yeux à ce contact.

Il n'aurait pu rêver plus tendre et plus sensuel premier baiser entre eux. Car quand ses lèvres se posèrent enfin sur les siennes, son cœur sembla manquer un battement. La chaleur de celles-ci se diffusa dans tout son corps à travers sa peau et il en réclama un peu plus. Cette première pression ne dura que quelques secondes, mais il ne perdit pas de temps pour en quémander un autre, puis un autre... et encore un. Des baisers chastes et presque trop timides pour deux hommes de leurs âges. C'était presque comme s'il n'avait jamais embrassé quelqu'un d'autre dans sa vie. Comme si les lèvres d'Aiden avaient été les seules auxquelles il avait goûté et contre lesquelles il s'était perdu. ... Mais, en y réfléchissant, peut-être que c'était le cas, car jamais encore il n'avait désiré aussi ardemment le contact de sa bouche sur la sienne.

Il sentit finalement les mains d'Aiden venir se poser sur ses flancs et, encouragé par ce geste, il le poussa légèrement pour monter à califourchon sur ses cuisses, ses doigts allant à présent glisser sur la naissance de sa nuque et le bas de ses cheveux qu'il agrippa fermement. Le baiser prit une tout autre tournure alors qu'il venait glisser sa langue sensuellement sur ses lèvres pour demander la permission de goûter à la sienne.

Et contre toutes ses attentes, Aiden accepta en remontant ses mains sur ses vêtements, les froissant dans son dos alors qu'il grimaçait dans ce baiser à présent langoureux et empli d'envie et de désir. Ses bras étaient quasiment refermés autour de lui, alors que leurs deux corps commençaient à s'entrechoquer fiévreusement. Cette fois, il ne pouvait plus en douter, c'était le premier baiser le plus grisant qu'on lui avait offert de toute sa vie. Des frissons parcourraient son échine et il semblait que le cliché de la nuée de papillons dans le ventre n'était plus une foutue légende, même pour lui.

Chapitre 9 : Tension

Il n'avait pas réussi à se sortir les mots de Sébastian de la tête pour le restant de la soirée et c'était encore pire maintenant alors qu'il avait son regard planté dans le sien et qu'il s'approchait. Sa tête lui disait de fuir, de se lever et de simplement quitter la chambre, mais son corps ne semblait pas vouloir bouger d'un pouce. La plaie de sa main le lançait légèrement et il pouvait sentir son cœur battre la chamade au cœur de la coupure. Néanmoins, rien ne parvenait à l'empêcher de regarder l'homme qui s'avançait vers lui. Pas même la boule qu'il avait dans la gorge et qui lui hurlait de détourner les yeux, de lui faire comprendre que ça n'était rien, que le Momentum était perdu.

Mais, il n'en fit rien.

Et Sébastian eut tout le loisir de s'avancer vers lui pour lui faire face et garder ce contact visuel qui le déstabilisait complètement. Il avait le sentiment d'être à nouveau un jeune adolescent paumé, ne sachant ni quoi faire ni quoi dire à cet instant particulier. La main du Polonais se leva finalement pour rejoindre sa joue et ce simple contacte tendit tout son corps.

Il ferma les yeux quelques secondes et se lova dans sa paume comme l'aurait fait un chat pour quémander une caresse. C'était tendre, agréable et… encore une fois réconfortant. La deuxième rejoignit la première et c'est à cet instant qu'il lui offrit un dernier regard, comme demandant une permission. Aiden fut incapable de lui dire d'arrêter. Il en avait envie. Rien n'aurait pu l'arrêter. Il avait envie de sentir ses lèvres sur les siennes. Envie de savoir si tout ce qu'il ressentait depuis quelques jours était réel. Il avait besoin de comprendre… d'essayer… de le toucher. Son nez frôla le sien, et ses lèvres laissèrent échapper un soupire discret alors que le souffle chaud de Sébastian venait caresser sa bouche.

Puis, enfin, ce baiser...

Ce baiser l'effrayait autant qu'il le désirait. Un contact chaud et sensuel qu'il s'était imaginé plus brutal, plus dominateur. Mais non, il n'en était rien. Deux hommes pouvaient se montrer doux l'un envers l'autre et il le découvrait. C'est à ce moment précis que ses pensées devinrent floues, lointaines. Il oublia jusqu'à ses propres angoisses et se laissa aller contre cet homme. Sébastian monta à cheval sur ses cuisses et instinctivement ses mains se posèrent sur ses flancs pour le retenir et tenter le garder contre lui.

Le baiser devint alors plus fougueux, enivrant et il se surprit à aimer celui-ci plus que n'importe lequel qu'il eût déjà reçu ou donné. Le brun savait y faire, contrairement à lui qui avait oublié le mode d'emploi dans ce genre de situation. Ses mains remontèrent dans son dos, froissant le tissu de son t-shirt pour s'y agripper comme à une bouée de sauvetage et il accepta de recevoir sa langue contre la sienne.

Bordel.

La sensation était enivrante... érotique et brûlante. Il donna volontiers la chance à Sébastian de mener la danse et laissa un gémissement se mêler à ce ballet langoureux. Jamais encore il n'avait ressenti une tension pareille avec une personne dans sa vie. Depuis qu'il était entré dans sa vie, quelques jours plus tôt, rien ne semblait vouloir fonctionner normalement dans ses pensées. Il ne parvenait pas à le garder loin de celles-ci et même ses nuits cauchemardesques étaient maintenant teintées d'angoisses différentes par rapport à ce quelque chose qu'il y avait entre eux. Il revoyait son père. Ses idées. Ses principes de vie. Il repensait à toute cette enfance où malgré l'amour et la générosité de sa mère, son père s'était évertué à lui faire comprendre certaines choses intolérables pour lui.

Aimer un autre homme en faisait partie. Aiden avait toujours associé l'homosexualité à l'enfer... au péché et à la damnation des âmes. Son père, très catholique, lui avait bourré le crâne dès son plus jeune âge avec toutes ses conneries. Puis bien qu'après sa mort et en grandissant, l'aîné des Stevenson s'était fait sa propre opinion, il réalisait aujourd'hui que les idées de son père étaient toujours bel et bien ancrées dans sa tête... quoi qu'il puisse en penser.

Il tenta de rester concentré sur Sébastian, sur sa langue, ses lèvres et même ses doigts qui jouaient dans ses cheveux et sur sa nuque, mais il se rendit compte très rapidement que le moment venait d'être brisé par l'image de son père imprimé dans sa rétine. Il repoussa doucement Sébastian, mettant fin à leur baiser, et alors qu'il reprenait son souffle, il l'incita à descendre de ses jambes pour pouvoir se lever. Il se passa une main sur la barbe silencieusement et avala difficilement sa salive, incapable de dire quoi que ce soit.

— Aiden... je... j'ai fait quelque chose de mal ? souffla le polonais, désarçonné.

— Je n'peux pas.

Et sur ces mots, il quitta la chambre alors que le service aux chambres s'apprêtait à frapper. Il observa le jeune garçon avec son chariot et se contenta de le contourner pour rejoindre sa propre chambre. Son appétit venait de disparaître aussi vite qu'il venait de rompre ce baiser délicieux et ça lui tordait l'estomac. Il claqua presque sa porte de chambre et s'écroula contre celle-ci, la tête enfouie dans les mains, complètement anéanti. À présent, il ne savait plus du tout où il en était. Il n'avait jamais osé laisser cette part de lui le guider parce que c'est ainsi qu'on l'avait élevé... mais, ce baiser, cet homme... il ne pouvait pas nier qu'il ressentait une attirance et un désir puissant. Pourquoi l'avait-il repoussé... Pourquoi l'image de son père l'avait-il fait fuir comme un lâche en laissant Sébastian sans une réponse dans sa chambre ? Oui, lâche. C'est ce qu'il avait été. Un lâche et un moins que rien. Il avait laissé le petit garçon prendre le dessus sur l'homme et il s'était senti incapable de faire taire la voix de son père qui le sermonnait sur ce qu'ils étaient en train de faire.

Il avait tout gâché. Tout.

Puis, soudainement, il l'entendit frapper doucement à la porte. Il n'eut pas besoin d'entendre sa voix pour savoir que c'était lui.

Mais, quand celle-ci lui parvint à travers la porte, sa gorge se noua de culpabilité.

— Aiden... ouvre-moi, j't'en prie...

Il y eut un silence pendant lequel il grimaça, songeant à combien il devait se sentir mal et ne pas comprendre la situation dans laquelle ils se trouvaient tous les deux. Cependant, il fut incapable d'ouvrir la bouche pour lui répondre. Il crut comprendre que son front se posait contre le bois de la porte lourdement et son cœur se serra dans sa poitrine.

— Aiden... pardonne-moi... je n'aurai pas dû... Laisse-moi m'expliquer...

Il n'y avait rien à expliquer, ni même à faire pardonner. C'est lui qui était lâche dans l'histoire. Lui qui l'avait repoussé. Lui qui s'était enfui sans même lui dire quoi que ce soit. L'explication c'était à lui de la donner, malheureusement, pour le moment il s'en sentait complètement incapable. Il était impuissant dans son propre corps, partagé entre le sentiment d'avoir déçu son père... mais surtout d'avoir laissé passer une chance de vivre un moment particulièrement doux avec Sébastian. Ce baiser avait été si sensuel et si puissant à la fois.

Il était sûr d'en avoir même bandé contre les hanches du brun qui avait initié quelques mouvements de va-et-vient.

— J't'en prie, laisse-moi entrer... j'ai besoin.... Aiden, je ne regrette pas... j'aimerais, pour toi, mais ça n'est pas le cas, et ça ne le sera jamais... Bordel si tu savais ce qui se passe dans ma tête depuis que je suis tombé à tes pieds... tu comprendrais...

Aiden redressa sa tête et fixa l'horizon de sa chambre, posant son crâne contre le bois à son tour, sans un bruit. Il se sentait tiraillé. Partager entre l'envie de lui ouvrir, de le prendre dans ses bras... et celle de disparaître dans la moquette de cette pièce. Il ne parvenait pas à se projeter. Était-il réellement capable de s'afficher avec un homme ? D'oser même avouer à Poppy ou à Zimo qu'il en avait embrassé un ? Tout ça, c'était compliqué pour lui. Il n'était pas sûr de pouvoir assumer. Même si ce baiser lui avait particulièrement plu, qu'est-ce que tout cela signifiait au juste ? Qu'il était homosexuel ? Qu'il était parvenu à devenir ce que son père exécrait le plus dans sa vie ? Il songea à sa petite sœur... à ce qu'elle en aurait pensé... à ce qu'elle lui aurait dit... mais il fut incapable de se mettre à sa place et ça lui compressa la poitrine encore davantage.

— Je ne peux pas, Sébastian... Souffla-t-il finalement avant de se lever.

— Ma porte te restera ouverte...

Sa carte magnétique glissa sous la porte à ses pieds.

Il verrouilla sa porte pour lui signifier qu'il ne devait pas insister et il se dirigea vers son lit pour se glisser sous les draps sans même prendre la peine de se déshabiller entièrement, retirant simplement son t-shirt. Il resta de longues minutes en position fœtale, la couverture jusqu'aux dessus des oreilles. Il avait le sentiment d'avoir perdu 30 ans d'un coup... se retrouvant comme un enfant, incapable de faire le tri dans ses pensées et dans son cœur, et hanté par le souvenir de son père et de sa petite sœur. La seule qui aurait pu l'aider ce soir aurait été sa mère. Elle toujours si douce et compréhensive... elle lui aurait sûrement fait comprendre qu'il devait écouter son cœur et ce qui lui faisait réellement envie. Malheureusement, ce dont il avait envie, il ne voulait pas l'assumer. Il ne voulait pas s'avouer à lui-même qu'il n'avait qu'un désir au fond de la cage thoracique : rejoindre Sébastian.

Il tenta de s'endormir. Tourna, vira pendant de longues minutes, qui devinrent des heures.

La voix de son père tentait toujours de lui dire que c'était une mauvaise chose, mais, plus le temps passait, plus le souvenir de ce baiser l'étouffait jusqu'à la rendre sourde. Il ressentait le besoin d'être contre lui, de pouvoir le toucher, respirer son odeur qui lui échappait encore. Il se rendait compte que toutes ces années, lui aussi avait rendu muet ce désir profond et cette attirance pour les hommes. Parce qu'il avait été élevé ainsi. Parce que c'était plus simple ainsi... Mais, il n'y avait rien eu de compliqué entre Sébastian et lui depuis le début. Au contraire, tout avait été si naturel. Il comprenait que ce qu'il vivait depuis plusieurs jours, c'était une attirance. Physique dans un premier temps, mais qui semblait bien plus profonde qu'il ne l'aurait imaginé.

Un soupire quitta ses lèvres et il se passa les mains sur le visage, le dos collé au fond du matelas, espérant s'y enfoncer. Il ne savait plus quoi faire. Comment arranger les choses... ni même quoi dire pour faire comprendre à Sébastian qu'il avait été lâche, effrayé et... honteux. Parce que oui, il s'était senti honteux de lui avoir cédé, d'avoir embrassé un homme, mais surtout, d'avoir aimé ça.

— T'es vraiment con, Aiden.

Il se sermonna lui-même avant de se lever en repoussant les draps vivement. Il n'alluma même pas la lumière et se saisit de la carte magnétique de Sébastian en la cherchant à tâtons dans le noir. Il ne l'avait pas repoussé, elle se trouvait encore au bas de sa porte. Quand il parvint enfin à la trouver, il sortit dans le couloir pour faire quelques pas et se retrouver devant la "77". Son cœur battait à tout rompre dans sa poitrine et il ne réfléchit pas réellement à ce qu'il était en train de faire, de peur d'abandonner et de se comporter lâchement une fois de plus. Il passa la carte sur le boîtier de la porte et ouvrit celle-ci doucement. La pièce n'était étrangement pas dans la pénombre. Aucune lumière n'était allumée, mais les rideaux de la chambre, encore ouverts, laissaient passer les rayons de la lune pour la baigner dans un halo bleuté. Aiden s'avança lentement dans la chambre, pieds et torse nus. Il trouva Sébastian allongé dans son lit, fixant le plafond, incapable de dormir lui aussi.

Il s'avança vers son lit jusqu'à ce qu'il remarque sa présence et sans un mot, celui-ci se décala lentement en ouvrant les draps pour l'accueillir près de lui. Aiden remarqua que lui aussi était toujours torse nu et il sonda ses pensées pour les fermer complètement. Il ne voulait pas gâcher un autre moment entre eux. Il en avait besoin.

Il en était pleinement conscient maintenant. Sans même y réfléchir, une fois de plus, il passa ses bras autour du corps de Sébastian et frôla délicatement sa peau de son nez avant de poser sa tête sur son torse. Il respira pleinement son parfum alors que les doigts du Polonais venaient se perdre dans ses cheveux et dans son dos pour le serrer contre lui. Il n'y avait finalement pas besoin de mots pour exprimer ce qu'il ressentait. Les gestes suffisaient. Il ferma les yeux, son visage à présent enfoui dans le creux de son cou et il y resta de longues minutes, qui encore une fois devinrent des heures. Bercé par la respiration apaisée de Sébastian, par ses caresses et par la chaleur de sa peau contre la sienne, il avait fini par trouver le sommeil.

Les explications pouvaient attendre, mais pas ce repos bien mérité.

Le jour se leva quelques heures plus tard, bien trop courtes à son goût. La chambre était à présent baignée dans la chaleureuse lumière du soleil qui étrangement avait chassé la neige en cette belle matinée. Aiden ouvrit difficilement les yeux pour tenter de se réveiller et comprendre où il se trouvait. C'est comme ça qu'il se souvint de la nuit précédente, en sentant le corps de Sébastian lové contre le sien.

Il lui tournait le dos, mais son bras retenait le sien autour de son torse si bien qu'il ne pouvait pas bouger sans le réveiller à son tour. Il reposa lentement sa tête sur l'oreiller, un sourire sur les lèvres et nicha son nez contre sa nuque, profitant de pouvoir s'imprégner de son odeur de menthe poivrée.

Il réalisa alors qu'il n'avait pas aussi bien dormi depuis des siècles. Que c'était une des premières fois où il ne faisait pas de cauchemars... ou sa sœur ne venait pas hanter ses songes. Il se sentait pleinement reposé... serein et avoir Sébastian dans ses bras lui procurait un sentiment de bien-être qu'il n'avait encore jamais ressenti. Était-ce la chaleur de sa peau brûlante contre la sienne ? Son parfum ? Ou simplement l'étape qu'il lui avait fait franchir pour lui-même ? Il s'en fichait éperdument pour le moment, il ne voulait pas tenter de comprendre, mais simplement en profiter. D'ailleurs, il comprit qu'il n'était pas le seul quand les lèvres de Sébastian se posèrent sur le bout de ses doigts, puis sur sa paume, tendrement. Aiden nicha un peu plus son nez dans son cou et souffla...

— Pardonne-moi d'avoir été lâche...

— Il n'y a rien à pardonner, Aiden... tu n'étais pas prêt à accepter...

— Et je ne sais pas si je le suis encore... je... je veux juste garder ça pour moi pour le moment, tu comprends...

Sébastian hocha la tête avant de se tourner dans ses bras pour venir le repousser sur le dos et se pencher au-dessus de son visage, souriant alors que quelques mèches de cheveux lui tomber sur le front. Il était tellement beau... il voulait bien se damner pour avoir cette vision tous les matins du reste de sa vie.

— Reste... chuchota-t-il en venant dégager son front.

— Dans ce lit ? C'est le mien je te rappelle... sourit le Polonais.

— Idiot. Au Cirque... avec moi. Reste...

— Je ne suis pas sûr que ta grande famille ait

réellement une place pour un type comme moi...

Le brun eut un nouveau sourire et il se pencha vers son visage pour venir déposer ses lèvres sur sa joue, chastement. Il descendit ensuite lentement à la commissure de sa bouche, avant de la capturer d'une manière douce et sensuelle. Ce contact ne dura que quelques secondes, mais c'était suffisant pour donner à Aiden l'envie d'en avoir plus.

Sa main vint se poser sur sa nuque et il l'attira de nouveau à lui, prenant sa bouche en otage sans aucun regret. Le torse du Polonais se colla contre le sien et sa langue quémanda bientôt l'accès à ses lèvres pour approfondir ce baiser. Celui-ci surpassa même le premier et c'est à bout de souffle qu'ils se séparèrent de quelques centimètres, souriant tous les deux.

— Tu pourrais me convaincre d'envoyer chier ta famille pour tes baisers...

— Carrément ?

— T'as même pas idée. J'en ai crevé de frustration quand tu m'as repoussé...

— Je suis désolé...

— Hey, t'excuse pas... ce que tu dois retenir c'est que je crevais d'envie de toi...

Aiden se mordit la lèvre, caressant la joue de son amant du pouce alors que ses yeux se perdaient dans les siens. Il pouvait le voir dans son regard, c'était toujours le cas. Il se sentait désiré si puissamment par Sébastian que ses joues s'empourprèrent comme celles d'une adolescente prête à perdre sa virginité.

Néanmoins, il n'était pas sûr de pouvoir aller plus loin pour le moment. Tout était encore nouveau pour lui... c'était comme repartir de zéro, réapprendre un domaine dans lequel on se croyait plutôt bon. Il ne savait pas s'y prendre et il ne voulait pas tout gâcher, pas encore.

— Vous rougissez, Monsieur le Dompteur... sourit-il en coin.

— Parce que tu me rends vulnérable...

— Voyez-vous ça...

— Personne ne m'avait fait bander en un simple baiser, Sébastian.

— Mais ça n'est pas réellement pour ça que tu es parti, n'est-ce pas ?

— Non, c'est plutôt parce que j'ai eu le malheur de penser à mon père...

— OK, là, tu deviens bizarre... rit-il moqueur.

— Pas comme ça ! grimaça-t-il alors que Sébastian tentait juste de détendre l'atmosphère.

— Raconte...

Ils reprirent leur sérieux, le Polonais posant sa tête dans sa main en se collant à son flanc. Une de ses jambes se hissa sur sa cuisse et il le laissa dessiner de petites formes invisibles du bout des doigts sur son torse.

— Disons que j'ai été élevé dans l'idée que l'homosexualité était une chose dégueulasse... et, j'ai eu honte... je me suis senti mal, d'aimer ça... d'avoir envie de toi...

— Je comprends, tu sais… je te l'ai dit, je n'ai accepté mon orientation qu'il y a quelques mois… c'est récent pour moi aussi tout ça…

— On a l'air brillants… bientôt quarante ans et j'suis aussi paumé qu'un ado de quinze…

— Arrête de te poser des questions… voyons où ça nous mène, d'accord ?

Il acquiesça en se mordant la lèvre avant que Sébastian ne vienne à nouveau lui offrir un baiser

Chapitre 10 : Retour à la réalité

Ils n'avaient fait que s'endormir l'un contre l'autre... tout simplement et pourtant, il n'avait pas eu envie de plus. Après s'être fait repousser dans l'audace de leur premier baiser, Sébastian s'était imaginé ne plus pouvoir avoir ne serait-ce qu'un contact visuel avec Aiden. Il n'avait pas réellement compris sa fuite, mais, les raisons auraient pu être tellement nombreuses, c'était presque impossible de s'en douter sans qu'il en parle lui-même. Alors quand il l'avait rejoint en pleine nuit, sans un mot, prêt à se blottir contre son corps, il n'avait pas cherché à poser de questions. Il s'était contenté de lui offrir ses bras et sa chaleur dans une étreinte désirée afin qu'ils puissent tous les deux trouver le sommeil. Comme après une dispute de couple... quand on ne trouve pas les mots et que les actes ont plus de sens que n'importe quel discours.

— Arrête de te poser des questions... voyons où ça nous mène, d'accord ?

Il le vit se mordre la lèvre et il ne put s'empêcher de vouloir venir embrasser cette pauvre meurtrie pour la soulager. Ou alors était-ce parce qu'il était incapable de résister à l'envie d'être en contact avec n'importe quelle partie de son corps ? C'était une possibilité.

Sa main se glissa tendrement sur sa nuque et ils entamèrent un long échange de baisers tous plus sensuels les uns que les autres. La tension sexuelle entre eux pour être coupée au couteau, mais, Sébastian avait bien compris que pour le moment, Aiden n'était pas prêt à aller plus loin. Du moins, pas aussi rapidement. Il laissa alors de côté son désir brûlant d'être possédé par cet homme et se contenta de profiter de sa bouche qui dévorait la sienne depuis plusieurs minutes déjà.

Ils auraient pu finir par manquer de souffle si cela n'avait pas été de la personne qui frappait à la porte pour les sortir de leur moment intime.

— Petit déjeuner Monsieur !

Sébastian et lui haussèrent un sourcil n'ayant pas commandé de petit déjeuner.

— Tu vas lui ouvrir ou j'y vais ? demanda-t-il au dompteur.

— Eh bien, vu que c'est ta chambre...

Ils se sourirent tous les deux largement et il sortit difficilement du lit, manquant de tomber en se prenant les pieds dans les draps.

Aiden l'observait, amusé, les deux bras croisés sous sa tête, dévoilant la musculature de ses bras et les fines lignes de poils blonds sous ses aisselles.

— Moque-toi ! chuchota-t-il en se dirigeant vers la porte.

Il ouvrit celle-ci avec un grand sourire et expliqua au jeune homme de la veille qu'il n'avait pas commandé de petit déjeuner pour cette chambre.

— Je sais, Monsieur, mais Madame Wardwell ne savait pas à quelle heure vous partiez, elle a tenue à vous l'offrir à vous et à la chambre.... "78"... lut-il sur sa note.

— Oh, eh bien... c'est extrêmement gentil de sa part, vous lui transmettrez nos remerciements...

Le jeune homme fronça les sourcils sans comprendre pourquoi il parlait pour eux et Sébastian se contenta de lui dire que l'homme de la "78" était actuellement dans son lit. Le tout avec un large sourire satisfait devant son petit effet. Il attrapa le chariot du jeune serveur et le congédia gentiment en refermant la porte pour s'engouffrer à nouveau dans la chambre. Le chariot roula jusqu'au lit et Sébastian put avoir le loisir d'observer le dompteur dans toute sa splendeur.

Toujours dans la même position que quand il avait quitté le lit, il remarqua cette fois que le drap avait glissé sur ses hanches afin de dévoiler entièrement son torse et il ne put s'empêcher de songer que son petit déjeuner, peu importe ce que ça pouvait-être, avait l'air moins appétissant que ce corps quasiment offert qui s'étalait à sa vue.

— Tu ne me rends pas la tâche facile, tu sais.

— De quoi tu parles ? questionna Aiden.

— Du petit déjeuner que j'ai envie de sauter par ta faute… et pourtant, c'est le repas…

— Le plus important de la journée… termina-t-il.

— Je vois qu'on a eu le même sermon étant jeune…

Ils rirent tous les deux alors que Sébastian se forçait à poser son attention ailleurs que sur le corps de son nouvel amant. Il enleva les cloches des petits déjeuners et y trouva deux portions de crêpes beurrées avec du sirop de caramel et quelques fruits. Il y avait également du café, deux tasses fumantes, et de quoi les accommoder.

— Eh bien, on est plutôt gâté si tu veux mon avis…

Il sursauta alors qu'Aiden enlaça sa taille et posa sa tête sur son épaule afin de voir ce qu'ils avaient reçu comme petit déjeuner. C'était étrange de sentir le naturel avec lequel ils agissaient l'un avec l'autre depuis le début... et maintenant encore davantage.

— Bien, on devrait manger et reprendre la route, la réalité nous attend...

— Mmh... ouais... grogna-t-il un peu déçu.

— Tu as encore quelques jours pour penser à ma proposition...

— Celle de rester avec toi dans le Cirque ?

— Oui...

— J'y réfléchirai... même si c'est tentant, qu'est-ce que je foutrais de mes journées ?

— On s'en fout de ça, on te trouvera une place...

— Tu veux vraiment voir où ça nous mène alors ?

— Je n'en ai jamais été aussi certain... j'ai fait taire mon père... je veux prendre le temps d'apprivoiser tout ça... et peut-être que je préférerais que l'on reste discrets un moment... mais j'ai envie de voir où ça nous mène, oui... parce que j'ai bientôt quarante ans et que j'ai plus le temps de me poser des questions, comme tu l'as dit...

— Aiden Stevenson, vous êtes un putain de numéro... railla-t-il amusé en se tournant pour lui faire face.

Ils se sourirent un bref instant avant de se donner un baiser pour finalement entamer le déjeuner. Il fallait qu'ils soient au garage dans une demi-heure alors, malheureusement, ils ne pouvaient plus flâner tranquillement au lit.

Ce que Sébastian regretta grandement, surtout quand il songea à la nuit et au réveil auquel il avait eu le droit. Après le repas, Aiden se força à quitter sa chambre, non sans s'offrir un dernier baiser et ils se donnèrent rendez-vous dans le hall de l'hôtel dans les dix prochaines minutes. Le Polonais profita de sa solitude pour s'étaler de tout son long dans le lit défait et prendre un instant pour réaliser ce qu'il venait de se passer. Enfin, il y était parvenu... et même plus encore, Aiden lui demandait de rester... de ne pas le quitter à la prochaine grande ville. C'était presque trop beau pour être vrai. Ça avait semblé même beaucoup trop facile quand il y réfléchissait... La vie lui jouait-elle un tour ?

Dix minutes plus tard, il était déjà en bas des escaliers, attendant le dompteur pour qu'ils puissent reprendre la route vers le garage. Il profita de l'attente pour remercier la propriétaire pour le petit déjeuner copieux auquel ils avaient eu le droit et elle lui accorda un clin d'œil qui le fit sourire. Comme si elle avait deviné ce qui s'était passé entre eux ou qu'elle avait pu voir la tension de la veille qui les avait traînés jusqu'à son hôtel. Ils la saluèrent tous les deux quelques minutes plus tard en sortant sur le parking et chacun monta de son côté de la caravane, le sourire aux lèvres. C'était étrange de remonter dans le véhicule en sachant tout ce qui avait changé en une nuit. Ce premier baiser, cette première nuit dans les bras l'un de l'autre. Sébastian était clairement sur un petit nuage duquel il s'attendait à tomber à tout moment. Malgré tout, il tentait de rester positif, même alors que son estomac se nouait sur le chemin du retour.

Ils étaient passés rapidement au garage et avaient récupéré la pièce sans s'attarder sur place et faire de vieux os. Aiden semblait pressé de reprendre la route pour retourner au milieu de sa grande famille, alors que pour lui, l'angoisse lui tiraillait les entrailles. Sans trop savoir pourquoi, il avait peur de tout perdre en retournant là-bas.

Peur de voir Aiden différent, de perdre son attention, sa tendresse... de se rendre compte que tout ça n'avait été qu'un entracte dans le spectacle de sa vie.

— Ça va...tu m'as l'air pensif ? demanda soudainement Aiden.

— Oui, ne t'en fais pas...

— Sébastian, on ne se connaît pas depuis longtemps, mais je sens que quelque chose ne va pas... dis-moi...

Sébastian avala difficilement sa salive, percé à jour, et posa son regard sur le dompteur de lions.

— Je crains simplement de retourner à la réalité...

Aiden ne répondit rien... et c'était peut-être mieux ainsi. Il ne voulait pas l'entendre dire qu'il ne savait pas comment ça se passerait une fois qu'ils seraient de retour au Cirque. Il n'avait pas envie d'entendre que les choses étaient compliquées... Lui, il se fichait vraiment de devoir se cacher pendant un temps si ça le mettait à l'aise. Il se foutait assez de devoir l'embrasser entre deux caravanes, ou devoir attendre la nuit pour le rejoindre dans la sienne. Ce dont il avait peur, c'est que même ça, Aiden ne soit pas en mesure de lui offrir. Car, après y avoir goûté, il n'avait plus du tout envie de s'en passer...

— On verra où ça nous mène d'accord ?

Sébastian acquiesça. Oui, il fallait qu'il suive son propre conseil et qu'il arrête de se poser des questions du genre. Il y avait déjà un début... il ne fallait pas prédire une fin sans avoir pu écrire le milieu. Comme dans un bon roman, il fallait y aller chapitre après chapitre... en se laissant porter par l'histoire et par les personnages.

Le trajet fut un peu plus long que la veille, mais il ne s'en plaignait pas, au contraire. Son envie de rentrer au Cirque et d'affronter les regards des méfiants et ceux accusateurs des autres était faible, et ça ne lui manquait pas réellement.

Pourtant, Aiden l'avait rassuré tout au long du chemin... par quelques sourires, des plaisanteries et même quelques caresses sur sa cuisse. Étrangement, les rôles avaient été inversés par rapport à la nuit dernière, cette fois, c'est lui qui avait eu besoin de réconfort et d'assurance.

— Voilà, on arrive... heureusement, ils ne sont pas partis sans nous... Plaisanta le Circassien.

— Dommage !

— Sébastian...

— Excuse-moi... c'est simplement que j'aurais aimé t'avoir plus longtemps pour moi seul...

— Je te promets que l'on aura du temps...

Il n'eut pas d'autre choix que de le croire sur parole et se redressa dans son siège alors qu'ils arrivaient sur le terrain vague abandonné la veille. Zimo les attendait avec impatience et les deux hommes se lancèrent un dernier regard plein de promesses avant de descendre de la caravane.

— Alors vous deux, vous l'avez cette pièce ? demanda David en trottinant vers eux.

— On l'a ! Ça n'a pas été facile, mais tu vas pouvoir

faire des miracles comme d'habitude !

— Ouais, en parlant de ça, je pense qu'on va rester au moins jusqu'à après-demain... je me suis renseigné et l'on ne devrait pas avoir de problème ici... le truc, c'est qu'on n'est pas mal tous crevés par la route et que c'est préférable, pour nous et les animaux de prendre un break...

— Parfait, on fait comme ça...

— Sébastian, t'es pas pressé d'arriver à la nouvelle ville de toute façon, non ?

La question le fit légèrement sourire en coin.

— Non, ça va aller... je vous suis.

Plus de temps pour lui afin de réfléchir à la proposition d'Aiden... et plus de temps pour Aiden de se faire à l'idée qu'il devrait trouver une excuse pour le faire rester au milieu de la troupe. Finalement, ce petit break aurait peut-être du bon dans tout ça.

— De toute façon, je vais mettre un moment pour réparer le camion, autant faire ça bien.

— Comme tu dis... Sébastian et moi, on va s'occuper de nettoyer le chapiteau et de préparer le foin pour les bêtes demain...

— Oh, vous avez le temps, faites donc ça après le souper !

Et c'est donc tranquillement que se passa le restant de la journée. Aiden lui avait une fois de plus fait nourrir Archimède, non sans le toucher de façon plus sensuelle cette fois, et ils avaient également aidé les monteurs à installer quelques abris temporaires pour les animaux au milieu du cercle des camions et des caravanes. Sébastian n'avait pu s'empêcher de glisser quelques mots à Aiden dès qu'il le pouvait... lui soufflant combien il avait envie de l'embrasser... d'être touché... Si bien que quand fût arrivé le soir, après l'immense souper prit une fois encore sous le chapiteau, il fût dans tous ses états...

— Tu sais que les heures ont été longues... Chuchotat-il alors qu'ils venaient de se retrouver dans une alcôve, derrière des rangées de costumes mis sur ceintres. - Je sais...

Son sourire lui donna le sien et il le plaqua contre un des poteaux en métal qui soutenait le chapiteau. Sa bouche rencontra la sienne et son corps se colla contre le sien, avide de le sentir si proche de lui. Les mains d'Aiden se posèrent sur ses flancs, encore une fois, et ils s'embrassèrent longuement et avec fièvre, comme s'ils avaient ressenti un manque de plusieurs semaines. La tension sexuelle entre eux n'était pas apaisée, bien au contraire. Elle ne faisait qu'augmenter avec les heures et les jours qui passaient. Sébastian se montrait plus entreprenant parce qu'il était plus confiant que son amant, mais ça n'avait pas l'air de déranger celui-ci de se laisser mener à la baguette.

Le Polonais prit donc ce signe pour une permission et il se montra plus passionné dans son baiser, une de ses mains se glissant entre leurs deux corps pour venir saisir son sexe à travers le tissu de son jeans. Un soupire lourd de sens quitta les lèvres d'Aiden qui lui saisit le poignet, comme pour l'arrêté dans ses mouvements... mais Sébastian ne fût pas réellement convaincu par sa poigne, presque trop légère.

— Profite... laisse-moi faire... j'ai juste envie de te

faire plaisir... chuchota-t-il contre ses lèvres.

— Tu es fou, quelqu'un pourrait nous surprendre ici...

— Il n'y a personne... laisse-toi aller, c'est grisant le goût du risque...

Il sentait bien qu'Aiden était loin de vouloir qu'il s'arrête dans ses gestes... au contraire, il le vit lâcher son poignet pour venir saisir sa nuque fermement et lui voler un baiser encore plus langoureux que le précédent. Puis sa lèvre fut mordue délicieusement, alors que sa main malaxait tendrement la bosse généreuse par-dessus les vêtements de son amant. Bordel qu'il avait envie qu'il lui fasse l'amour, là, au milieu des costumes et des bottes de foin.

Il se fichait éperdument qu'on les surprenne pour sa part, tant qu'il pouvait le sentir contre lui... en lui.

— J'ai tellement envie de toi... murmura-t-il à son oreille tout en reprenant son souffle.

— Sébastian...

Ce n'était qu'un soupire, mais il l'encouragea à continuer ce qu'il était en train de faire. Ses lèvres se posèrent délicatement à l'arrière de son oreille, puis sur sa mâchoire avant de descendre doucement vers son cou où il laissa un chemin humide sous sa langue. Aiden frissonnait sous ses caresses, il pouvait le sentir, et ça ne faisait qu'augmenter son propre plaisir. Lentement, il continua à descendre dans son cou, avant d'aller ouvrir son jeans d'une main habile pour accentuer l'intimité qu'ils étaient en train de partager. Ses doigts s'engouffrèrent enfin sous l'élastique de son sous-vêtement et il put saisir pleinement l'ampleur de sa hampe sous sa main.

— Si l'on m'avait fait soupçonner les merveilles que pouvait dissimuler le Cirque, je serais venu plus tôt... Plaisanta-t-il en frôlant ses lèvres.

— Content que le numéro te plaise...

— Je paierai volontiers le dompteur pour jouer les fauves.

Ils se sourirent de façon très explicite avant qu'un nouveau baiser ne vienne faire monter la chaleur sous le chapiteau en toile cirée. À présent, même Aiden n'avait cure d'être surpris... à vrai dire, il oubliait tout ce qui existait autour d'eux depuis que sa peau brûlante avait rencontré les doigts de Sébastian. Quant à lui, ce sont ses mouvements qu'il accentua, dévorant les lèvres du blond pour l'empêcher de gémir trop fort. C'était un moment particulièrement érotique... un de ceux que l'on ne peut pas réellement oublier. Un de ceux que Sébastian ne s'était jamais permis de vivre avec son ex-femme ou n'importe qui d'autre. Il était spécial. Comme la tension entre eux qui lui coupait le souffle et qui le rendait accro à la moindre caresse, au moindre baiser... C'était à vous en donner le vertige et il aimait ça. Plus que jamais auparavant, il se sentait vivant...

Chapitre 11 : Poppy

Elle tremblait de tout son corps alors que les larmes coulaient sur ses joues rosies par le froid. Sa main portée à sa bouche tentait d'étouffer les sanglots bruyants, mais rien n'y faisait. Elle ne se contrôlait plus du tout. Ce n'était pas possible. Ça ne pouvait pas être la vérité. Elle toujours si joyeuse, si pétillante, s'éteignait sous le poids du chagrin comme les ailes d'une fée à qui l'on aurait dit "Tu n'existes pas".

Elle se fana sur place jusqu'à ne plus être capable de maintenir son regard sur la scène. Ses jambes lourdes la mirent difficilement debout et elle se précipita à l'extérieur pour échapper à ce qu'elle venait de voir et de découvrir. Son monde s'écroulait complètement.

Elle venait de sentir son cœur se briser et se scinder en deux moitiés. Rien n'aurait pu la préparer à cela, rien, pas même le principal intéressé. Elle courut sous la pluie jusqu'à sa propre caravane et une fois à l'intérieur, laissa s'exorciser sa peine en s'asseyant sur son lit, un oreiller entre les bras. Comment avait-il pu lui faire ça ? À elle…

Elle pouvait le revoir, se perdant dans les affres du plaisir sous les doigts de son amant. Sa bouche dévorant la sienne et ses mains le maintenant contre lui avec un désir qu'elle n'avait jamais pu voir dans son regard, ni même dans ses gestes. Il avait fallu que ce démon tentateur tombe du ciel pour corrompre son cœur et ses envies. Et le voilà qui s'offrait entièrement, vulnérable et soumis à ses griffes. Qui était cet homme pour l'avoir fait tomber dans le gouffre de son propre plaisir… Elle ne le reconnaissait plus. Ne voulait pas croire à ce que ses pensées lui soumettaient encore comme images. Il n'était plus celui qu'elle avait connu… qu'elle avait aimé et qu'elle aimait encore atrocement !

Son cœur se serra dans sa poitrine et elle laissa s'échapper de sa gorge un sanglot retenu depuis de longues minutes. Dans sa tête, les souvenirs de la scène ne cessaient de tourner en boucle et elle ne parvenait pas à les chasser. Si bien qu'elle finit par s'agripper les cheveux de chaque côté du crâne, laissant un cri sourd s'extirper de sa gorge... Les larmes coulaient sans retenues sur ses joues, creusant des sillons humides dans la fine couche de son maquillage. Elle se rappelait encore avec quel enthousiasme elle avait indiqué à Zimo qu'elle irait aider Aiden et Sébastian sous le chapiteau.

Combien elle était heureuse de revoir son meilleur ami... mais plus encore, celui qui faisait battre son cœur depuis maintenant plusieurs années !

Malgré leur différence d'âge, elle n'avait pu s'empêcher de tomber sous le charme de ce solitaire au grand cœur, amoureux des bêtes et tout aussi abimé par la vie qu'elle. Elle s'était sentie investie d'une mission : le rendre heureux. Et pour ça, elle avait tout fait, tout.

Néanmoins, jamais il ne l'avait regardé avec autant d'ardeur dans le regard que cette façon qu'il avait eu de poser ses yeux sur Sébastian pendant ce moment pris au temps, se croyant à l'abri des yeux imprudents. Mon Dieu qu'elle regrettait d'être entrée sous ce chapiteau... d'avoir assister à cet instant intime... mais surtout, d'avoir été assez idiote pour penser qu'un jour, Aiden la verrait autrement qu'une petite elfe colorée, comme il aimait l'appeler. Elle avait tout essayé pour qu'il ne la considère plus comme cette petite sœur qu'elle n'avait jamais voulu être. Et, aujourd'hui, elle se rendait compte que plus rien ne fonctionnerait... que d'ailleurs, peut-être rien n'aurait jamais été dans ce sens avec elle, une femme.

Elle avait du mal à comprendre.

Jamais Aiden n'avait laissé penser qu'il pourrait être attiré par les hommes. Jamais. Alors pourquoi maintenant ? Pourquoi avec lui ? Elle aurait aimé se convaincre que Sébastian l'y avait forcé... cependant, elle n'était pas naïve. Elle avait bien vu sa manière de le toucher... de l'embrasser et de gémir son prénom alors qu'il le caressait. Elle ne pouvait rien contre cela. Elle venait de perdre la partie, la bataille et la guerre en une seule et même minute. Il était clair que jamais Aiden ne la regarderait comme ça un jour, même si elle en avait rêvé durant de nombreuses nuits.

Oui, nombreuses avaient été les nuits où elle s'était imaginée le rejoindre dans sa caravane... s'offrir à lui, entièrement et pouvoir goûter au plaisir d'être touchée par ses mains, embrassé par ses lèvres. À présent, elle devait dire adieu à tout espoir d'être un jour "la petite amie du dompteur". Jamais il ne porterait un autre regard sur elle, jamais il ne partagerait sa vie pleinement, ni ne lui ferait des enfants comme elle en avait eu souvent le fantasme. Elle devait se résoudre à l'idée que c'était au démon polonais qu'il avait offert tout ce qu'elle plaçait en leur avenir...

Perdue dans ses pensées floues, elle n'entendit pas frapper à sa porte.

Ce n'est que quand elle aperçut la silhouette de Zimo se dessiner à l'avant de sa caravane qu'elle fondit un peu plus en larmes... incapable de lui dissimuler son chagrin. David, qui l'avait vu s'enfuir en courant sous la pluie, s'approcha d'elle et la serra contre lui en s'asseyant à son tour sur le pied du lit. Il garda le silence de longues minutes, les sourcils froncés et le cœur lourd. Il n'aimait pas la voir dans cet état, d'autant plus parce qu'il ne comprenait pas comme leur petit rayon de soleil avait pu se transformer en fontaine de chagrin en l'espace d'un instant. Il finit par l'éloigner délicatement de sa chemise maintenant trempée de larmes salées. Il dégagea son front de quelques mèches humides et plongea son regard dans le sien... perdu à son tour.

— Poppy, qu'est-ce qui se passe ?

Elle ne pouvait pas le lui avouer. Ce n'était pas à elle de le faire.

Elle secoua la tête négativement pour lui faire comprendre qu'elle ne parlerait pas... puis, elle se jeta à son cou afin qu'il la serre dans ses bras. Elle avait besoin que quelqu'un la prenne contre elle. Qu'on lui dise que tout irait bien. Que la vie ne s'arrêtât pas parce que l'homme qu'on aime en aimait un autre...

Ses sanglots redoublèrent et Zimo la serra plus fortement contre lui, se sentant impuissant face à la situation. Jamais encore, il ne l'avait vu dans un état pareil. Une de ses mains caressa ses cheveux colorés alors que son autre bras enlaçait sa taille, la maintenant contre son torse.

— Serre-moi, Zim... gémit-elle le nez enfoui dans son cou.

— Tout ce que tu voudras, Princesse...

Elle ferma les yeux. Si fort...

Elle voulait oublier Aiden. Oublier Sébastian... et ces images qui revenaient sans cesse dans sa tête.

Alors, sans réfléchir, elle s'écarta de Zimo et plongea son regard dans le sien, venant prendre sa bouche dans un baiser humide de larmes et désespéré. Ses bras autour de sa nuque le serraient aussi fort qu'elle le pouvait, mais il parvint tout de même à s'éloigner d'elle pour tenter de comprendre son geste. Il fronçait les sourcils, se sentant coupable de profiter de la situation...

— Non Pénélope... je ne peux pas...

— Alors toi aussi... comme lui, tu vas me rejeter ?

— De qui parles-tu... je... Poppy, tu es vulnérable ce soir, je ne profiterai pas de la situation...

— Mais je veux que tu en profites... David, tu en crèves d'envie depuis le tout premier jour...

Il plissa davantage le front, comprenant qu'elle avait vu clair dans ses pensées depuis bien longtemps déjà, mais qu'elle n'en avait jamais rien dit. Il se sentit profondément blessé par son attitude. Elle avait conscience des sentiments qu'il lui portait... et, elle n'avait fait que jouer avec lui tout ce temps.

— Alors, je suis un second choix, c'est ça ?

— Non.. Zimo...

Il la repoussa et se leva du lit sur lequel il se trouvait, à présent bouillonnant de colère. Il n'en revenait pas qu'ELLE, la jeune et pétillante Poppy, ait pu être aussi mauvaise envers lui. Il lui avait offert une place dans sa famille... il l'avait accueilli, gardé près de lui, même après le départ de son frère... et elle avait osé se jouer de lui. Depuis quand profitait-elle des sentiments qu'il lui portait ? Depuis quand la prenait-elle pour un idiot ? Ils avaient développé au fil des années une relation réelle, basée sur la confiance, la tendresse et les chamailleries.

Même alors qu'il avait plusieurs fois songé au fait qu'elle ne voudrait jamais d'un homme plus vieux qu'elle… de lui… il avait tout fait pour être présent, pour la protéger, s'assurer de son bien-être. Il avait été un grand frère là où il aurait aimé être bien plus que cela. Et voilà comment il était récompensé aujourd'hui. Elle faisait de lui le second choix… celui que l'on prend par défaut, parce que l'on n'a pas pu avoir ce qu'on désirait réellement. C'était bien plus douloureux que n'importe quel refus qu'elle aurait pu lui offrir s'il avait un jour osé lui avouer ses sentiments. Il songea à toutes ces soirées passées à ses côtés, les étreintes amicales, les discussions tardives allongés tous les deux dans le lit de l'un ou de l'autre. Comment avait-il pu être aussi stupide… Comment avait-il pu ne pas voir qu'elle en aimait un autre et que son cœur était déjà épris d'un homme ? Qui était cet homme ? Un membre de la troupe, ça, il l'avait bien compris… mais qui ?

— Assez Poppy… tu n'as pas eu celui que tu voulais alors tu décides maintenant que je suis assez bien pour recevoir ton attention ?

— Mais… pas du tout, Zimo… je ne…

— Je n'en ai plus rien à foutre, Pénélope… tu as joué avec mes sentiments tout ce temps…

— Zimo, ce n'est pas ce que tu crois… je tiens à toi…

— Ah oui ? Comme tu tiens à lui ? … Qui est-ce, Poppy ? Aie au moins le courage de me le dire en face !

— Je…

— Tu me déçois… ette phrase lui poignarda le cœur sans qu'elle ne puisse le voir venir.

— Aiden... C'est Aiden, d'accord...

— Aiden... souffla-t-il décontenancé.

La vérité était encore plus douloureuse à entendre que ce à quoi il s'était attendu. Son frère. Celui avec qui il avait grandi. Ce n'était même pas de sa faute, et pourtant, bordel qu'il lui en voulait de lui avoir volé le cœur de Poppy. Ça le brûlait de l'intérieur... consumait sa patience et embrasait sa colère. Il ressentait le besoin de lui foutre son poing dans la gueule, alors qu'au fond, il était sûr que jamais Aiden n'aurait osé lui faire ça. Il connaissait ses sentiments pour la jeune femme. Il en avait eu conscience le premier en fait... c'est même lui qui lui avait ouvert les yeux.

Il fut incapable de regarder la jeune diseuse de bonne aventure dans les yeux... incapable de dire quoi que ce soit de plus. Il avala difficilement sa salive et se passa une main dans les cheveux avant de se détourner d'elle pour prendre la direction de la sortie. Il avait besoin d'air...

Elle tenta de le retenir par le poignet, mais il se dégagea de son étreinte, se précipitant à l'extérieur de la caravane aussi vite qu'il était arrivé. Elle venait de perdre les deux hommes les plus importants de toute sa vie en l'espace de quelques minutes...

Son monde s'effondrait.

Chapitre 12 : Première fois

Le lendemain soir, alors que tout le monde préparait le départ à l'aube, Aiden et Sébastian flirtaient contre le comptoir de la cuisine. La veille, après leurs petits jeux sous le chapiteau, ils avaient manqué de se faire surprendre, ayant entendu du bruit. Ils s'étaient donc contentés de terminer le ménage avant d'aller s'endormir l'un contre l'autre, épuisés. Cependant, ce soir, la tension avait atteint son paroxysme. Aiden ne parvenait plus à contrôler ses frémissements, son échine électrisée divinement par les caresses de son amant. Ils s'embrassaient déjà depuis de longues minutes, ses mains parcourant sa peau sous son t-shirt jusqu'à venir le lui passer par-dessus la tête. Il ressentait le besoin de sentir sa peau contre la sienne, d'avoir sa langue dans sa bouche...

— Cette nuit, il n'y aura personne pour nous interrompre... murmura-t-il haletant.

Par ces quelques mots, il lui faisait comprendre qu'il ne ferait plus marche arrière. Qu'il était prêt à aller plus loin avec lui. Que tout ce qu'il voulait, c'était de passer la nuit dans ses bras, de ressentir le plaisir de sa chair, le goût de sa peau. Il était pleinement confiant. Peu importe s'il n'avait pas d'expérience.

S'il n'avait pas les codes des relations charnelles entre hommes. Il avait confiance en Sébastian et c'est tout ce qui comptait finalement. Il était persuadé qu'ils seraient naturels, comme leur relation l'était depuis le début. Il n'y avait aucune raison que tout cela change.

— Je me demande encore comment tu as fait pour me rendre accro en si peu de temps... sourit le polonais en l'attirant par le t-shirt vers la chambre au fond de la caravane.

— Un talent que je ne me connaissais pas, tu vois...

Ils se sourirent tous les deux avant que Sébastian ne vienne à son tour lui retirer son haut pour le balancer quelques pas plus loin, de façon désinvolte. Il vient ensuite se coller à son torse en passant ses bras autour de son cou pour l'embrasser à nouveau, de façon extrêmement érotique et sensuelle. Une spécialité de l'ingénieur qu'Aiden commençait à réclamer sans même s'en rendre compte. Il avait encore du mal à comprendre et à croire à quel point il pouvait désirer un autre homme. C'était nouveau pour lui tout ça... mais pas moins plaisant. Ses deux mains se posèrent finalement sur la fermeture du jeans de son amant et il le lui déboutonna afin qu'il le retire.

Il avait cette envie vigoureuse de pouvoir le voir entièrement nu et offert sur ses propres draps. Un fantasme nouveau qu'il avait développé très récemment, mais qui le hantait, surtout la nuit, l'avoir collé contre son corps.

Le jeans de Sébastian rejoignit rapidement le sol, bientôt suivi de son sous-vêtement et il le poussa gentiment quand ses genoux rencontrèrent le pied du lit. Il perdit l'équilibre et tomba à moitié allongé sur le matelas, nu. Le dompteur l'observa comme l'aurait fait une de ses bêtes avec sa proie et il tenta d'imprimer cette image dans le fond de sa rétine. Les lumières étaient tamisées dans la pièce, et une délicate odeur de menthe fraîche planait encore en provenance de la salle de bain où il s'était douché juste après son invité. L'humidité de la vapeur d'eau rendait encore l'atmosphère moite, mais ce n'était en rien désagréable. Seul le spectacle qu'il avait sous les yeux l'intéressait. Ses mains glissèrent jusqu'au bouton de son propre jeans et il l'ouvrit pour le retirer à son tour, ainsi que le reste, sous le regard attentif de Sébastian qui se mordait presque douloureusement la lèvre. La vue semblait lui plaire, puisqu'il ne perdit pas de temps avant de se redresser pour attraper sa main et l'attirer plus proche du pied du lit où il était encore assis.

Ses lèvres retrouvèrent les siennes alors qu'il se levait pour lui faire face à nouveau et il gémit brièvement dans son baiser quand il sentit l'entièreté de son corps entrer en contact avec le sien. Sa peau nue et brûlante avait encore une odeur enivrante et il essaya de se contrôler. Malheureusement, il y avait plusieurs minutes déjà que son corps ne l'était plus, contrôlable, et que Sébastian avait tout le loisir de voir quel effet il avait sur le Circassien. Il put alors sentir la bouche du brun se poser sur son cou, le faisant soupirer, puis sur sa clavicule, descendant sur son torse jusqu'à un de ses mamelons sensibles. Aiden rejeta légèrement la tête en arrière sous ses baisers, complètement fébrile. Le Polonais ne s'arrêta malheureusement pas ici, pour sa santé mentale, et il put percevoir ses lèvres effleurer la peau de son ventre sculpté... sa langue venant laisser un sillon humide jusqu'à la ligne de poils blonds qui descendait jusqu'à son sexe. Il ne put empêcher un soupire de plaisir de quitter ses lèvres, redoutant déjà avec bonheur le moment où il le sentirait sur cette intimité, enfin prêt à lui prouver à quel point il avait envie de lui.

Il ne lui fallut patienter que très peu de temps avant que son amant ne le prenne entièrement entre ses lèvres, lui arrachant un râle guttural qui n'était encore jamais sorti de sa bouche.

Sa main vint alors se perdre dans les cheveux bruns de Sébastian et il n'osa presque pas les caresser... ses doigts se contentèrent de se glisser jusque sur le dessus de son crâne dans ses mèches plus longues. La sensation était chaude, brûlante même et les caresses étaient tout simplement divines. Jamais on ne lui avait donné autant de plaisir de cette façon... il fallait dire qu'il n'avait que très peu reçu cette gâterie dans sa vie. La torture dura de longues minutes où Sébastian s'appliqua à lui faire perdre entièrement la raison et il finit par le repousser légèrement, ne souhaitant pas qu'une fois encore, il soit le seul à prendre du plaisir dans leurs petits jeux. Il le fit s'allonger délicatement sur le lit, plus haut que précédemment, et son corps entier grimpa au-dessus de lui, le surplombant.

Sa bouche retrouva la sienne langoureusement et son bassin vint se souder au sien, calquant des mouvements de va-et-vient lent. Son sexe encore en érection se frotta longuement contre le sien, lui tirant des soupirs dont Aiden se nourrit pleinement. Le visage de son amant était marqué par le plaisir qu'il ressentait et ça l'électrisait, d'autant plus qu'il n'avait pas fait l'amour depuis ce qui lui parut être des siècles.

Ses baisers descendirent sur son cou qu'il mordit à de nombreux endroits, parfois presque jusqu'au sang, pris dans l'effervescence du moment. Les gémissements du Polonais et ses doigts se serrant dans ses cheveux ne faisaient que l'encourager à poursuivre.

Puis, naturellement, il l'embrassa une dernière fois avant de l'inciter à se mettre sur le côté, glissant sur son flanc pour venir se fondre en cuillère dans son dos. Son bras sous sa nuque, il entrelaça ses doigts aux siens, l'enlaçant fermement de son autre bras pour le maintenir contre son corps. Sébastian entreprit des mouvements de bassin contre son érection et ça ne fit qu'augmenter le plaisir qu'ils ressentaient tous les deux. Entre les baisers fiévreux, les caresses fermes et les murmures de son amant qui le guidait dans ses mouvements, ils finirent par s'unir pour ne faire plus qu'un. Il put voir une grimace se dessiner sur les traits de Sébastian, mais celui-ci le rassura rapidement, ne souhaitant pas qu'il s'arrête maintenant.

Il le serra alors un peu plus tendrement contre lui, venant déposer ses lèvres sur la peau de son cou offert pour la mordiller légèrement et y passer sa langue joueuse. L'intimité de cette bulle dans laquelle ils se trouvaient était tout simplement parfaite.

Son parfum musqué se mêlait à la menthe poivrée de celui du brun et au cœur de ses fragrances, il y avait maintenant celle de leurs deux corps moites et en sueur. Une fine couche s'était déjà déposée sur leurs peaux et Aiden pouvait la goûter du bout de la langue... en appréciant le salé.

— Aiden... soupira-t-il la bouche ouverte et haletante, cherchant son air.

Par ce simple souffle, il comprit qu'il souhaitait accentuer ses mouvements, ce qu'il fit sans se faire prier. Être en lui avait une saveur divine. Étroitement retenu par ses chairs alors que ses doigts venaient agripper sa hanche, comme pour lui dire « Ne m'abandonne pas. Chose à laquelle il n'avait même pas songé une seule seconde. Son bras se referma un peu plus autour de sa taille, alors que leurs quatre mains étaient à présent entrelacées de manière possessive. L'espace d'un instant, ils quittaient cette caravane, la terre et semblaient se perdre dans les astres en scindant le ciel en deux sur la voile des plaisirs. Il ne s'était jamais senti aussi connecté avec un partenaire. Jamais il n'avait ressenti autant de plaisir à voir celui-ci s'imprimer sur les traits de son amante. Avec Sébastian, tout était différent... plus puissant, intense... enivrant.

Il se perdait dans son corps, dans ce gouffre de satisfaction et c'est à l'unisson qu'ils exprimèrent tous les deux la jouissance de cet ébat presque irréel. Un nouveau râle rauque quitta sa gorge et il l'étouffa en nichant son visage dans le cou du Polonais. Haletants tous les deux, cherchant à reprendre une respiration normale, il quémanda tout de même un baiser presque désespérément.

Ils restèrent un long moment comme ça... enlacé étroitement l'un contre l'autre, son sexe encore en lui, sans même que Sébastian ne lui demande de se retirer. Aucun des deux ne semblait vouloir parler pour briser cet instant. L'atmosphère était encore brûlante, moite et leurs poitrines se soulevaient à un rythme toujours trop rapide pour oser parler. Aiden profitait pleinement de cette étreinte, et il ferma les yeux en respirant l'odeur maintenant familière de son amant.

De longues minutes s'écoulèrent avant qu'il n'ose finalement chuchoter...

— Où étais-tu, toutes ces années ?

— Caché dans mon Cirque... Sourit-il tendrement.

— Bordel, il aura fallu plus de 30 ans pour que je prenne enfin mon pied...

Ils rirent brièvement tous les deux. En effet, quand ils y songeaient, ils avaient perdu un temps précieux toutes ces années sans se connaître. Et étrangement, c'est là qu'Aiden réalisa qu'il ne l'aurait peut-être jamais connu si les événements de New York ne les avaient pas poussés à quitter la ville.

— Heureusement qu'on t'a ramassé en chemin...

— Et que Sirius ne m'ait pas bouffé en chemin tu veux

dire... railla-t-il en se tournant dans ses bras.

— Ouais, aussi...

Ils se sourirent tendrement et Sébastian réclama un nouveau baiser, sentant Aiden se retirer de ses chairs doucement alors qu'il se tournait pour lui faire face.

— Une chance que vous ayez quitté New York aussi...

Aiden lui sourit, en effet, ça faisait partie de la réflexion qu'il s'était faite, cependant, il ne releva pas l'information pour ne pas avoir à s'expliquer. Il n'était pas encore prêt à parler de ce sujet, même pas avec celui que les autres appelaient le clandestin.

— Est-ce que c'est toujours aussi bon avec un homme? demanda-t-il pour changer de sujet.

— Non...

Tu en as eu d'autres ?

Il posa son regard sur son amant, intéressé par sa réponse.

— Des trucs sans lendemain, sans saveur...

— Tu essaies de me flatter pour ma première fois ? sourit-il en coin.

— Non, crois-moi... je n'ai jamais pris autant mon pied qu'avec toi...

Il s'amusa à venir happer sa lèvre inférieure dans un baiser chaste et sensuel et Aiden se laissa faire. Il commençait à doucement devenir accro à ce genre d'échanges entre eux.

— Je te retourne le compliment…

Un sourire se dessina sur les lèvres de Sébastian et il se glissa au-dessus de lui pour l'embrasser à nouveau, entamant ce qui serait les prémices d'un second tour de piste.

Cette fois, l'étreinte fut plus sauvage, incontrôlable et dominante. Aiden avait pris confiance en lui, et c'est avec beaucoup d'ardeur qui le prouva à son amant, prenant davantage les choses en main. Le plaisir fût une fois de plus au rendez-vous, voire multiplié, et c'est totalement à bout de souffle que Sébastian finit par s'écrouler sur le torse du dompteur… sa semence collant la peau de leurs deux abdomens. Il s'en balançait… à vrai dire, ils n'avaient pas prévu de quitter ce lit avant le lendemain matin très tard, contrairement aux habitudes d'Aiden. Même si pour le coup, ça n'était qu'un doux fantasme puisqu'ils devaient se lever avant le soleil pour reprendre la route.

— On devrait essayer de dormir un peu… songea à haute voix Aiden.

— Probablement… même si je ne regrette pas ce second tour…

Il tourna son regard sur le visage encore rayonnant de plaisir de Sébastian et un sourire se glissa sur ses lèvres. En effet, il ne regrettait pas non plus d'avoir cédé à ses désirs en lui prouvant qu'il le désirait à un point qu'il n'aurait jamais pu imaginer lui-même dans toute sa vie.

Mais alors qu'ils discutaient tranquillement au milieu des draps, encore en sueur et à la recherche de la reprise de leurs souffles, des cris leur parvinrent de l'extérieur. Aiden se redressa presque dans la seconde, son sang ne faisant qu'un tour. Ce n'étaient pas des cris d'ivresse, ou d'allégresse, mais bel et bien des cris de terreur... Une lueur se dessinait d'ailleurs à travers les stores de la caravane et Sébastian fut plus réactif que lui sur ce coup. Il se leva du lit et se précipita vers la fenêtre pour voir ce qui se passait au-dehors. C'est là qu'il les vit... les flammes. Cette fameuse lueur chatoyante qui brillait derrière les stores de tout le véhicule.

— Il y a le feu, Aiden !

— QUOI ? s'entendit-il crier, l'inquiétude dans la voix.

Presque aussitôt, les deux hommes attrapèrent leurs vêtements pour sauter dedans et s'habiller le plus vite possible. Aiden observa l'heure à l'horloge accrochée sur le mur de sa "cuisinette". Celle-ci indiquait trois heures du matin. Quand ils furent tous les deux prêts, ils ne prirent même pas la peine d'attraper leurs manteaux et se précipitèrent au-dehors pour courir vers la source de l'incendie. Les écuries étaient en flammes et les chevaux étaient complètement affolés.

On pouvait les entendre hennirent bruyamment alors qu'ils tentaient de sortir du cercle de feu que semblaient avoir formé leurs bottes de foin.

Les chevaux ! cria Dimitri désespéré qui tentait de retenir Anastasia qui voulait se jeter dans les flammes pour sauver ses juments et ses étalons.

À cet instant précis, toute la troupe, du moins ceux qui étaient debout, tenta d'éteindre le feu avec quelques seaux d'eau, mais rien ne semblait y faire. Personne ne savait quoi faire... sauf, lui. Aiden croisa le regard de Sébastian dans la foule des Circassiens et il comprit qu'il s'excusait d'avance pour ce qu'il allait faire de façon stupide, de son point de vue. Il attrapa une couverture sous les yeux du dompteur et la trempa dans un des seaux avant de se positionner devant les flammes.

— SÉBASTIAN, NON ! cria-t-il.

Mais c'était trop tard. L'homme venait de sauter à travers les flammes, se retrouvant à présent de l'autre côté du cercle avec les chevaux agités qui auraient pu, à tout moment, l'assommer d'un coup de sabot...

À ce moment très précis, le cœur d'Aiden manqua un battement et il fut prêt à se jeter à son tour dans les flammes pour le rejoindre et tenter de le sauver. Malheureusement, quand il tenta sa manœuvre, il fut retenu fermement par les deux bras de Zimo qui l'en empêcha.

— Laisse-moi y'aller ! Il a besoin d'aide ! cria-t-il à travers les cris d'hystéries d'Anastasia.

— C'est de la folie, les flammes sont en train de gagner du terrain, il faut qu'on sauve les autres animaux et les caravanes, Aiden ! - Lâche-moi je te dis !

Zimo, qui aurait pourtant dû ressentir de la colère face à cet homme qu'il retenait, n'abandonna pas sa mission et enserra ses bras puissants autour de son buste pour le maintenir. Il ne tenait pas à perdre également son meilleur ami dans cet incendie. C'est donc impuissant qu'Aiden se débattît férocement dans l'étreinte injuste de son ami, voyant les flammes gagner en hauteur et le priver d'une vue d'ensemble sur ce qui se passait à l'intérieur.

— SÉBASTIANNN ! hurla-t-il à s'en époumoner pour avoir ne serait-ce qu'une réponse. Mais rien ne lui répondit en retour...

Chapitre 13 : Dans les flammes

Il n'a pas réfléchi. Il a foncé dans les flammes sous la couverture humide pour traverser le cercle de feu. Il a vu dans le regard d'Aiden que la peur et l'inquiétude étaient présentes, mais il ne pouvait pas rester sur place sans rien faire. Il n'a donc pas pensé aux conséquences et il a foncé. De l'autre côté, les flammes léchaient l'enclos des chevaux et Sébastian put voir que le feu était parti de sous le chapiteau blanc qui abritait les animaux pour se propager autour. Tout allait très vite et il ne pouvait pas perdre de temps ni même s'attarder sur l'odeur de l'essence qui envahissait ses narines depuis qu'il avait franchi les flammes. Celles-ci le prenant à la gorge n'étaient pas du tout naturelles... Comme ces odeurs particulières qui nous plaisent et qui dégagent des solvants qui peuvent rappeler les fruits ou des parfums familiers. Elles sont agréables, et en même temps nocives. Dans ce cas précis, ce sont les fragrances du benzène qui brûlaient tout autour de lui...

Il tenta un repérage pour chercher un moyen de faire échapper les étalons de Dimitri et Anastasia, sautant l'enclos pour s'approcher d'eux. Les chevaux étaient agités, nerveux et il risquait à tout moment de se prendre un mauvais coup de sabot. Il fallait qu'il agisse vite.

Il se dirigea vers le chapiteau qui s'embrasait déjà et il chercha ce qui pouvait l'aider à sauver la situation. Les bottes de foin installées sous la toile cirée n'aidaient en rien l'incendie qui ne mettrait que quelques minutes à engloutir le terrain. Il put voir en dehors du cercle de feu que les caravanes et les camions étaient éloignés pour ne pas aggraver les choses et il entendait la voix d'Aiden hurler par-dessus les autres. Malheureusement, il était trop concentré sur sa tâche pour prendre le temps de lui répondre. Les bêtes avaient besoin de lui, même s'il ne pouvait plus rien pour le matériel et la toile.

À l'entrée du chapiteau se trouvait la mangeoire des chevaux. En métal, elle serait parfaite pour créer un pont entre l'enclos et l'extérieur. Sébastian n'hésita plus. Il renversa le bac sur le sol, répandant la nourriture en grain des étalons sur le sol. Ça n'avait pas réellement d'importance… tout ce qui comptait, c'était qu'il s'en sorte, avec eux. Une fois vide, il remonta ses manches et attrapa l'immense mangeoire rectangulaire pour l'amener près d'un côté de l'enclos. La chaleur était devenue insoutenable en quelques secondes et la fumée venait irriter sa gorge. Il savait qu'il ne lui restait plus que peu de temps pour sauver les animaux et sa propre peau de cet incendie.

Dans un râle rauque, forçant, il balança le coffre de métal sur une des barrières de l'enclos et il la fit céder sous le poids et sous les flammes qui avaient déjà fait craquer le bois. Le cercle de feu fut alors coupé en deux, créant une porte au milieu du brasier qui ne durerait pas longtemps.

Sébastian se précipita alors vers un des étalons et il leva les mains en l'air pour le calmer, alors que celui-ci se rebiffait à sa vue…

— Hey mon grand, doucement, j'vais nous sortir de là… du calme… il va falloir que tu m'aides…

Le cheval ne semblait pas du tout confiant, mais comprenant qu'il n'avait pas le choix, il abaissa ses sabots de devant, reculant tout de même. Il parvint malgré tout, après quelques secondes précieuses, à le toucher au niveau de la tête, lui disant de se calmer s'il voulait se sauver et sauver ses compagnons des flammes.

Quand l'animal fût presque apprivoisé, Sébastian agrippa fermement sa crinière et se hissa sur son dos comme un cavalier expérimenté. Dimitri et Anastasia auraient sûrement été très impressionnés qu'il monte un de leurs étalons aussi facilement.

Puis, vint le moment de franchir les flammes. Il était confiant, mais il fallait encore que le cheval le soit avec lui. Il lui caressa l'encolure et donna un coup de talon sur son flanc qui le fit partir au galop dans la direction de la mangeoire couchée au milieu du cercle de feu. Il la grimpa sans difficulté et les extirpa de l'incendie en aussi peu de temps qu'il n'en faut pour le dire, bientôt suivi par tous les autres étalons qui suivirent son exemple. Sébastian fut accueilli par des applaudissements et des cris de joies intenses alors qu'il galopait plus loin avec sa monture pour éloigner les bêtes le plus possible de l'incendie. En un regard en arrière, il réalisa ce qu'il venait d'accomplir et un sourire se dessina sur ses lèvres alors que certains couraient vers lui en l'acclamant. Il s'arrêta en plein milieu du terrain vague et descendit quelques secondes après de son cheval, le caressant plus longuement maintenant qu'ils étaient sortis d'affaire.

C'est alors que Sébastian put voir Aiden s'avançait vers lui, la gorge nouée et les yeux brillants d'inquiétude. Il n'eut même pas de mots quand il s'approcha et le serra dans ses bras, une main sur l'arrière de son crâne…

— Ne me refais jamais ça… souffla le dompteur discrètement à son oreille.

— Promis…

Ils se séparèrent rapidement pour ne pas éveiller les soupçons et Sébastian eut le droit à plusieurs poignées de main alors que l'incendie était finalement maîtrisé par les équipes techniques à l'aide d'eau et de sable. Zimo, après s'être occupé de gérer la situation d'une main de maître, s'approcha finalement d'eux pour applaudir à son tour l'exploit que le Polonais venait d'accomplir.

— Bravo mon vieux ! C'était un coup de folie, mais un coup de maître ! lui dit Zimo.

Il lui serra la main comme les autres et bientôt, ce sont Dimitri et Anastasia qui se présentèrent à lui pour le remercier et le prendre dans leurs bras. Ils étaient réellement soulagés de n'avoir perdu aucune de leurs bêtes dans cet incendie. D'autant plus, en ayant été impuissants de l'autre côté des flammes.

— Je ne sais pas comment te remercier... tu... C'était complètement suicidaire... s'exclama Dimitri.

— Tu as risqué ta vie pour la leur... tu as tout mon respect pour ça...

Sur ces mots, Anastasia déposa un baiser sur sa joue et le serra dans ses bras une dernière fois.

Pour la première fois depuis qu'il était ici, Sébastian se sentait réellement à sa place... pleinement. C'était un sentiment satisfaisant. Doux. Il jeta un regard à Aiden, et il put voir qu'il applaudissait silencieusement un peu à l'écart, le sourire aux lèvres.

Finalement, il n'y avait eu aucun blessé.

Et l'incendie avait fini par être maîtrisé en quelques minutes une fois les bêtes mises à l'abri. Tout était bien qui finissait bien. Du moins, c'est ce que Sébastian osait penser, même en ayant senti que le feu n'était pas dû à une erreur, mais bel et bien à un acte criminel. Il garda cependant cette information pour lui, se disant qu'il en parlerait à son amant dans quelques heures, une fois qu'ils seraient seuls dans la cabine du camion.

Il se demandait par exemple pourquoi quelqu'un de la troupe aurait souhaité faire du mal aux animaux de Dimitri et Anastasia. Pourquoi cette personne avait-elle risqué de faire prendre en feu tous les véhicules du Cirque ainsi que tous les biens de la troupe ? Ça n'avait aucun sens à ses yeux. Malgré tout, il ne pouvait pas ouvertement faire part de ses soupçons à la troupe entière sans risquer de mettre le feu aux poudres, alors, sa première idée restait la bonne : il en parlerait à Aiden.

Le calme revint doucement sur le terrain vague, Aiden et Sébastian observant les dégâts causés par les flammes autour de l'enclos et sur le chapiteau temporaire qui servait d'écuries. Tout avait pris feu, il ne restait quasiment rien à part quelques bouts de toile cirée et des piquets de l'enclos en métal. La neige avait fondu pour laisser place à une zone noircie et brûlée entièrement.

— Je ne comprends pas comment ça a pu arriver… Dit soudain Aiden.

Sébastian regarda autour d'eux pour voir s'il pouvait parler et il se pencha légèrement vers lui.

— Je voulais attendre pour t'en parler, mais puisque tu as les preuves sous les yeux… j'ai senti de l'essence quand j'ai sauté à travers les flammes…

— Quoi ? Tu es sûr… ?

— Certain, Aiden… j'ai été pompier volontaire quand j'étais plus jeune…

Le regard que le dompteur lui jeta le fit sourire, parce qu'il signifiait "Je comprends pourquoi tu n'as pas hésité à plonger dans le feu" à peu de choses près. Il se baissa pour attraper une poignée de terre carbonisée et encore chaude afin de la porter à ses narines. Aucun doute.

— Tiens, sens ça... c'est encore présent...

Aiden s'exécuta sans poser de questions et fronça les sourcils.

— C'est impossible... ça voudrait dire...

— Que quelqu'un de la troupe a incendié l'enclos volontairement...

— Non... il doit y avoir une explication...

— Aucune, j'en ai peur... Aiden, le cercle, regarde.

Il lui indiqua les marques au sol qui semblaient parfaitement dessinées par l'essence.

— Quelqu'un a fait le tour du chapiteau et de l'enclos avec le liquide...

— C'est de la folie... pourquoi ?

— Je n'ai pas plus de réponses que toi...

— Viens, on va dans la caravane.

Sébastian hocha la tête et il suivit son amant jusqu'à sa caravane. Ils prendraient la route dans quelques heures, il fallait préparer le départ malgré tout.

Le polonais voyait bien que son information avait rendu le dompteur irritable, agacé et frustré de découvrir que dans sa troupe, un traître incendiaire se cachait. Une fois qu'ils furent de nouveau à l'abri des regards, il posa sa main sur la nuque d'Aiden pour la caresser et tenter de le calmer. Il était conscient que la nouvelle ne passerait pas aussi facilement et qu'ils devaient penser à la suite des choses... mais, pour le moment, ils devaient aussi se concentrer sur le départ.

— Écoute, pour le moment, on doit penser à reprendre la route... on parlera à Zimo, OK ?

— Ouais, tu as raison... il faut qu'on lui en parle... Acquiesça Aiden.

— Ne te fait pas autant de mauvais sang... on va trouver cet enfoiré...

Un silence s'installa entre eux alors que l'Américain l'attirait vers lui pour le prendre dans ses bras et venir déposer ses lèvres contre les siennes, comme ça, sans raison. Enfin...

— Si tu savais comme j'ai eu peur... dit-il en posant son front contre le sien.

— Pardonne-moi... j'ai oublié de te dire que j'étais quelqu'un d'imprévisible...

Ils se sourirent tous les deux avant de s'embrasser à nouveau.

— Il est clair que savoir que tu avais été pompier volontaire dans une autre vie m'aurait grandement rassuré sur ta survie dans ce foutu incendie...

— J'y penserai la prochaine fois avant de plonger tête baissée.

— Idiot...

L'atmosphère s'apaisa lentement alors qu'ils restaient l'un contre l'autre, échangeant des regards et quelques baisers volés et tendres. Encore une fois, tout était naturel... il n'y avait rien de forcé, de joué ou de feint entre eux. C'était ce qui plaisait le plus à Sébastian... ce sentiment de l'avoir toujours connu, fréquenté... peut-être même aimé dans une autre vie.

Il y avait songé une fois, au fait que peut-être, ils avaient été amants dans une autre vie et qu'enfin, ils se retrouvaient dans celle-ci. Leur amour toujours aussi fort qu'au premier regard, dans cette autre vie. Un conte de fées, certes, mais pourquoi pas.

Ça semblait si fou de tomber pour quelqu'un aussi facilement.

— Il me semble qu'on n'a pas terminé notre nuit...

— Il nous reste à peine 1h avec ces conneries.

— C'est suffisant pour moi... sourit-il largement avant de s'éloigner à reculons vers la chambre, retirant son t-shirt pour lui balancer au visage.

Aiden esquissa un sourire avant de se diriger à son tour vers la pièce du fond, l'attrapant par les hanches avant qu'ils ne tombent tous les deux sur le lit. Néanmoins, quand Sébastian toucha le matelas, il se crispa et grimaça fortement. Aiden se redressa aussi rapidement qu'il le put en sentant que quelque chose n'allait pas avec son amant. Il se releva à son tour, expliquant qu'il avait une douleur dans le bas du dos et il sentit le dompteur se placer derrière lui presque aussitôt.

— Attends, laisse-moi regarder...

Il vérifia ce qu'il avait en bas du dos et Sébastian sentit

ses doigts frais se placer près de cette douleur qu'il n'avait étrangement pas sentie avant.

— Bordel… grimaça Aiden.

— Quoi ? Qu'est-ce que j'ai ?

— Tu t'es brûlé… idiot…

— Sérieusement ?

— Non, je plaisante… bien sûr sérieusement !

— Pourquoi je n'ai rien senti avant… ?

— L'adrénaline sûrement… et le fait que tu étais encore habillé.

— Merde… c'est important ?

— Disons que tu ne t'es pas manqué… mais c'est du premier degré, rien de grave…

— T'es médecin maintenant ? sourit-il en tournant son visage vers lui.

— Vis dans un Cirque pendant 38 ans et tu comprendras…

Aiden sourit à son tour et l'obligea à aller s'asseoir dans la cuisine afin de mettre quelque chose sur sa brûlure. Il ne pouvait clairement pas rester comme ça. Rien que le fait que celle-ci soit à l'air depuis quelques minutes la rendait sensible et désagréable.

Moins que s'il s'était brûlé une main ou le visage, il imaginait, mais tout de même. Il s'installa donc dans la "salle à manger" de la caravane et attendit que le dompteur fouille dans ses placards à la recherche de quelque chose pour le soulager. Apparemment, un Circassien devait être toujours prêt à ce genre de blessure alors, il avait tout ce qu'il fallait.

Il revint quelques instants plus tard avec une crème ainsi que de quoi lui faire un pansement. Sébastian l'observa faire, très minutieusement, alors qu'il s'installait à son tour pour lui soigner sa brûlure dans le dos. On aurait dit qu'il savait ce qu'il faisait et que ce n'était pas la première fois qu'il avait eu à faire ça. Il lui faisait donc totalement confiance. Pour plus de facilité, il se leva pour poser une fesse sur la table et être à la hauteur du dompteur. Celui-ci, toujours silencieusement, ouvrit le tube de crème et commença à l'appliquer sur la brûlure de son amant. Sébastian se cambra légèrement sous la sensation désagréable, mais il ne broncha pas plus. À vrai dire, il sentait déjà que le fait d'empêcher l'air de frôler sa brûlure lui faisait du bien. Ça faisait comme une sorte de bouclier de protection.

— Vous n'avez pas de médecin quand il vous arrive des trucs du genre ?

— En général, on se débrouille, sinon, on va dans un hôpital... on a eu un médecin pendant quelques années, mais il a pris sa retraite et nous a quittés pour la stabilité...

— Je vois... en tout cas, je ne me plaindrais pas, j'ai un infirmier pour moi seul...

Il tourna légèrement son visage pour lui sourire et sentit que celui-ci appuyait un peu plus sur sa brûlure pour lui arracher son petit sourire idiot. Il grimaça et se tint tranquille par la suite alors qu'Aiden souriant dans son dos, lui appliquant des compresses propres sur sa blessure afin de faire son pansement. Cela prit encore quelques minutes afin qu'il termine et quand ce fût fait, il se leva pour le contourner et aller se laver les mains dans l'évier de la cuisine.

Sébastian sauta de son petit perchoir et s'approcha de lui pour l'enlacer délicatement par la taille, déposant ses lèvres sur sa nuque comme pour le remercier d'avoir pris du temps et surtout soin de lui. Il en profita pour s'imprégner longuement de son odeur maintenant familière avant de le laisser se sécher les mains et se retourner dans son étreinte.

— Merci, Aiden...

— Avec plaisir... mais ne crois pas qu'on va faire des folies maintenant... sourit-il.

— Tu n'es pas drôle... on était bien parti...

— Ça ne m'empêchera pas de te foutre à poil pour te coller contre moi... on a encore une heure pour profiter de mes draps...

— Je valide.

La pommade faisait effet. Il ne sentait presque plus sa brûlure, à part un léger picotement. C'est donc avec le sourire qu'il attira de nouveau Aiden vers son lit et qu'il termina de se déshabiller en vitesse pour aller se plonger sous les draps, entièrement nu. Le blond le rejoignit quelques secondes plus tard, s'allongeant sur le dos pour l'accueillir contre son flanc et sur son torse. Sébastian ne se fit pas prier pour se blottir contre lui et il lui vola quelques baisers, espérant qu'ils ne s'arrêteraient pas à une étreinte seulement. Il lui glissa même à l'oreille qu'il pouvait le chevaucher pour ne pas toucher à son pansement, ce qui fit rire le maître des lions.

— Tu es incorrigible.

— J'ai surtout très envie de toi...

— Moi aussi...

Il dit cela dans un souffle avant d'attraper sa main pour la glisser sous les draps afin qu'il sente qu'il lui faisait beaucoup d'effets, encore une fois. Sébastian fut surpris par son geste, mais pas moins fiévreux. Il lui sourit tendrement avant de prendre ses lèvres en otage tandis qu'il grimpait sur ses cuisses, laissant leurs deux corps entrer en contact. Le blond se redressa pour s'asseoir dans le lit et coller son torse au sien, cherchant plus de contact. Il le laissa faire sans rechigner, au contraire. Il passa ses bras autour de ses épaules et glissa ses doigts dans ses cheveux pour les caresser fermement. Ils devinrent rapidement haletants, entre deux, cherchant toujours plus de caresses de l'un ou de l'autre. L'échange était doux, presque amoureux et en même temps, on pouvait déjà sentir une sorte de possessivité dans l'étreinte qu'ils se donnaient.

— Fais-moi tient... murmura Sébastian contre ses lèvres, à bout de souffle.

— Tant que tu voudras de moi.

Chapitre 14 : L'Incendiaire

Il ouvrit difficilement les yeux, à peine une demi-heure après s'être endormi, Sébastian contre lui. En un coup d'œil, il remarque que celui-ci est toujours blotti contre son flanc, et sa respiration sereine et régulière, lui souffle qu'il dort encore profondément.

Aiden se décale doucement de son corps pour le laisser se reposer et il s'extirpe du lit silencieusement. Il a bien l'impression que la troupe entière est encore en sommeil et il songe à repousser le départ d'une journée. Il enfile rapidement un jeans, son t-shirt et attrape son manteau sur le crochet près de la porte.

Zimo prendra la décision finale, il faut donc lui suggérer l'idée. Au-dehors, le froid est encore bien présent, mais la neige a cessé de tomber depuis quelque temps. Le sol est toujours recouvert d'une fine couche de poudreuse qui craque sous ses bottes. En jetant un regard aux alentours, il ne peut s'empêcher de voir, au loin, même dans la pénombre, la marque noirâtre qu'a laissée l'incendie quelques heures plus tôt. Il soupire.

Zimo doit lui aussi être encore au fond de son lit, ou en train de boire son café, il se dirige donc vers sa caravane pour lui soumettre l'option de rester encore une nuit sur place afin que la troupe soit à son maximum. Avec les événements de la veille, peu sont parvenus à dormir correctement, lui le premier. Une fois devant la porte, il frappe trois coups, remettant rapidement sa main dans sa poche pour qu'elle ne gèle pas.

Malheureusement, rien, aucune réponse.

Il recommence alors un peu plus fort pour être sûr de réveiller le bougre même dans un sommeil profond. Aux alentours, le Cirque semble silencieux, personne n'a l'air d'être parvenu à se lever pour le départ avant l'aube.

Ce n'est qu'une minute plus tard que Zimo lui ouvre, torse nu et les paupières encore lourdes.

— Aiden… qu'est-ce que tu fous là ?

— J'te signal qu'on devait prendre la route, normalement !

— Merde… avec ce qui s'est passé, j'ai complètement zappé…

— Pas grave, je venais justement te dire que ce serait une bonne idée de repousser le départ à demain matin… tout le monde doit être crevé de toute façon...

— Ouais, bonne idée, moi le premier… je ferai le tour de la troupe pour passer le message… on devrait profiter de cette journée pour se reposer…

— Tu es sûr ? Tu ne veux pas que je le fasse ?

— Non, ne t'inquiète pas. Retourne te coucher !

Aiden lui offrit un sourire sympathique et acquiesça. À vrai dire, il était plutôt heureux de la tournure de la conversation, puisqu'il n'avait qu'une envie, retourner se coucher contre Sébastian et profiter de dormir une bonne partie de la journée. C'est d'ailleurs ce qu'il fit sans tarder. Il salua Zimo qui se frictionnait les cheveux pour se réveiller et il retraversa le terrain vague jusqu'à sa propre caravane. Il avait hâte de retourner sous les draps chauds qui l'attendaient. Il entra le plus silencieusement possible dans son cocon chaleureux et se dépêcha de se déshabiller à nouveau pour rejoindre son amant qui dormait encore. Quand il se glissa sous les couvertures, il sentit Sébastian bouger légèrement et ouvrir un œil…

— Tout va bien ? Demanda-t-il encore endormi.

— Oui, rendors-toi… j'ai fait reporter le départ, on peut flâner au lit toute la journée…

— C'est la meilleure nouvelle de la semaine…

Ils rirent légèrement tous les deux avant que le Polonais ne se blottisse de nouveau contre lui tendrement, passant un bras autour de son torse, sa tête sur son épaule. Le contraste de sa peau fraîche qui venait de dehors avec la peau brûlante du brun le fit frissonner et il reposa la tête sur l'oreiller. Il ne s'était pas senti aussi serein depuis longtemps. Il songea qu'il n'y avait rien de meilleur que de pouvoir retrouver quelqu'un sous ses draps. Rien de plus doux, de plus satisfaisant. Dans ses relations précédentes, il n'avait jamais ressenti ce besoin de l'autre, de le toucher, de sentir son souffle chaud dans son cou. Rien n'était comparable.

— On part quand alors ? L'interrompit-il dans ses pensées. - Demain matin, ça nous donne un peu plus de temps pour nous…

— Nous ?

Sébastian releva légèrement la tête pour lui sourire.

— Oui… même si je ne suis pas encore prêt à en parler, j'aimerais qu'on essaie…

— Je suis pour aussi… surtout si mes nuits et mes matins ressemblent à ceux-là à l'avenir…

Aiden était entièrement d'accord avec cette remarque et il lui fit comprendre en déposant sensuellement ses lèvres sur les siennes. Sa main rejoignit sa joue rapidement pour approfondir ce baiser qui tentait de lui communiquer tout ce qu'il ressentait depuis le premier qu'ils avaient échangé tous les deux. C'était à la fois passionné, tendre et quasiment amoureux. Il le serrait contre son flanc, son bras se refermant sur ses épaules pour le garder près de son corps.

— Je ne sais pas ce que tu m'as fait... souffla-t-il finalement contre ses lèvres.

— T'aurai-je rendu accro ?

— Sans hésitation, oui.

Il l'embrassa à nouveau avant de le prendre contre lui pour tenter de se rendormir. Les yeux fermés, sa respiration se fit rapidement sereine et ils tombèrent dans le sommeil une seconde fois.

Ils l'avaient bien mérité, tous, après la nuit d'enfer qu'ils avaient passée avec cet incendie. Aiden était d'ailleurs toujours préoccupé par cette histoire d'essence... mais, la fatigue avait eu raison de ses questionnements. Il aurait bien l'occasion de se les poser plus tard de toute façon.

Il se réveilla près de cinq heures plus tard, vers neuf heures, et la première chose qu'il fit fût de déposer un baiser sur le front de Sébastian, lui aussi en processus de réveil. Ils étaient tellement bien sous les draps, au chaud, alors qu'au-dehors la neige semblait avoir recommencé à tomber. Il n'avait aucune envie de sortir pour l'affronter. Malheureusement, son estomac commençait à réclamer sa pitance quotidienne et il comprit rapidement qu'il en était de même pour son compagnon.

— Je vais partir en éclaireur, voir si l'on a un repas de

prêt... sinon on se fera un truc ici, OK ?

— T'es bien courageux...

— Je sais. J'ai pas plus envie que toi de sortir de ce lit, mais j'ai une faim de loup.

— Dommage que le sexe ne nourrit pas... rit Sébastian en s'étirant.

Aiden secoua la tête en souriant largement et il l'embrassa longuement avant de repousser les draps de son côté pour s'extirper du lit une nouvelle fois pour affronter le froid au-dehors. Il ne savait pas réellement ce qui l'attendait, mais il avait bien l'intention de remplir son estomac dans tous les cas. Comme quelques heures plus tôt, il enfila son jeans, son t-shirt et des bottes qu'il ne prit même pas la peine de lacer correctement. Il attrapa son manteau et observa une dernière fois Sébastian qui se prélassait dans ses draps, entièrement nu. Bordel qu'il en aurait bien fait son petit déjeuner s'il n'avait pas eu le ventre creux.

Une fois à l'extérieur, il remonta son col sur sa nuque et frissonna brièvement. Le froid était encore plus saisissant que dans la nuit et l'atmosphère était humide, mordant les os. C'était le genre de froid qu'il détestait. Encore une raison qui l'aurait gardé au lit s'il n'avait pas eu les crocs. D'un pas déterminé, voir trottinant, il se dirigea vers le gros chapiteau temporaire où se passait les repas et c'est en rapprochant qu'il entendit des voix. Habituellement, il n'y aurait pas fait attention et serait entré tout de suite, mais là, c'était le prénom de Sébastian qui revenait souvent dans la conversation. Aiden fronça les sourcils et se posta derrière la toile cirée pour écouter ce qu'ils avaient à dire sur lui.

Une voix semblait surplomber toutes les autres et

diriger le débat...

— Moi je vous le dis ! Ce mec a foutu le feu à l'enclos !

— Tu dis n'importe quoi... pourquoi aurait-il sauvé les chevaux après ça ? dit une autre voix.

— Pour se faire bien voir, tiens ! J'vous le dis, c'est un malade !

— Mais qu'est-ce que tu as contre lui, Oscar ? Tu n'arrêtes pas de chercher à le blâmer... - J'ai contre lui que c'est un sale miséreux qui profite de la gentillesse d'Aiden !

— Ça n'a pas de sens ce que tu dis !

— Oh que si ça en a ! Il y a quelques années, un foutu clochard comme lui a tenté de rentrer dans le Cirque où j'étais avant... et bah, il nous a pilier et il a assassiné un de nos artistes ! ... Si vous ne vous méfiez pas, c'est ce qui va nous arriver ! dit la voix d'Oscar déterminée.

Aiden n'en croyait pas ses oreilles.

Comment pouvait-il parler de Sébastian de cette façon, d'autant plus celui-ci n'avait rien à avoir avec un clochard... et encore moins avec un voleur ou un meurtrier. Il avait envie de faire taire Oscar et en même temps, il ne s'en sentait pas capable. Il savait que son amant n'y était pour rien puisqu'ils étaient ensemble cette nuit-là, dans le même lit. Mais comment l'expliquer sans avouer ses sentiments, son orientation et cette relation qu'il n'assumait pas encore ? Il était partagé entre cette envie de clamer la vérité et celle de la taire pour ne pas avoir à répondre aux questions. Malgré tout, il continua d'écouter la conversation...

— Vous ne pourrez pas dire que je ne vous ai pas prévenu ! Sébastian est un danger pour la troupe et il n'y a que moi qui aie le courage de le dire haut et fort !

— Tu penses vraiment qu'il représente un danger pour nous ? demanda une voix féminine.

— Oui ! Absolument ! Il faut demander qu'il parte avant le départ !

— Mais on ne peut pas le laisser ici, en plein désert...

— On s'en fout, il se débrouillera ! dit une autre voix que celle d'Oscar.

Cette fois-ci, Aiden se redressa et fronça les sourcils. Non. Hors de question qu'il abandonne Sébastian, que ce soit ici ou là-bas. Il ne comptait pas le laisser quitter la troupe ni maintenant et encore moins un autre jour. Il tenait à lui, malgré le fait que cette relation était encore toute neuve et à peine entamée. Dans un élan de courage, il franchit la porte de toile cirée et se retrouva devant plus de la moitié de la troupe qui discutait autour d'une table de petit déjeuner, Oscar en bout, comme maître de cérémonie. La plupart des gens présents étaient ceux qui n'avaient jamais réellement accepté Sébastian, ou ceux qui ne se prononçaient pas. Oscar avait dû attendre que les autres se dispersent pour ouvrir sa petite réunion. Cela fit bouillir un peu plus le sang d'Aiden dans ses veines et il croisa les bras, à l'autre bout de la table, faisant face à Oscar et à sa petite assemblée.

— On peut connaître le sujet de ta réunion, Oscar ?

— Aiden... je... tu n'es pas...

— Non, je ne suis pas là où tu préférerais que je sois. Accouche.

— On parlait simplement de la prochaine ville... dit presque peureusement Oscar.

— Ne me mens pas, j'étais derrière la toile.

— Alors, tu comprends mon point de vue, n'est-ce pas ? C'est pour toi, pour la troupe.

— Tu parles ! C'est simplement parce que tu es incapable de faire confiance aux gens.

— On ne peut pas faire confiance à ces gens-là, Aiden !

— Tu me dégoûtes ! Ces gens-là comme tu dis, ne sont rien de plus que des gens normaux qui n'ont pas eu la vie facile, et l'on a tous connus ça ici...

— Mais, depuis qu'on l'a accueilli, tu dois avouer qu'on a que des problèmes !

Aiden le pointa du doigt et le menaça.

— Tu arrêtes tout de suite tes spéculations et tu te mêles de ce qui te regarde ! Tu l'accuses sans preuve par-dessus le marché !

— Ah ouais ? Et lui, il a des preuves que ce n'est pas lui ?

— Cesse, j'ai dit !

— Non, je suis persuadé que c'est lui et je continuerai à avoir mon opinion, peu importe ce que tu penses, toi. De toute façon, il est collé à tes baskets H24 maintenant !

— Ferme-la, Oscar !

— Oh, pardon, on a plus le droit d'avoir une opinion maintenant ?

— Pas quand elle est fausse et non fondée !

— J'attends encore que l'on me prouve qu'il n'a rien à voir avec l'incendie.

Aiden resta figé et serra les dents. Il avait failli laisser échapper l'information, mais tout le monde aurait compris le fond de la chose et il n'était pas prêt à ce que les gens le regardent autrement que comme il le voyait depuis toujours. Il serra fermement les mâchoires jusqu'à s'en faire mal et finit par s'élancer vers la sortie du chapiteau, excédé par le comportement d'Oscar et des autres qui ne réagissaient pas. Malheureusement, quand il passa la porte de toile cirée, c'est nez à nez avec Sébastian qu'il tomba. Sa bouche s'ouvrit pour dire quelque chose, mais il resta comme un poisson hors de l'eau, incapable de formuler ses excuses.

— Attends ! Sébastian !

— Laisse Aiden... je ne te demande rien... dit-il en s'éloignant, les mains dans les poches.

— Je t'ai défendu... je te jure...

Le polonais se stoppa en plein milieu du terrain vague et lui sourit brièvement et avec tristesse.

— Laisse tomber... ils ne m'accepteront jamais.

— Mais si, je suis sûr que si...

— Tu aimerais que ce soit le cas, mais écoute ce qu'ils pensent de moi... je ne veux pas te forcer à tout dévoiler pour m'innocenter... même si j'avais aimé que tu leur dises qu'on était ensemble cette nuit-là...

— Sébastian...

Il marqua une moue déçue sur ses traits et tourna le dos à Aiden pour rejoindre la caravane. Celui-ci se retrouva comme un con dans la neige en plein milieu du terrain vague et il ne sut pas comment agir. Retourner en arrière et tout avouer ? Courir après Sébastian et lui demander pardon ? Il comprenait la déception de son amant face à son manque de courage, mais il était encore incapable de se prononcer... de dire clairement, haut et fort qu'il aimait un homme.

Et pourtant, Sébastian ne le forçait à rien... il acceptait. Il subissait les accusations sans broncher et était même prêt à les assumer pour qu'il n'ait pas à parler.

— Hey, qu'est-ce que tu fais-là comme un con ? dit une voix le sortant de ses pensées.

C'était celle de Zimo.

— Je crois que j'ai fait une connerie.

— Pour changer... railla-t-il.

— Je suis sérieux Zimo...

— OK, raconte-moi !

Aiden posa son regard dans celui de son meilleur ami, n'étant pas au courant que celui-ci avait également un petit ressentiment pour lui et sa relation avec Poppy dans un coin de la tête. Il se passa une main dans les cheveux et hésita longuement avant de dire, la gorge nouée.

— Oscar essaie de monter la troupe contre Sébastian,

et je n'ai pas su le défendre...

—Quoi ? Comment ça ?

— Il dit à tout le monde que l'incendie est sa faute...
comme le camion...

—Mais, ça n'a aucun sens, il a sauvé les chevaux de
Dim et Anya.

Le dompteur avala difficilement sa salive et décida que
s'il y avait une personne qui devait être au courant, c'était
bel et bien son meilleur ami. Il se frotta la barbe quelques
secondes et ajouta, presque sans bégayer.

— Il était surtout dans mon lit cette nuit...

— Oh. Ooooooh... donc lui et toi ?

— Ouais...

Zimo sembla étrangement soulagé et comprit
également pourquoi Poppy était dans cet état la nuit
dernière, elle avait dû les surprendre. Aiden sentit qu'il
haussait les épaules, comme si ce n'était rien, et ce fut à
son tour de se sentir soulagé, même s'il s'était attendu à
une tout autre réaction. Après tout, ce n'était pas tous les
jours que l'on avouait son homosexualité à son frère, de
cœur ou de sang, peu importe. Il se pinça l'arête du nez,
sentant la migraine pointer le bout de son nez à force de
réfléchir à la meilleure manière de s'en sortir...

— T'as pas osé le dire devant la troupe c'est ça ?

— Incapable.

— Tu sais, je ne pense pas qu'il t'en veuille pour ça...
en revanche, ce con d'Oscar doit le faire sentir de trop ici,

tu vois ?

— Ouais, J'imagine... mais j'aurais pu l'avouer...
l'innocenter...

— Tu peux encore.

Aiden se souvint alors de la conversation qu'il avait eue
hier avec Sébastian sur l'essence.

— D'ailleurs, il m'a fait remarquer quelque chose par

rapport à l'incendie.

— Quoi ?

— Quand il a risqué sa vie en sautant dans les flammes,
il a senti l'odeur de l'essence.

— Sérieux ? Il en est sûr ?

Devant la mine surprise du maître de scène, Aiden
expliqua la terre imbibée... le cercle parfait autour du
chapiteau et tout le reste.

Il fallait à présent qu'ils mènent l'enquête pour
innocenter Sébastian dans un premier temps, mais surtout
pour faire la lumière sur le membre de la troupe qui avait
osé trahir sa famille en la mettant en péril.

— Quelqu'un de la troupe a foutu volontairement le feu
à l'écurie, Zimo.

Chapitre 15 : Une chance

Il était déçu.

Et en même temps, il comprenait le choix d'Aiden de ne pas vouloir avouer qu'ils avaient passé la nuit ensemble. Malheureusement, il n'avait pas envie de se défendre une nouvelle fois d'une accusation non fondée. Il avait compris que la troupe ne lui ferait jamais de place et qu'il devait se résoudre à la quitter pour que le dompteur ne finisse pas par se mettre sa famille à dos. Ça lui crevait le cœur, et il n'avait pas envie de le laisser derrière lui. Mais, il devait faire un choix, pour l'empêcher d'avoir à choisir entre lui et le Cirque. Il était hors de question pour lui de lui imposer ça. Dans la caravane du Circassien, il rassemblait son manteau, ses maigres effets personnels et il était prêt à partir… à demander qu'on le traîne de force jusqu'à la prochaine ville. Il avait déjà trop de culpabilité sur les épaules pour assumer en plus des accusations de sabotage et d'incendie. Si Oscar était sûr de lui, grand bien lui fasse, mais il ne lui donnerait pas la chance de poursuivre sa vendetta contre lui. Il préférait s'effacer. Quitte à perdre ce bonheur nouvellement acquis qui faisait de son mieux pour assumer la situation.

Sébastian soupira lourdement.

C'est ce moment qu'Aiden choisit pour entrer dans la caravane, levant les mains devant lui comme pour signifier "S'il te plaît, laisse-moi parler". Il ne dit donc pas un mot, attendant qu'il s'explique, même si au fond, il connaissait bien ses raisons. Il n'avait rien à lui reprocher.

— Je t'en prie, pardonne-moi… j'ai été lâche…

— Absolument pas, Ai..

— Laisse-moi terminer… s'il te plaît… J'ai été lâche et pourtant, s'il y a bien une chose dont je suis certain c'est que j'ai besoin de toi dans ma vie maintenant…

— Je ne veux pas que tu sois obligé de choisir entre eux et moi… ils…

— Comprendront… Ils comprendront parce qu'ils n'auront pas le choix.

— Aiden…

— Donne-moi une chance de me rattraper…

Aiden s'approcha de lui et il le laissa faire, incapable de lui résister finalement.

Il le laissa prendre son visage en coupe délicatement ainsi que ses lèvres qu'il captura avec un désespoir palpable. Sébastian ferma durement les yeux et répondit à son baiser avec autant d'espoir pour équilibrer. Il ne voulait pas partir, ni le quitter et abandonner derrière lui ce qui était sûrement le début de relation le plus sain qu'il n'avait jamais eu. Bien sûr qu'il voulait une chance d'être à ses côtés pour affronter le reste du monde, et ce, jusqu'à la fin des temps. Surtout s'il était prêt à assumer.

— C'est demandé si gentiment… Finit-il par dire, posant son front contre celui du dompteur.

— Tu ne le regretteras pas cette fois, je te le promets, je serai à la hauteur… souffla Aiden.

— Tu l'étais déjà, quoi que tu en penses.

Les doigts d'Aiden se glissèrent un peu plus dans ses cheveux et il se fit de nouveau embrasser de la façon la plus tendre possible. C'était presque trop amoureux à l'aube de leurs premiers jours. Malgré tout, il aimait ça. Tout de lui. De ses gestes tendres à sa façon de s'adresser à lui, de l'embrasser, de le toucher. Il ne voulait rien perdre de tout ça et se sentait à présent stupide de ne pas s'être battu plus tôt pour eux. Dire qu'il avait été prêt à partir, à renoncer... quelle folie !

— J'étais prêt à te demander de m'amener à la prochaine ville...

— J'aurai refusé...

— Et j'aurai été stupide d'insister...

— Je ne sais pas si l'on va dans le mur ou si notre histoire vaut la peine... mais je tente ma chance... le diable, même s'il le faut.

— Idiot.

— Comme toi, d'avoir pensé que je te laisserai partir.

Il lui offrit un large sourire et ils ne purent s'empêcher d'échanger un nouveau baiser, plus précieux et plus brut que les précédents. Un baiser qui venait sceller quelque chose, un pacte tacite. Ils allaient se battre tous les deux pour garder ce qu'ils avaient présentement... quoi qu'il arrive. Rien que le fait qu'Aiden soit prêt à assumer son attirance pour lui en si peu de temps prouvait que tout ça en valait la peine. S'il était assez fort pour affronter sa famille avec courage et sortir du placard, il était assez fort pour subir leurs attaques non fondées. La vérité finirait par se savoir de toute façon, quoi qu'il dise. Et, il comptait sur Aiden pour l'aider à trouver celle-ci.

— Tu as pu parler à Zimo ? demanda-t-il une fois leurs souffles repris.

— Oui... il a eu du mal à encaisser l'idée, mais il est loin de penser que tu es coupable. Au contraire.

— Ça me rassure un peu... si au moins lui me soutient...

— Il n'est sûrement pas le seul, tu sais... Oscar a juste une grande gueule et les plus influençables ne réfléchissent pas réellement aux conséquences...

— J'aurai tout de même préféré ne pas être le centre de toute cette histoire.

— Je sais, et je te promets qu'on trouvera qui en est responsable.

Sébastian lui offrit un demi-sourire avant de s'asseoir sur la banquette de la cuisinette où ils étaient depuis le début de la conversation. Aiden s'installa en face de lui et lui attrapa une main pour la caresser tendrement tout en discutant.

— Tu ne penses pas que c'est Oscar justement ?

— Ça se peut. C'est lui qui m'est venu tout de suite après sa ''réunion''...

— Il serait stupide de clamer haut et fort son ressenti, non ?

— Clairement.

— Et je ne vois pas à qui j'aurai pu faire réellement du tort. Je ne connais personne.

— C'est ce qui complique la tâche. Mais Zimo est sur le coup. Si c'est Oscar, on le saura rapidement, et si c'est un autre, aussi. La vérité se sait toujours.

Il soupira en se passant sa main libre dans les cheveux pour les ramener vers l'arrière. Il ne comprenait vraiment pas pourquoi la troupe et surtout Oscar s'acharnaient à ce point sur lui. Ça n'avait aucun sens. Oui, il débarquait comme un cheveu sur la soupe dans le Cirque, mais tout de même, il n'avait jamais eu de mauvaises intentions, quoi qu'ils en pensent. C'est quand il posa la question qu'Aiden lui raconta une histoire de sans-abri qui s'était glissé dans l'ancien Cirque où était Oscar pour piller et tuer un des artistes. Sébastian comprit un peu plus l'idée et le fond du problème, mais à son âge, Oscar aurait tout de même dû être capable de faire la part des choses.

Il secoua la tête, peu impressionné par la personnalité de l'homme qui jugeait sans connaître.

Ils n'avaient jamais échangé un seul mot et pourtant, il se permettait de lui inventer un comportement et des pseudos faits. Le blond tenta de le rassurer sur le fait qu'il avait une vieille mentalité et que pour lui, ils étaient juste simplement tous dans le même sac. Plutôt étrange pour un homme dans un cirque de bizarreries d'être aussi étroit d'esprit. Il finit par ne pas s'en formaliser. Après tout, dans cette histoire, ce qui comptait réellement c'était son désir de poursuivre sa relation avec Aiden, de fuir son passé et l'intégralité de son présent. Il avait une chance de repartir à zéro, pourquoi la laisser passer ?

— Bon, oublions tout ça pour le moment d'accord ? À la base, j'étais parti pour le déjeuner… mais, on va se faire un truc ici…

— Ça me va complètement ! s'exclama-t-il en souriant.
- J'imagine bien.

Aiden lâcha sa main après cette dernière réponse et se leva pour aller fouiller dans le frigo de sa caravane. Par chance, il y avait toujours de quoi se faire un bon petit snack en cas de coup dur.

— Tu es plus salé ou sucré le matin ?

— Mmh, aucune préférence. J'ai un estomac plutôt facile à sustenter.

— Omelette et bacon, Monsieur Pietroski alors ?

— Dans le mile, Monsieur Stevenson.

Il observa le blond sortir les œufs et le bacon du réfrigérateur, s'installant sur le comptoir pour commencer la préparation. Il lui proposa gentiment son aide, même s'il ne savait pas réellement cuisiner, mais Aiden refusa en souriant et lui indiqua qu'il était le pro des petits snacks.

— Tu cuisines alors ?

— Depuis que je suis petit. Ma mère m'a appris plein de choses, et puis on est débrouillards quand on naît dans un Cirque... c'est presque une obligation...

— Je vois... sourit Sébastian.

— Et toi ? Tu aimes ça ?

— Je suis capable de mettre le feu à n'importe quoi... enfin, il paraît.

Aiden éclata de rire franchement, posant sa main sur sa poitrine en se rejetant légèrement en arrière. Sébastian trouva son rire communicatif et il se mit à rire de sa réaction plus que de sa propre blague.

— On dira merci à Oscar pour cette blague

magnifique... Termina le blond.

Le cuisinier cassa un bon nombre d'œufs dans un petit saladier en verre transparent et il le vit se mettre à fouetter avec une fourchette. Ils souriaient toujours bêtement tous les deux, se lançant de petits regards. Bien que très vite, son regard se porta sur le postérieur parfaitement rebondi de son amant, moulé dans son jeans. Il pencha la tête en se mordant légèrement la lèvre, souriant toujours, mais pour d'autres raisons. Sans le remarquer, il se fit surprendre...

— Le spectacle te plaît ?

— Si j'avais su que te faire battre des œufs était sexy, je t'aurai réclamé une omelette plus tôt.

— N'importe quoi !

— Si je te jure... on en mangerait.

— J'imagine que tu ne fais pas référence à mon omelette... railla-t-il. - Mmh, nope.

Aiden leva les yeux au ciel en souriant largement et il retourna à sa préparation, le laissant profiter de la vue et du spectacle.

Il ne pouvait toujours pas nier son attirance pour cet homme. Ça avait été dès le premier regard et ça l'était encore. Il n'aurait jamais pensé, ni même fantasmé, pouvoir avoir un gars tel que lui dans sa vie. Et pourtant, il était là... et stupidement, il se rappela que quelques minutes plus tôt encore, il était prêt à renoncer à lui pour ne pas affronter le reste du monde. Il venait d'éviter de faire la plus grosse erreur de toute sa vie. Celle qu'il aurait regrettée jusque dans la tombe et au-delà de la mort. Aiden était trop parfait pour lui... pour le monde même. Il était presque tout droit sorti d'un bouquin à l'eau de rose. Une de ces histoires où cet homme débarque dans votre vie au détour d'un regard et où tout ce qui en découle n'est que pureté et bonheur. Une sorte de conte de Noël dont on n'a pas envie de connaître la fin, captivé par le milieu.

Un sourire se glissa sur ses lèvres. Peut-être que finalement la vie lui accordait son histoire d'amour. La vraie. Celle qu'on passe toute une vie à chercher, qu'on espère qu'on demande à l'univers chaque soir. Cette histoire qui prend aux tripes, qui s'incruste sous la peau et qui dévore de l'intérieur. Oui, Aiden semblait être son histoire. Il le sentait. Il l'avait déjà dans la peau, quoi que les gens puissent en penser. Pour lui, il en était persuadé.

Ils avaient de beaux jours devant eux, il ne devait pas renoncer. On pourrait le traiter de fou. Il était prêt à se faire interner s'il fallait pour le prouver. Il l'avait su en un regard. Ils avaient un avenir...

À présent, plus rien ne comptait à part lui.

— T'es toujours avec moi, Sébastian ?

— Pardon.

— À quoi tu pensais ?

— À nous. Et à notre histoire... celle qu'on racontera dans 20 ans.

Il put voir sur le visage d'Aiden un sourire étirer ses lèvres et il sut instantanément qu'il le sentait aussi. Que tout ça avait un sens et qu'ils méritaient de se donner cette chance.

Chapitre 16 : Sur le départ

Le lendemain, ils étaient tous en pleine effervescence, sur le point de prendre le départ pour enfin rejoindre la prochaine ville dans laquelle ils devaient se produire dans deux jours. Aiden était plutôt serein, même alors que le soleil n'était pas levé. Tout allait bien depuis la veille. Il était parvenu à retenir Sébastian. Ils avaient passé le restant de la journée couché à discuter entièrement nus dans son lit... tout avait été parfait. Et encore ce matin, tout l'était. Les deux hommes s'étaient douchés l'un après l'autre à défaut de pouvoir entrer tous les deux dans la cabine, ce qu'ils auraient préféré. À présent, habillés, ils étaient enfin prêts à affronter le monde main dans la main, quoi qu'il arrive : ils étaient maintenant deux contre la terre entière.

— Ensemble ? demanda-t-il en serrant sa main dans la sienne.

— Ensemble.

Ils avaient longuement discuté cette nuit, et tout avait été mis à plat. Cartes sur tables. Cette attirance était bien plus que physique. Ils se projetaient, avaient envie de faire des projets... d'en concrétiser.

Aiden avait même parlé de lui faire une place auprès d'Archimède, Sirius et lui afin qu'il fasse partie intégrante de la troupe et qu'il trouve sa place parmi eux. Il avait eu tellement peur de le voir partir que la réalisation lui avait sauté aux yeux en à peine quelques minutes. Il l'avait ressenti dans toutes les veines de son corps... Sébastian était son second souffle. Celui qui avait réoxygéné son sang. Qui lui avait fait se sentir lui-même pour la première fois de toute sa vie... Celui qui avait atténué son deuil, ses cauchemars, ses angoisses. La vie lui avait envoyé sa bouée de sauvetage, son port d'attache. Il était prêt à tout maintenant pour s'y accrocher, y jeter l'encre.

Ils sortirent de la caravane avec la confiance dans les tripes. Aiden ne craignait plus de regarder les gens en face pour avouer son attirance. C'était ça, ou il perdait Sébastian, et ça, il avait réalisé qu'il n'en était plus capable. Ses doigts entrelacés aux siens, il s'avança vers la troupe qui était réunie autour de Zimo pour la dernière réunion préparatoire du départ. Déterminé, il se faufila dans la foule des artistes, se moquant éperdument des chuchotements autour d'eux. Qu'ils parlent. Il s'en fichait pas mal finalement. C'était son choix. Sa vie. Son intimité.

Ils étaient adultes et en droit de vivre ce qu'ils avaient à vivre sans se préoccuper des "qu'en dira-t-on?". Quand Zimo le vit approcher avec Sébastian, main dans la main, un sourire se glissa sur les lèvres du maître de la scène et il termina rapidement son discours par le point important.

— Je voulais également vous faire part d'une chose. L'innocence de Sébastian dans l'incendie.

Des contradictions se firent entendre dès qu'il prononça cette phrase.

— Et je me fous bien de votre petite réunion à ce sujet... nous sommes une famille et l'on accueille les gens qui en ont besoin... comme toi, Oscar, quand ton Cirque a fermé... ou encore toi, Zigger quand tu as été chassé par ta famille... Il y a une place pour chacun de vous ici... et il y a une place pour lui aussi. Parce que les faits sont là : il n'a rien fait.

— Comment tu le sais, hein ? s'exclama justement Oscar.

— Je le sa…

— Parce qu'il était avec moi cette nuit-là ! l'interrompit Aiden en se plaçant face à la troupe.

Sa main toujours dans celle de Sébastian, il la serra un peu plus pour se donner du courage.

— Il a passé la nuit avec moi, et je ne l'ai pas lâché de toute la soirée.

Des chuchotements se firent entendre autour d'eux, et il en vit certains se pencher vers d'autres pour s'offusquer de la nouvelle ou pour au contraire lui donner du sens. Ça ne l'arrêta pas dans son élan d'audace et il leva légèrement leurs deux mains liées l'une à l'autre.

— Nous étions ensemble… et je peux l'attester autant que vous le voudrez. Il est innocent.

— C'est monté de toutes pièces ! Dit une voix dans la foule.

— Ah ouais ? Viens me le dire en face, qui que tu sois !

Cette fois, on pouvait sentir l'agacement dans sa voix, cherchant du regard d'où venait la voix.

— Qui nous dit que tu n'inventes pas ça pour lui sauver la mise, hein ?

— Oscar… tu peux bien penser ce que tu veux, c'est la vérité.

— Alors… tu es gay ? demanda une des membres de la troupe.

Aiden se passa une main sur la nuque, ne sachant pas réellement comment répondre à ça.

— Gay, bisexuel, qu'importe... on s'est trouvé, c'est tout... intervint Sébastian.

Il le remercia d'un regard, avant d'ajouter :

— Je suis moi. La meilleure version de moi-même.

Une paire de mains commença à applaudir dans la foule, surprenant Aiden. Puis, une autre se joignit à son geste et une autre, puis encore une autre, jusqu'à ce que la troupe entière applaudisse royalement le courage d'Aiden d'être enfin lui-même. Boosté par cette vague d'amour et d'acceptation, il posa sa main libre sur la joue de Sébastian et posa ses lèvres sur les siennes sans même réfléchir. Rapidement, des sifflements approbateurs se joignirent aux applaudissements et il ne put s'empêcher de sourire. Un sourire qu'il n'avait pas eu depuis des mois. Un sourire qui avait manqué à sa famille, à ses amis.

Aiden était enfin redevenu celui qu'il était, mais comme il le disait, la meilleure version de lui-même. Celle qui ne se cachait plus derrière des idéaux vieillots qui ne lui appartenait pas.

Mafalda s'approcha d'eux pour poser une main sur chacune de leurs joues et les féliciter de s'être trouvés enfin. Comme toute bonne maman, elle avait apparemment décelé quelque chose avant même qu'ils ne le remarquent eux-mêmes. Elle se confia en souriant et ils le lui rendirent. Dans la foule, tout le monde semblait heureux et prêt à faire une place à Sébastian... mais, une silhouette s'enfuit en courant, traversant le terrain vague pour rejoindre un véhicule. Aiden la remarqua au loin et fronça les sourcils. Il ne comprenait pas la réaction de Poppy. Elle qui était pourtant sa meilleure amie, elle aurait dû faire partie des gens qui les félicitaient, non ? Sur le moment, il aurait aimé s'en préoccuper, mais il fut rapidement accaparé par les autres.

— Eh bien mon vieux, ça, c'est une sortie de placard en bonne et due forme... s'exclama Zimo.

— Merci... ? J'imagine...

— Bon, Seb, il va falloir en prendre soin, sinon c'est Archi qui risque de te bouffer.

— Merci de la mise en garde... Je pense que ça ira... Sourit le concerné.

Plus sérieusement, merci de lui avoir rendu le sourire... ça fait des mois que je n'ai pas vu ça. Ça me manquait !

— N'en fais pas trop, Zim...

Aiden sourit en coin. Il savait que c'était là, la pure et stricte vérité. Il avait l'habitude de savoir quand Zimo était sérieux ou pas, et là, il l'était on ne peut plus. Le blond réalisa alors qu'il avait en quelque sorte perdu sa flamme des mois auparavant et que c'est en faisant la rencontre de Sébastian qu'il l'avait rallumé. En un regard pour lui, il confirma intérieurement cette théorie. Oui, si son cœur s'affolait à nouveau, c'était grâce à lui.

La foule finit par se disperser pour vaquer à ses occupations premières, à savoir, préparer le départ et eux-mêmes se dirigèrent vers le camion pour faire les dernières vérifications. Cependant, Aiden avait toujours en tête le départ précipité de Poppy et il ne parvenait pas à avoir la conscience tranquille de ne pas s'en inquiéter. Il finit par en faire part à Sébastian qui le poussa à aller la voir. Elle avait besoin de lui, c'était certain.

Ne se cachant plus, il lui vola un baiser à ciel ouvert avant de filer vers la caravane de son amie. Il fallait qu'il comprenne sa réaction. Le pourquoi du comment... la raison de sa fuite devant son annonce. Ça paraissait tellement injuste de réagir de cette manière face à son bonheur. Il ne comprenait réellement pas.

Il frappa trois coups à la porte, sans obtenir de réponse, puis décida de faire comme à son habitude, d'entrer sans s'annoncer, ou presque.

— Hey, c'est Aiden...

— Pas maintenant, s'il te plaît... indiqua-t-elle la gorge nouée de sanglots.

— Bien sûr que si maintenant... qu'est-ce qu'il y a ?

Il fronça les sourcils en la découvrant recroquevillée, en position fœtale sur son lit, dos à lui.

— Pop, qu'est-ce que tu as ?

— Rien. Va-t'en.

— Pas tant que tu ne m'auras pas expliqué ta réaction.

— Il n'y a rien à savoir...

Sa voix était tremblante, au bord des larmes, et il sentit une pointe de colère monter dans sa poitrine. Qu'est-ce qui pouvait bien la mettre dans tous ces états... c'était lui qui venait de faire la chose la plus terrifiante de sa vie.

— Parle-moi, Pénélope...

— Aiden, je t'en prie, va-t'en... supplia-t-elle.

— Bordel ! Pop !

Celle-ci se retourna d'un coup pour lui montrer son visage baigné de larmes et le mascara qui noircissait à présent ses joues. Elle pleurait depuis déjà de longues minutes. Il se trouva alors dans l'incompréhension totale. Il fronça les sourcils... la bouche entrouverte sans avoir quoi dire ou quoi faire face à la situation. Il ne l'avait jamais vu dans un tel état. Encore moins par sa faute. Il leva les mains paumes vers le ciel, tentant de l'interroger du regard sur ce qu'il avait bien pu faire de mal pour qu'elle soit aussi mal. Il n'avait jamais voulu la blesser ou lui faire du tort...

— C'est... toi.

— Quoi ? Qu'est-ce que j'ai fait, je ne comprends pas...

— Tu es toi.

— Poppy...

— Tu es toi et tu ne m'as jamais regardé comme tu le regardes lui... dit-elle en tentant d'étouffer un sanglot.

Aiden eut un début de piste sur ce qui provoquait son mal-être et il n'aimait pas du tout la tournure que prenaient les choses. Comment avait-il pu passer à côté de ça ? Depuis combien de temps ? Il voulut dire quelque chose, mais sa bouche ne prononça que des onomatopées sans parvenir à articuler le moindre mot.

— J'ai tout fait... tout... sanglota-t-elle à nouveau.

Son visage était marqué par le chagrin, la déception, la

colère peut-être aussi et Aiden se trouva complètement décontenancée face à cela. Il n'avait jamais été bon pour gérer les crises, il l'était bien plus pour consoler que prendre les coups. Enfin, au sens psychologique du terme.

— Je t'ai tout de suite aimé… et c'est encore le cas aujourd'hui… ajouta-t-elle finalement en bredouillant.

— Mais… Pénélope… je n'ai jamais rien fait p… je n'ai jamais souhaité te donner de l'espoir à ce niveau…

— Je sais… mais j'ai cru que peut-être un jour, tu me verrais enfin comme une femme et pas comme l'ado que j'étais quand on s'est rencontrés…

— Pop'… geint-il… Tu avais 18 ans, j'en avais déjà 28…

— Et alors ? L'amour n'a pas d'âge, Aiden !

— Ce n'est pas ce que je dis… enfin, tu méritais tellement mieux que de t'enterrer avec moi alors que tu avais la vie devant toi… et puis… je n'étais pas fréquentable à cette époque.

— Il faut croire que tu te cherchais. Tu as tes réponses maintenant.

Sa réplique était cassante. Elle avait clairement une rancœur envers la situation qui le dépassait encore. Jamais il ne se serait imaginé qu'elle pourrait être amoureuse de lui. Jamais. D'ailleurs, il ne lui avait jamais fait espérer quoi que ce soit dans ce sens. Il l'avait toujours considéré comme une petite sœur, à l'instar de la sienne. Elle était jeune, pleine de vie et méritait bien mieux qu'un pauvre solitaire anxieux dans son genre.

— Tu es injuste, Pénélope. Je n'ai jamais cherché à te

blesser.

— Et pourtant, tu la fais en t'affichant avec lui !

— Et que veux-tu que je dise ? ... Pardon d'être bien avec lui ?

— Je vous ai surpris l'autre soir sous le chapiteau, tu sais...

— Alors c'était toi.

Elle plongea son regard dans le sien. Il était assez difficile à déchiffrer, mais il pouvait y lire une pointe de dégoût qui ne lui plaisait pas du tout. Comment avait-elle pu devenir aussi froide et injuste ? Elle toujours si accueillante, pétillante et droite. Il était déçu. Déçu de sa réaction, de ses paroles, et de tout le reste. Il pouvait d'ailleurs voir dans ses yeux que la noirceur avait envahi son cœur et qu'elle avait plus de ressentiment qu'elle ne voulait bien lui cracher au visage. Il fronça les sourcils devant son attitude et elle finit par se lever, rejetant son oreiller sur le côté.

Tu aurais dû le laisser se barrer après l'incendie ! Finit-elle par exploser.

— Comment tu...

— Comment je sais qu'il voulait partir ? Je l'ai vu s'enfuir devant ta lâcheté ! Ce n'était pas difficile à comprendre, Aiden. Je suis une grande fille.

— Pénélope... Souffla-t-il.

Son esprit venait de faire des liens et il n'aimait pas du tout les conclusions qui s'imposaient à lui. Non. Elle n'avait pas pu en arriver là. Pas elle. Pas pour ça. Pas pour lui. Il porta une main à sa bouche et il commença à bouger sur place nerveusement. Non. Impossible. Il ne parvenait pas à s'imaginer qu'elle en était arrivée à un point si extrême par amour pour lui. Alors le but était là ? Faire accuser Sébastian et le voir partir ? Qu'avait-elle espéré au juste ? Qu'il la regarde ensuite de manière différente ?

— Comment as-tu osé... ? dit-il avec du dégoût peint sur le visage.

Elle tenta de garder la tête haute au travers de ses larmes, mais c'était peine perdue.

— Comment as-tu pu faire ça à Zimo... après tout ce qu'il a fait pour toi, pour ton frère... tu oses encore le regarder dans les yeux après ça ?

— Aiden...

— Tu pensais peut-être que j'allais te sauter dans les bras après le départ de Sébastian ? ... Tu pensais que personne ne découvrirait ce que tu as fait ?

— Je...

— Tu n'as pas seulement mis la vie du Cirque en danger, tu as failli tuer nos animaux... et c'est celui que tu voulais salir qui a risqué sa vie pour rattraper tes conneries.

— Je... ne voulais pas en arriver-là...

— Bien sûr que si, Pénélope. Tu savais que les chevaux étaient sous le chapiteau. Tu sais à quel point ils comptent pour nous, pour Dim et Anya...

— Mais... tout serait redevenu comme avant ! cria-t-elle presque avec hystérie.

— Ah oui ? Haussa-t-il d'un ton. -... tu crois vraiment qu'en apprenant ton acte, Zimo laissera passer ? ... Il a beau t'aimer, tu n'en es pas moins décevante.

— Aiden...

— Il n'y a plus d'Aiden qui tienne, Pénélope. Tu aurais dû m'en parler... t'expliquer, quitter le cirque même si c'était trop dur à accepter....

Mais, ce que tu as fait... c'est impardonnable.

Elle tenta de faire un pas vers lui pour qu'il la prenne dans ses bras, mais il recula en mettant ses mains devant lui, comme pour se défendre d'une attaque. La déception était si grande dans sa poitrine qu'il avait du mal à respirer. Dix longues années d'amitié... et tout s'évaporait en l'espace d'une seconde. D'une phrase. D'une intention. Il avait encore du mal à y croire... et il savait que le pire ne serait pas sa réaction, mais bel et bien celle de son meilleur ami. Zimo, éperdument amoureux de la jeune femme, de douze ans sa cadette, ne s'en remettrait sûrement pas aussi facilement que le reste de la troupe, comme lui. Elle venait de briser le trio qu'ils formaient tous les trois.

— Je te donne une heure pour parler à Zimo. Si tu ne le fais pas. Je le ferai.

Sa réplique claqua dans l'air et il sortit de la caravane presque en courant. Il avait besoin de prendre l'air. De réfléchir à tout ce qu'il venait d'apprendre, de vivre, de ressentir... Pourquoi fallait-il toujours que les gens le déçoivent ? Ses mains tombèrent sur ses genoux et il courba l'échine, plié en deux. Les larmes lui montèrent aux yeux rapidement et il dut se faire violence pour reprendre contenance après quelques minutes.

Ses mains remontèrent sur ses hanches et il leva la tête vers le ciel, appréciant un instant, les yeux fermés, les flocons qui tombaient lentement sur sa peau brûlante. Ça avait quelque chose d'apaisant.

— Adieu Poppy... souffla-t-il finalement avant de lancer un dernier regard à la caravane de la jeune femme.

Il savait que le départ serait bien différent de ce qu'il avait imaginé. Ils prendraient la route dans quelques heures, et il en était persuadé... elle ne ferait plus partie

du voyage, du moins, pas jusqu'à la destination finale. Le trou qu'elle laisserait dans la troupe et dans sa poitrine, malgré tout, mettrait longtemps à se combler...

Ils pouvaient dire adieu à leur rayon de soleil.

Chapitre 17 : Aveux

Sébastian commençait à avoir le coup pour préparer les départs. Il avait donc laissé Aiden rejoindre sa meilleure amie. Celle-ci s'était apparemment enfuie pendant leur petite "annonce" et son amant voulait savoir pourquoi elle avait aussi mal réagi. Ce qu'il comprenait parfaitement. Il en avait profité pour parler un peu avec Zimo qui lui avait expliqué deux ou trois choses sur le fonctionnement des spectacles, les entraînements et tout ce que "vivre dans un cirque" implique. C'était presque comme s'il lui indiquait "Tu fais partie de la famille maintenant". Sébastian apprécia la conversation jusqu'à ce qu'il remarque Aiden sortir de la caravane de son amie, excédé. Il se plia en deux, semblant se retenir de hurler avant de se reprendre, conscient sûrement qu'on pouvait le voir. Il fronça les sourcils. Il n'aimait pas du tout ce que cela pouvait signifier. Il s'excusa auprès du maître de la scène avant de se diriger vers son amant, en trottinant. Quand il arriva à sa hauteur, il lui demanda ce qui s'était passé, mais Aiden sembla ne pas vouloir lui répondre. Il posa alors une main sur son épaule, le forçant à s'arrêter en plein milieu du terrain vague.

— He… parle-moi… ensemble, tu te souviens ?

Aiden se passa une main sur le visage, semblant retenir l'explosion qui gonflait sa poitrine.

— OK, mais pas ici. Allons faire un tour en voiture, OK ?

— OK, je te suis.

Zimo leur jeta un regard en les voyant s'éloigner des

camions, mais Sébastian le rassura.

— On va juste faire un tour en voiture, on revient !

Un large sourire se glissa sur les lèvres de propriétaire de l'Absinthium, mais Sébastian n'était pas réellement convaincu que leur petite escapade serait agréable. Il suivit son amant jusqu'à une vieille Impala rouge parfaitement entretenue. Sébastian fut presque surpris. C'était la première fois qu'il la remarquait dans le cercle des caravanes et des camions.

— C'est la tienne ? questionna-t-il.

— Disons plutôt que c'est celle du maître. Elle appartenait au père de Zimo, mais il me la laisse souvent, j'ai le double des clés sur les miennes.

— Tu ne me laisserais pas la conduire par hasard ? C'est un vrai petit bijou.

— Si... tiens, ça évitera qu'on finisse dans le fossé... dit Aiden en lui envoyant les clés.

Sébastian les réceptionna de justesse, ne s'étant pas attendu à ce qu'il dise oui. Il contourna le véhicule avec enthousiasme, comme un gamin le soir de Noël, et monta derrière le volant. Aiden fit de même sur le siège passager et il démarra la voiture sans même savoir où son amant voulait exactement se rendre. En lui jetant un coup d'œil, il put comprendre que la destination n'avait aucune importance.

Qu'il avait simplement envie de s'éloigner de la troupe pour prendre un peu de recul sur la situation. Il n'osa pas poser de questions et se contenta finalement de conduire et de les mener sur les routes tranquilles qui s'écartaient du terrain vague. Le trajet fût atrocement silencieux... si bien que Sébastian dû allumer la radio pour ne pas virer fou à force d'entendre les soupires frustrés de son amant. Il voyait bien que son petit entretien avec Poppy n'avait pas été comme il l'aurait souhaité et que cette petite virée en voiture n'était qu'un prétexte pour souffler un peu.

Il se posa tout de même la question de savoir ce qui avait réellement pu le mettre dans un état pareil. Poppy avait-elle rejeté leur relation à ce point ?

Avait-elle dit quelque chose à Aiden qu'il n'avait pas digéré ? Ou alors, peut-être qu'elle ne l'avait pas approuvé, lui ? Un monde de question sans réponse s'offrait à lui alors qu'ils s'éternisaient maintenant sur la route. Il roulait sans destination, sans but, jusqu'à ce que Sébastian se demande s'il serait capable de retrouver le chemin du retour afin qu'ils regagnent le Cirque à temps pour le départ. Ça serait tout de même embêtant que ce ne soit pas le cas, surtout qu'il était le seul réellement concentré sur ce qui se passait autour d'eux depuis leur départ du terrain vague.

Ils roulèrent pendant une heure... ou deux, il n'avait pas vraiment compté, avant qu'Aiden ne remarque un endroit près d'une rivière. Il s'arrêta à sa demande, heureux qu'il parle enfin et qu'il agisse ne serait-ce que pour lui dire de s'arrêter enfin. Quand il coupa le contact, il se rendit compte que le silence était encore plus pesant sans le moteur ronronnant de la Chevrolet. Il décida alors, malgré sa réticence, à le briser pour essayer de comprendre...

— Alors, tu comptes m'expliquer ? demanda-t-il en marchant sur des œufs.

— Pas maintenant.

Et il le vit sortir de la voiture sans un mot de plus, lui

faisant tomber la mâchoire de surprise. Par la fenêtre passagère, il le vit retirer son manteau pour le foutre sur le toit et il ne comprit pas réellement pourquoi il montait à l'arrière, les manches de sa chemise remontés sur ses coudes. Il se tourna, une main toujours sur le volant et l'observa s'installer au milieu de la banquette arrière.

Sébastian n'eut pas le temps de poser la moindre question à son amant, celui-ci l'attrapa par le col de son manteau et l'obligea à se glisser difficilement à l'arrière du véhicule pour l'asseoir sur ses cuisses. Surpris, mais dans le bon sens, il lui offrit un large sourire une fois en place, ses deux mains à présent posées de part et d'autre de son visage sur le dossier des sièges arrière.

— C'était ça ton idée alors ? murmura-t-il comme si on les écoutait.

— Je n'ai jamais eu l'occasion de le faire dans une voiture. Et j'ai besoin de me défouler.

— Je ne suis pas sûr que Zimo apprécierait ton idée, Baby...

— Ce qu'il ne voit pas ne peut pas l'agacer.

— J'aime ton raisonnement... surtout parce que tu bandes actuellement et que ce serait réellement dommage de ne pas en profiter... sourit-il largement.

—Alors, ferme-la et profites-en !

Il se laissa saisir par la nuque pour répondre à ce baiser brûlant et brut qu'il venait lui offrir. C'était différent d'habitude... il sentait sa frustration et sa colère en arrière, mais ça n'en était pas moins excitant, au contraire.

Ce baiser dérapa rapidement et langoureusement alors

que les vêtements tombaient un à un, avec difficulté. Ils étaient à l'étroit dans cette foutue Impala mais bordel qu'il ne voulait pas qu'il arrête. Les gestes étaient hâtifs, désordonnés. Ils avaient tous les deux cette impatience de se sentir nus l'un contre l'autre, malgré le manque de place conséquent pour leurs deux gabarits.

— La prochaine fois, évacue ta frustration dans un hôtel, Stevenson... Haleta-t-il moqueur.

— J'y penserai... mais me souvenir de toi à l'arrière de cette voiture m'excite.

— Bon point.

Sa bouche fut de nouveau prise d'assauts jusqu'à ce qu'enfin tous les vêtements soient sur la banquette ou sur le sol de la voiture Zimmerman. Sébastian n'osait pas encore imaginer la tête de Zimo s'il apprenait un jour ce qui se passait actuellement sur le cuir de cette auto. Il songea qu'ils passeraient probablement tous les deux un sale quart d'heure. Mais, il oublia rapidement ce petit trait de culpabilité naissant quand Aiden glissa une de ses mains entre leurs deux corps pour saisir fermement leurs deux sexes dans sa large main, lui arrachant un couinement de surprise. Il ne pouvait pas nier qu'il aimait la confiance que le blond prenait au fur et à mesure de leurs ébats. Il aimait le sentir prendre le contrôle, être dominé, ou dompté dans ce cas précis. Il se laissait volontiers soumis à sa main rugueuse alors qu'il entamait des va-et-vient lents autour d'eux. Ses soupirs devinrent alors rapidement des gémissements et bientôt, l'atmosphère se fit moite et chaude. Les vitres étaient maintenant couvertes de buée, ce qui rendait le véhicule complètement opaque, même en plein jour. C'était de la folie de faire ça ici, en pleine nature. Mais, qui refusait un brin de folie ? C'était grisant. Les caresses se firent de plus en plus brûlantes autant de sa part que de celle de son amant et, déjà à bout de souffle, il le supplia de passer à la prochaine étape... de s'unir à lui et d'évacuer toute sa frustration, quitte à lui faire mal.

Il avait envie d'être marqué, de lui appartenir, de ressentir sa possessivité et sa domination. Il avait besoin de se sentir vivant, comme chaque fois qu'il lui faisait l'amour, mais plus encore cette fois, parce qu'il avait assumé. Parce que cette relation n'était pas vouée à l'échec ou à l'abandon. Parce qu'il avait enfin un espoir de vivre ce nouveau départ...

C'est complètement ravagé par l'orgasme, de longues minutes plus tard, qu'il s'écroula aux côtés d'Aiden, tentant, comme lui, de reprendre sa respiration. Son cœur battait à tout rompre dans sa poitrine si bien qu'il posa une main sur son torse comme pour essayer de le retenir sous sa peau. Il fut même pris d'une petite toux sèche alors que l'air ne semblait pas vouloir trouver le chemin de ses poumons. Il dut ouvrir légèrement la fenêtre de l'Impala pour que la brise rafraîchisse un peu l'habitacle et leurs deux corps encore entièrement nus. Cette fois, c'était sûr, Zimo allait les tuer. Un sourire niais se glissa sur ses lèvres et il replaça ses cheveux vers l'arrière en posant un regard sur son amant. Il était encore plus beau dans ces moments-là. Ses traits étaient encore marqués par la jouissance qu'ils venaient de partager dans un même râle et sa bouche invitante et entrouverte cherchait encore son air.

Ses cheveux blonds lui tombaient par mèches sur le front et sa barbe semblait couverte d'une fine couche de sueur. Comment avait-il pu ne pas le connaître plus tôt ? Bordel qu'il aurait aimé le rencontrer 10 ou 20 ans auparavant. Malgré tout, dans un coin de son esprit, il pensait au fait que la vie n'était que peu souvent faite de hasard et que ses choix de vie l'avaient mené à lui pour une bonne raison.

— C'est elle… dit soudainement Aiden, en tournant son visage vers lui, le sortant de sa contemplation.

— Poppy ? C'est elle quoi ?

— C'est elle qui a foutu le feu à l'écurie.

La bombe était lâchée et la surprise put se lire presque instantanément dans ses yeux.

— Tu plaisantes ?

— J'aimerais.

— Mais… pourquoi ? Elle… elle est tellement… enfin, je ne la vois pas faire ça.

— Tout est ma faute, Sébastian.

— Ne dis pas n'importe quoi, ça n'a aucun rapport !

— Elle nous a surpris ce soir-là sous le chapiteau…

Sébastian ne comprit pas du tout le lien entre les deux événements et fronça les sourcils.

— Elle m'a avoué qu'elle était amoureuse de moi depuis toutes ses années.

— Bordel de merde… S'échappa-t-il. - Comme tu dis. Elle a complètement vrillé…

—Mais... pourquoi elle a fait ça ?

— Elle pensait que ça te pousserait à partir, parce qu'elle se doutait qu'Oscar en rajouterait une couche… elle comptait sur le fait qu'on l'accuse lui aussi, j'imagine…

—Je n'en reviens pas…

Aiden se passa les deux mains sur le visage en se frictionnant fermement comme pour se réveiller d'un cauchemar. Et effectivement, il comprenait mieux sa colère, sa détresse et son besoin d'évacuer toutes ses émotions. Il passa sa main sur sa nuque pour lui montrer qu'il était là, quoiqu'il arrive, ou quoiqu'il dise de tout ça.

—Je ne sais pas comment annoncer ça à Zimo. Je sais qu'elle ne le fera jamais.

—Tu lui as dit de le faire ?

—Je lui ai donné une heure… ça devrait déjà être le cas.

—Aiden… je suis tellement désolé… j'ai… je sais que tu tiens à elle, j'ai le sentiment d'avoir tout gâché…

—Je t'interdis de penser ça ! C'est elle qui a tout gâché et ce n'est en rien ta faute !

Il semblait catégorique sur ce point si bien que Sébastian ne put qu'acquiescer face à ses paroles. Il avait encore du mal à y croire. Comment la situation avait-elle pu déraper autant pour que Poppy, celle qui lui paraissait la plus bienveillante finisse par le haïr assez pour commettre un tel acte. Tout ça le ramena de force à sa propre fuite et à la cavale qu'il cachait encore à son amant.

Il ne savait pas encore comment aborder le sujet et ça ne faisait qu'augmenter sa culpabilité face à leur relation. À l'heure actuelle, peut-être qu'il ne valait pas mieux que Poppy. Ce n'était pas comparable, mais il n'en avait pas réellement conscience sur le coup.

Ses doigts se glissèrent dans ceux d'Aiden et il porta le dos de sa main jusqu'à ses lèvres pour l'embrasser délicatement.

— Je suis là. On le fera ensemble s'il le faut.

— Il va être anéanti.

— Je comprends... vous êtes super proches tous les trois.

— Tu n'as pas idée... Zimo est raide dingue de Poppy depuis quelques années.

— Sérieux ?

— On ne peut plus... il lui a tout offert, la sécurité, un toit, son amour... et voilà comment il va être remercié... autant te dire que je n'ai pas réellement envie d'être le messager...

Pendant ce temps, dans la caravane de Poppy, celle-ci pleurait encore à chaudes larmes, malgré le fait qu'elle ne comprenait pas où son corps puisait encore sa source.

Elle venait de se prendre une gifle magistrale en plein visage de la part de l'homme qu'elle aimait et ça avait été comme un électrochoc.

Elle avait tout à coup pris conscience de son geste, de sa portée, des conséquences et, comme sortie d'une réalité parallèle, elle s'était enfin rendu compte à quel point elle avait mal agi. Elle ne pouvait plus revenir en arrière. Encore moins effacer ce qu'elle avait fait de l'esprit d'Aiden. Elle venait de le perdre à tout jamais, elle le savait... et, bientôt, elle perdrait Zimo à son tour. Elle imaginait déjà voir la déception et le dégoût dans ses yeux... voir le monstre qu'elle était devenue par amour.

"Tu n'as aucune excuse" … les mots d'Aiden lui revinrent en tête et elle hurla silencieusement en mordant ses poings. Elle ne se souvenait plus à quel moment son esprit s'était transformé en un champ de bataille. À quel moment elle avait imaginé son plan… et surtout à quel instant ça lui était apparu comme quelque chose de bien.

Elle se balança d'avant en arrière, encerclant ses genoux de ses bras pour tenter de calmer cette douleur dans sa poitrine qui semblaient vouloir exploser de l'intérieur. Sa bouche était sèche et ses joues encore marquées par les sillons de larmes qui les avaient dévalés en se frayant un chemin dans le noir de son mascara. C'est ce moment précis que choisit son cerveau pour lui remémorer les bons moments qu'elle avait passé au Cirque, dans cette famille qui ne serait plus la sienne d'ici quelques heures.

Elle revoyait les repas, les chants, les danses autour des feux… les spectacles merveilleux qui faisaient se lever et applaudir les gens chaque soir… Pourquoi son cœur ne s'était-il pas contenté de ça ? Pourquoi avait-il fallu qu'elle tombe amoureuse ?

— Tu as tout gâché… sanglota-t-elle pour elle-même.

Elle prenait conscience à présent que Sébastian, même s'il lui avait volé le cœur d'Aiden, lui avait évité d'avoir la mort des étalons sur la conscience. Elle ne comprenait pas comment elle avait pu penser que le chapiteau était vide… comment elle aurait justifié son acte, si, comme aujourd'hui, elle était découverte. Elle réalisait également qu'elle avait mis toute la troupe en danger, ainsi que l'avenir du Cirque lui-même. Mais, surtout… surtout, elle se rendait compte à quel point elle n'avait pas respecté tout ce que lui avait offert Zimo. Une chance de faire partie d'une famille après la mort de ses parents. Un avenir. Un travail et un toit. Elle avait tout foutu en l'air en un claquement de doigts sans penser à lui... sans imaginer comme il serait blessé et déçu en l'apprenant. Ça avait été son erreur. Elle n'avait jamais imaginé qu'on découvrirait un jour son implication dans l'incendie.

Elle avait pensé que tous les soupçons se porteraient sur Oscar, et encore une fois, en y réfléchissant, elle n'avait pas pensé à lui ... égoïstement.

Aiden lui avait donné une heure pour l'avouer à Zimo... mais, elle en était incapable. Comment pourrait-elle le regarder dans les yeux après ce qu'elle avait fait ? Comment pourrait-elle assumer son acte devant l'homme qui lui avait tout donné et qu'elle avait rejeté ?

Elle sécha d'un revers de manche ses joues et se leva précipitamment du sol. Elle attrapa un sac dans le compartiment en haut de son lit et y fourra toutes ses affaires, ainsi qu'un peu d'argent et de quoi se nourrir.

Elle fuirait. Lâchement...

Chapitre 18 : Cette fameuse nuit

Sébastian était encore derrière le volant alors qu'ils n'étaient plus très loin du terrain vague. Aiden avait le ventre noué et il ne savait pas comment il pourrait annoncer ce qu'il avait découvert à son meilleur ami. Lui-même avait déjà du mal à accepter l'acte de Poppy alors il ne voulait pas imaginer la réaction du fils Zimmerman. Malgré tout, cette petite escapade avec son amant lui avait fait du bien. Ça lui avait permis de soulager son esprit au moins face à une personne et après discussion, il avait compris qu'il ne serait pas seul pour soutenir le maître de la scène. Cette situation lui paraissait surréaliste. Comment était-il censé expliquer à Zimo que Pénélope, la jeune femme la plus radieuse et enjouée de la troupe, était devenue un véritable monstre par sa faute ? Comment, alors qu'il était éperdument amoureux d'elle, pourrait-il lui faire voir la réalité en face ? Comprendrait-il son geste ? Lui en voudrait-il de lui avoir volé le cœur de la jeune femme sans même en avoir eu envie ? Tant de questions sans réponses qui tournaient en boucle dans sa tête depuis près d'une heure. D'ailleurs, il avait rapidement surpris les regards inquiets de Sébastian et avait tenté de le rassurer sur son état…

— Ne t'en fais pas, ça va… j'ai juste du mal à imaginer la déception de David.

— On sera là pour lui, Aiden… Il s'en remettra.

— J'espère. Je le connais tu sais, il n'a jamais réellement eu de relation stable, alors qu'avec elle, il se l'est souvent imaginé.

— Pourquoi n'a-t-il jamais sauté le pas ?

— Oh, il lui a souvent fait comprendre, mais n'ayant

pas de retour, il pensait que son âge dérangeait... tu vois...

— Attends... tu es en train de me dire qu'elle connaissait l'étendue de ses sentiments ?

— J'en suis persuadé.

— Pardonne-moi, mais là... je n'ai qu'une envie ; l'insulter.

— Avant, je l'aurai défendu, mais maintenant, j'ai plutôt envie de faire comme toi.

Dix longues années d'amitié. Pour lui, c'était une part importante de sa vie, une personne qu'il chérissait comme un membre très proche de sa famille.

La douleur qu'il avait encore dans la poitrine prendrait du temps à s'estomper, comme toutes les autres. Ça commençait à devenir pesant... à tel point qu'il ressentait le besoin d'en parler avec Sébastian, de libérer un peu son cœur, ses angoisses et surtout, d'échapper à son anxiété qu'il s'était autodiagnostiqué.

— Je ne t'ai jamais dit pourquoi on avait quitté New York...

— Tu n'es pas obligé, tu sais. J'ai bien compris que c'était un sujet sensible encore...

— C'est vrai, mais je crois qu'avec tout ça, j'ai besoin que tu comprennes l'étendue de mes sentiments et des émotions qui me rongent...

— Bien... tu veux qu'on s'arrête avant le terrain ?

— Peut-être oui.

Sébastian continua quelques kilomètres le long de la route avant de se garer dans un accotement assez profond pour qu'ils ne soient pas dérangés par le reste de la circulation. Il alluma ses feux par prévention et se posa au fond de son siège, le corps à moitié tourné vers lui. Aiden lui offrit un sourire tendre et se passa une main dans les cheveux.

Il sentait l'anxiété poindre dans sa cage thoracique rien qu'à l'idée de devoir avouer cet événement de sa vie à Sébastian. Ça le rendait nerveux... Un silence demeura pendant de longues secondes durant lesquelles le Polonais ne prononça pas un seul mot, lui donnant le temps de se préparer. Il l'en remercia intérieurement, parce que ce qu'il s'apprêtait à lui dire n'était pas du tout facile pour lui...

Il prit une longue inspiration et posa finalement son regard dans le sien.

— On a quitté New York à cause d'un accident...

Sébastian ne dit toujours rien et le laissa poursuivre son explication.

— C'était un soir de spectacle comme les autres, on s'était tous préparé de la même façon que d'habitude, on avait tout vérifié, tout calculé...

Il avala difficilement sa salive, la sentant douloureusement passer dans sa gorge pour accentuer le point qu'il ressentait au milieu de son sternum. Il tournait autour du pot. Il en avait conscience. Mais, il lui fallait bien plus de courage qu'il n'en avait pour annoncer ça à son amant. Il se demandait comment il verrait le Cirque après ça... ou encore, lui-même.

Il grimaça légèrement et se massa le milieu de la cage

thoracique de son poing fermé à l'aide de ses phalanges.

— Quelqu'un est mort cette nuit-là... lâcha-t-il péniblement.

— Aiden...

— C'était ma petite sœur...

Un silence se creusa dans l'habitacle alors que Sébastian semblait touché par l'annonce.

— Elle était voltigeuse, comme mes parents. Mais ce soir-là, son partenaire avait bu avant d'entrer en scène, personne n'avait fait attention...

Il grimaça et ses traits se marquèrent de culpabilité. Celle qu'il portait encore et toujours depuis ce fameux soir.

— Ils avaient voulu faire un spectacle à risque sans filet pour en mettre plein la vue des spectateurs... Grégory n'avait jamais été réellement pour, comme moi... C'était ma petite sœur la tête brûlée...

Les larmes lui montèrent aux yeux. Il y avait tellement longtemps qu'il n'avait pas évoqué sa sœur, ou encore son accident.

La tension de son corps était palpable et même Sébastian n'osait pas le toucher de peur de prendre un mauvais coup réflexe.

— Alors, il a bu pour se donner du courage qu'il a dit... et un peu avant la fin du numéro, sa main a loupé celle de ma sœur et...

Il se mordit la lèvre, ses doigts se crispant sur son

genou en revoyant la scène sous ses yeux.

— Elle s'est écrasée au sol devant nos yeux, et ceux du public...

— Aiden... murmura Sébastian douloureusement.

Il put sentir la main de celui-ci venir se poser sur sa nuque pour lui montrer qu'il était là, mais il était incapable de le regarder dans les yeux à ce moment précis. Les larmes coulaient silencieusement sur ses joues, presque rageusement. L'histoire n'était pas finie et il lui compta la suite du bout des lèvres. Il se souvenait qu'il avait couru vers le corps sans vie de sa petite sœur, qu'il s'était taché les mains de sang, ainsi que la chemise. Il se rappelait également les cris et les hurlements de la foule mêlés aux siens. La folie, les fuites de tous les côtés... les pleurs des gens qui ne surplombaient pas les siens.

Mais ce dont il se souvenait le plus c'est d'avoir vu Grégory s'approcher d'eux alors qu'il tenait encore le corps sans vie de Romane dans ses bras.

— Je l'ai vu et mon sang s'est mis à bouillir dans mes veines. J'ai lâché ma sœur et je lui ai sauté à la gorge. Je l'ai frappé, encore et encore jusqu'à ce que son propre sang macule mes vêtements... il était totalement défiguré et malgré les bras qui tentaient de m'arrêter, j'étais pris dans un accès de rage incontrôlable...

— Tu... ?

— Non, je ne l'ai pas tué... mais j'ai failli. C'est Zimo qui m'en a empêché. Et pourtant, s'il avait pu, il l'aurait tué lui-même...

Il osa pour la première fois poser son regard dans les yeux de son amant.

— Zimo a été amoureux de ma sœur pendant de longues années... ils ont eu un enfant ensemble. Malheureusement, James était atteint d'une maladie incurable et il est mort un peu après avoir atteint ses 3 ans... Ça les a anéantis et leur relation n'a plus jamais été la même. Ils se sont séparés, mais tout allait bien entre eux malgré tout...

C'est des années après l'arrivée de Poppy qu'il s'est laissé aller à la confidence en m'avouant ses sentiments pour elle...

— Je comprends mieux...

Il inspira de nouveau un grand coup, replaçant ses cheveux vers l'arrière en baissant sa tête, le regard dans le vague.

— J'ai fait de la prison pour ça.

— Pardon ? s'exclama Sébastian plus surpris par le fait que c'était lui qui avait fait de la prison qu'autre chose.

— Ouais, j'ai pris trois mois ferme pour coups et blessures graves. Grégory a perdu la vue d'un œil et il a eu la mâchoire fracturée à plusieurs endroits...

— Et lui ? Il avait quand même bu et il a...

— Classé comme accident. Il n'a jamais été inquiété pour ça.

— C'est injuste !

Aiden osa finalement poser de nouveau son regard dans le sien.

— Tu n'es pas choqué par le fait que j'ai fait de la

prison ?

— Aiden... j'aurai réagi exactement de la même façon dans la même situation... Ils auraient dû le prendre en compte...

— Tu connais la justice américaine...

Il pouvait encore sentir les doigts de Sébastian jouer dans ses cheveux et ça l'apaisait, l'empêchant d'être submergé par des émotions incontrôlables qu'il essayait de garder au fond de lui. C'était la première fois qu'il se livrait sur le sujet à quelqu'un en dehors de la troupe et il se sentait écouté, compris et accepté. Le brun ne le jugeait pas. Il comprenait et il était même de son côté. Il avait de la chance, il en prenait conscience maintenant. Si Zimo ne l'avait pas arrêté, il ne serait sûrement pas là aujourd'hui... Il n'aurait jamais eu la chance de connaître Sébastian, et encore moins celle de vivre quelque chose d'aussi fort avec quelqu'un entre les murs d'une prison de comté.

— Pour finir... les journalistes nous ont salis... alcoolisme d'un artiste... mort atroce d'une autre, et enfin l'horreur qu'on vécut les enfants de me voir le battre presque à mort... Bref, ils ont titré des saloperies tous les jours pendant des semaines... L'Absinthium avait maintenant la réputation de Cirque sanglant et violent... on a quasiment été chassé...

— Je... ça me fait tellement mal pour vous... après tout ce que vous avez vécus...

Aiden ne parvint pas à dire un mot de plus et il grimaça un sourire les lèvres pincées, les yeux bordés de larmes. Il ne fallut qu'un regard de Sébastian pour qu'il laisse échapper le sanglot qu'il retenait depuis le début de son récit et qui lui nouait la gorge. Il explosa en se prenant le visage dans les mains et il sentit son amant venir le prendre dans ses bras, aussi fort qu'il le pût. Il laissa aller sa peine. Il déversa sa culpabilité de ne pas avoir été conscient de l'alcoolisme de Grégory... celle de ne pas avoir insisté pour qu'il y ait un filet... celle de ne pas avoir pu la sauver même s'il était conscient qu'il n'y avait rien qu'il aurait pu faire à l'instant précis où sa main avait été lâchée. Il libéra son cœur de son chagrin, de ce deuil qu'il n'avait pas encore réellement fait... et par-dessus tout ça, il hurlait en silence la colère d'avoir aujourd'hui perdu sa meilleure amie. Celle qui avait été un pilier important dans sa vie après cet épisode. Il pleurait pour Zimo... pour ses deuils à lui, ainsi que celui qui s'ajouterait bientôt...

Celui de perdre à nouveau l'amour. Pourquoi fallait-il que la vie s'acharne sur les bonnes personnes ?

— Je suis là maintenant. Ensemble... murmura Sébastian pour l'apaiser.

— Ensemble...

Aiden se redressa lentement, se sentant soudainement vulnérable dans les bras de son amant. Il n'avait jamais craqué comme ça devant personne à part lui. Lui qui devait toujours se montrer fort, courageux, dompteur de ses émotions... il prouvait aujourd'hui qu'il était un homme comme les autres avec ses fêlures et ses vieux démons. Un homme dont la souffrance avait été trop longtemps retenue et qui avait trouvé en Sébastian une porte de sortie. Il se sentait bien... mieux. Soulagé d'un poids. Pour ça, sans même sécher ses larmes, il posa sa main sur la nuque du brun et l'attira à lui dans un baiser amoureux, sensuel et doux. Un maigre remerciement selon lui...

Ils arrivèrent finalement une autre heure plus tard sur

le terrain vague.

Aiden avait pris le temps de reprendre toute sa contenance et Sébastian lui avait promis d'être là pour lui, quoi qu'il arrive et n'importe quand.

Il n'était plus seul à présent. C'est donc avec sa main dans la sienne qu'il trouva le courage de faire face à la situation. C'est avec la force de deux hommes qu'il retrouva Zimo près de sa caravane, le sourire bienveillant de l'homme glissé sur ses lèvres en voyant sa main dans celle de Sébastian. Il avala difficilement sa salive, le visage grave. Le maître de la scène comprit qu'il y avait quelque chose qui n'allait pas. Aiden osa un regard vers son compagnon et il lui dit d'un regard "Je peux le faire seul". Le Polonais acquiesça et s'éloigna des deux hommes quelques minutes afin de leur donner une intimité.

— David, il faut que je te parle…

— David ? … eh bien, tout ça est très formel, Aiden… Sourit-il.

— Ce n'est pas facile pour moi non plus…

— Quoi ? Tu vas m'annoncer que tu quittes le Cirque pour aller roucouler avec Sébastian ? plaisanta le Circassien.

— Si seulement... soupira Aiden en se passant gravement une main sur la barbe.

Il était à présent sûr que Poppy ne lui avait rien dit. Qu'elle avait été lâche et qu'il se sacrifiait à la tâche douloureuse de lui avouer son acte impardonnable ! Il fallait que ça sorte, il n'avait plus le choix à présent. Il n'y avait aucun retour en arrière possible dans la situation actuelle.

— Tu m'inquiètes, ça a l'air sérieux ?

— C'est Pénélope...

— Poppy ? Qu'est-ce qui y'a ? Il lui est arrivé quelque chose ?

L'homme était soudain piqué au vif par l'inquiétude, Aiden pouvait le sentir.

— C'est elle... qui a mis le feu à l'écurie.

Zimo laissa échapper un rire presque instantanément, n'y croyant pas une seconde. Mais Aiden ne se démonta pas et très vite, il put voir le visage de David se décomposer sous ses yeux.

— Non.

— David...

— NON ! cria-t-il, en serrant les poings.

Cette fois, il le vit entrer dans une colère sans nom qu'il n'avait jamais vu montrer chez son meilleur ami, toujours si serein et posé. Il traversa le terrain vague à sa suite, d'un pas inquiet, et il put assister à un spectacle qui lui déchira le cœur en deux, si ce n'est plus. Zimo frappa à la porte de la caravane de Poppy en hurlant son nom, attirant l'attention de toute la troupe. Puis, il finit par entrer en faisant claquer la porte sur l'extérieur... continuant de l'appeler. Malheureusement, Aiden comprit rapidement qu'elle avait une fois de plus agi lâchement et qu'elle avait quitté le campement avant qu'il ne puisse avouer quoi que ce soit à son ami. Cette

fois, il en était certain, il devrait ramasser Zimo à la petite cuillère, comme il l'avait fait après sa séparation avec sa sœur, et la mort de son neveu. Son chagrin à lui avait été grand aussi, mais pas autant que celui d'un père

qui perd son enfant... surtout pour David pour qui la famille était sacrée. Il avait vu en James un héritier, la relève pour l'Absinthium, et son nom enfin donné à nouveau. Sa perte avait été dévastatrice pour lui comme pour sa sœur et Aiden avait fait de son mieux pour les soutenir tous les deux. Ça n'avait pas été tous les jours facile, mais il l'avait fait par amour pour eux, et en mémoire de James qui avait été son rayon de soleil, même face à la mort.

Jamais il n'avait vu autant de courage dans un aussi petit corps. C'était cet enfant qui les avait préparé à son départ, plus que les médecins ou qui que ce soit d'autre...

Aiden fut rejoint par Sébastian qui posa une main sur son épaule.

À l'intérieur de l'habitacle, Zimo était en train de tout retourner en hurlant sa colère et sa déception...

Chapitre 19 : Zimo

La neige tombait de nouveau depuis une petite heure. Les gros flocons tapissaient généreusement le sol boueux du terrain vague, le rendant quasiment impraticable. Il était assis sur le sol de la caravane de Poppy depuis un moment déjà. Personne n'avait osé entrer après qu'il se soit complètement défoulé sur l'entièreté de l'intérieur. Il avait tout retourné. Le matelas, les placards, les vêtements restants... Il ne savait pas trop ce qu'il avait cherché exactement dans son geste, mais ça lui avait fait du bien au fond. Elle n'avait rien laissé, à part un mot sur la table de la cuisinette qu'il avait pris réellement comme un poignard dans le cœur '' Pardonne-moi, Zimo.'' Rien de plus, rien de moins. Aucune explication. Aucun affrontement. Elle était sortie de sa vie avec une lâcheté qu'il n'aurait même pas pu qualifier tant elle était sans nom. Elle n'avait pas eu le courage de l'affronter... l'audace de lui dire en face qu'elle avait commis son acte par amour pour Aiden... les tripes d'assumer qu'elle-même ne s'était pas reconnue dans celui-ci. Il en avait presque la nausée. Après tout ce qu'il avait fait pour elle... après les années qu'il avait passé à ses côtés, à la soutenir, à l'aimer comme un fou. Voilà comment il était remercié.

Pénélope et son frère avaient perdu leurs parents à leurs dix-huit et dix-neuf ans respectifs dans un accident de voiture. Ils s'étaient retrouvés orphelins, à la recherche d'une vie différente, loin d'un quotidien banal et sans vie. Quand Zimo avait rencontré Poppy dans la rue en train de faire ses petites divinations pour quelques dollars, ça avait été naturel pour lui. Il leur avait proposé de venir avec eux et de faire partie du Cirque. De devenir des saltimbanques et de partir sur les routes à la recherche de cette adrénaline après laquelle ils couraient. Il leur avait offert un toit, de la nourriture dans leurs assiettes à chaque repas et bien sûr, une famille. À cette époque, Zimo était encore avec Romane et tout était parfait… Jamais il n'aurait imaginé tomber amoureux de la jeune divinatrice quelques années plus tard alors que le deuil et la séparation avaient frappé son couple. Poppy avait été à l'écoute, tendre et attentionnée. Elle lui avait prouvé qu'il devait reprendre du poil de la bête, pour Romane, pour la mémoire de James, mais aussi pour la troupe qui comptait sur lui. C'est au fil des mois qu'ils s'étaient rapprochés et que son amitié avait laissé place à des sentiments différents. Malgré tout, il ne l'avait réalisé que bien des années après, repoussant ses ressentis alors qu'il baignait encore dans les affres funestes de sa relation et de sa paternité.

Romane avait été le grand amour de sa vie. Celle avec qui il avait voulu fonder une famille, celle qui avait accepté son style de vie parce que son cœur battait au même rythme que celui du Cirque. Comme Aiden, il la connaissait depuis qu'ils étaient petits. Ils avaient grandi ensemble. Il avait toujours su qu'elle serait la femme de sa vie et que plus tard, ils seraient tous les deux à la tête de l'Absinthium. Bien sûr, il n'avait pas imaginé qu'ils vivraient tous les deux la plus grande perte qu'un Homme peut vivre sur cette terre. Celle de perdre un enfant. À l'annonce de sa grossesse, David avait été le plus heureux de tous. Il en avait sauté de joie et s'était même surpris à en parler sur la piste aux spectateurs… comme s'il partageait la nouvelle avec de la famille proche. Toute la troupe avait attendu la naissance de James avec une impatience non feinte. Malheureusement, au fil des mois, les médecins n'étaient pas rassurants. Ils avaient rapidement décelé que l'enfant naîtrait avec des problèmes de santé et tout avait viré au cauchemar. Romane avait mal vécue la fin de sa grossesse et l'accouchement et c'est Zimo qui s'était occupé de son fils les premières heures et les premiers jours de sa vie. Il avait été là. Pour sa femme, à qui il avait demandé la main une année auparavant, puis pour son enfant. Un mari et un père exemplaire, exceptionnel.

Dans ces années précieuses, David ne s'était pas laissé abattre. Il avait eu l'espoir de sauver son fils, l'espoir de voir sa famille survivre à tout ça. Mais, la vie en avait décidé autrement. Elle lui avait arraché James... et quelques mois plus tard, l'amour de Romane, qui, brisé par le deuil n'avait plus été capable de le regarder dans les yeux. Il en avait crevé de chagrin. Seul dans son coin. Soutenu par Aiden qui avait lui, le cul entre deux chaises.

Puis, la vie avait fini par reprendre son cours... sans l'oublier.

Aujourd'hui, assis sur le sol de la caravane, il ne pleurait pas. Il brûlait de l'intérieur. Il pouvait sentir son sang bouillonner dans ses veines et embraser chacun de ses sens comme l'aurait fait un feu. La douleur était infernale et le trou dans sa poitrine, béant. Il ne savait pas comment gérer ses émotions, encore moins ses sentiments. Comment digérer le fait qu'elle était partie sans se retourner, sans même avoir le respect de lui dire sa vérité en face? C'était finalement la déception qui était plus douloureuse que tout le reste...

Il soupira longuement, se passant une main dans les cheveux pour tenter de reprendre contenance.

Son cœur s'était calmé doucement dans sa cage thoracique, mais il ressentait toujours ce point désagréable qui mettrait sûrement du temps à se dissiper. Il finit par se relever, s'agrippant à un comptoir pour s'y aider. Il observa le carnage dont il était responsable avec un œil désintéressé et sans se retourner à son tour, il passa la porte pour faire face à la foule qui l'attendait. Toute la troupe patientait dehors, Aiden et Sébastian un peu plus en avant.

Il resta sur les deux marches de la caravane et pris quelques secondes pour trouver ses mots. Comment devait-il annoncer cela au juste ? Comment devait-il la protéger de son acte ? Le devait-il réellement ? Il posa son regard dans celui de son meilleur ami et il chercha les réponses... sans rien trouver. Il semblait tout aussi perdu que lui et dans l'incompréhension la plus totale.

— Poppy nous a quittés. Il n'y a rien à dire de plus. Nous partons comme prévu.

Dans la foule de la troupe, des questions commencèrent à se faire entendre les unes par-dessus les autres, mais cette fois, c'est Aiden qui prit la parole pour le soulager de cette tâche. Il l'en remercia intérieurement.

— Elle a pris sa décision. Nous n'avons pas plus de réponses que vous.

Malgré le fait que personne ne comprenait ce départ précipité, la troupe finit par se disperser pour continuer à préparer le départ et Zimo s'éclipsa dans sa propre caravane. Il avait besoin d'être seul pour encaisser le coup et surtout pour tenter de mettre cette histoire de côté. Dans quelques jours, ils devaient se produire dans une nouvelle ville, et il n'avait pas le temps de se confondre dans ses états d'âme. Il devait être fort pour la troupe. Il devait prouver que quoi qu'il arrive, quoi qu'on en dise "Le spectacle devait continuer". C'était une philosophie de vie dans le Cirque, aujourd'hui encore plus que jamais.

Une fois dans sa caravane, il retira son manteau, ses bottes et tranquillement, se prépara un café. Le regard dans le vague et l'esprit ailleurs, il essaya de ne pas trop réfléchir à la situation, même si, au fond, il n'avait que ça en tête. Sa tasse fumante à présent sur la table, il s'installa en face et sortit de la poche intérieure de son veston une petite flasque d'alcool qu'il versa dans le fond de celle-ci. Du courage liquide... c'était comme ça qu'il aimait l'appeler. Jamais avec excès, mais toujours assez pour se donner la force de continuer d'avancer.

La vie n'avait jamais été tendre avec lui et il semblait qu'elle continuait à lui offrir de douloureuses embûches. Il commençait à se sentir épuisé par tout ça. Épuisé de n'avoir personne avec qui se coucher le soir... avec qui se réveiller le matin, quelqu'un sur qui il pourrait se reposer et enfin être pleinement lui lors de journée comme celle-ci. Sans avoir à cacher ses émotions, sans avoir à dissimuler son mal-être. Il était fatigué d'être fort pour tout le monde... tout simplement.

Ce n'est que durant ce moment avec lui-même que les larmes coulèrent sur ses joues lentement et en silence. C'était le coup de trop, sûrement. Celles-ci se mélangèrent à l'amertume de son café corsé et il les ravala sans même s'en rendre compte. Rageusement, il essuya ses joues d'un revers de manche et renifla brièvement.

— Adieu Poppy... Lâcha-t-il finalement.

Le départ n'avait pas été repoussé malgré les inquiétudes d'Aiden pour Zimo. Même lui, la pièce rapportée du Cirque avait essayé de convaincre le maître de la scène de prendre au moins la nuit pour encaisser le départ de Poppy, mais il n'y avait rien eu à faire.

David Zimmerman avait décidé, après avoir retourné l'entièreté de la caravane de la jeune femme, qu'ils partiraient dans les prochaines heures, comme prévu. Puis, il était parti s'enfermer dans son camping-car pour prendre un peu de temps pour lui. Aiden avait souhaité aller le soutenir, mais Sébastian l'avait retenu, lui expliquant qu'il avait sûrement besoin de se retrouver seul un petit moment.

La vie avait, comme il y a quelques années, repris son cours, malgré les incompréhensions des uns, les questions sans réponses des autres et surtout la tristesse de ce départ sans préavis.

La troupe s'était remise à la tâche pour préparer le départ, s'assurant que les caravanes et les camions soient capables de se sortir du terrain vague devenu bourbeux. Zimo n'était sorti que quelques minutes avant le départ et il avait été décidé qu'il ne conduirait pas cette fois. C'est donc la relève qui prit place dans un des camions à sa place, le prenant comme passager.

Sébastian trouva que c'était raisonnable de sa part d'affirmer qu'il n'était pas en état de prendre la route et il en fit part à Aiden quand ils montèrent à leur tour dans le transport des fauves.

— Ouais, il a toujours été raisonnable. C'est un coup dur, mais il s'en remettra... J'ai confiance.

— Ce n'est facile pour personne ce départ... surtout sans explications.

— Il va falloir un petit temps d'adaptation.

— Aiden... tu as le droit d'être en colère, tu sais... elle était ton amie.

— Je le suis... mais à mon âge, je n'ai plus autant d'énergie à mettre dans ce genre de déception. Je préfère me concentrer sur ce qui est important... comme... nous... Sébastian lui sourit tendrement et glissa sa main sur sa cuisse alors qu'il démarrait le moteur.

— Ensemble... dit-il.

— Ensemble.

La troupe se mit en route vers la prochaine grande ville. Le départ fut un peu chaotique à cause de la boue, mais à force de bras, ils y parvinrent les uns après les autres. C'était une fois de plus une nouvelle page à écrire. Un nouveau commencement. Sébastian aurait, d'ici quelques jours, la chance de connaître et de voir la magie de l'Absinthium en plein spectacle.

Il verrait sous ses yeux cette famille renaître de ses cendres après plusieurs semaines sans représentation. C'était un moment important pour la troupe. Stressant aussi. Il l'avait bien senti, surtout chez Aiden. Mais, lui aussi était confiant. Il savait qu'ils parviendraient à franchir cette nouvelle étape ensemble et que les étoiles de ce Cirque seraient redorées, enfin. Ils en avaient tous besoin. Aiden et Zimo les premiers. Il ne pouvait que souhaiter que ça fonctionne.

Le regard sur l'horizon, alors que le soleil se coucherait dans quelques heures, il ne put s'empêcher de sourire en réalisant qu'une nouvelle vie s'offrait à lui et que même s'il restait des zones d'ombres à éclaircir pour eux, il était déterminé à la vivre. Il posa sa tête contre le dossier de son siège et tourna légèrement son visage vers Aiden pour observer ses traits. Il était soucieux... triste de laisser Poppy derrière eux malgré tout, mais aussi, déterminé à aller de l'avant.

— Alors, tu te sens prêt à remonter sur la piste ? demanda-t-il après quelques minutes.

— On ne peut plus. Archimède et Sirius en ont besoin aussi... tu le croiras ou non, ils aiment recevoir les acclamations de la foule...

— Je dois avouer que j'ai hâte de vous voir à l'œuvre...

il y a longtemps que je n'ai pas assisté à un spectacle circassien… J'adorais ça quand j'étais petit…

— Tu me mets la pression. Je vais devoir être à la hauteur de tes espérances ! - Tu n'as pas idée ! sourit-il en lui offrant un clin d'œil.

Aiden lui sourit brièvement à son tour avant de reconcentrer son attention sur la route. Au-dehors, la neige semblait s'être transformée en une pluie de flocons givrés qui, ils l'espéraient, ne transformeraient pas les routes en patinoire géante. À l'heure actuelle, il l'avait compris, ils ne pouvaient plus se permettre de prendre du retard sur la destination à atteindre. Ils avaient tout juste le temps d'arriver, de monter les équipements et d'avoir un ou deux jours de répétitions pour le grand retour de l'Absinthium. Le bris du camion et l'arrêt forcé sur ce terrain vague avaient finalement eu plus de conséquences qui ne le pensaient sur le programme.

— Tu crois que vous serez prêts à temps malgré tout ça ?

— Oui… même si ça fait des mois, c'est comme le vélo tu sais. On n'a jamais réellement arrêté.

Sébastian sourit en coin.

— C'est impressionnant.

— Quoi ?

— De voir ta force de caractère et ta détermination.

— C'est un peu comme ça qu'on fonctionne avec Zimo. Quand l'un a besoin de plier, l'autre se tient debout. Tu vois ? C'est important pour la troupe et pour la survie de l'Absinthium.

— Je vois. Je suis presque jaloux de ne pas être ce pilier.

Le dompteur lui accorda un regard et attrapa sa main dans la sienne pour la porter à ses lèvres et l'embrasser délicatement, entremêlant ses doigts aux siens.

— Détrompe-toi. À l'heure actuelle, c'est toi qui me tiens debout.

— Aiden...

— Je suis sincère. Sans Poppy, avec Zimo dans cet état... je me serai effondré sans toi.

Il serra ses doigts un peu plus fort entre les siens et lui offrit un nouveau sourire. Il serait là.

Quoi qu'il arrive. Même si cette relation était nouvelle, encore aux prémices de ses beaux jours, il était persuadé comme l'avait été David avec Romane, qu'Aiden était l'amour de sa vie. Il n'aurait pu l'expliquer réellement à quelqu'un d'extérieur sans être pris pour un fou. Il le ressentait simplement dans ses tripes et jusqu'aux racines de ses cheveux. Il était vivant à ses côtés et il ne voulait jamais perdre ce sentiment. Il savait que la vie ne serait pas facile tous les jours, d'autant plus avec un secret comme le sien qui devrait finir par avouer, mais il était persuadé que cette relation tiendrait le coup face à n'importe quelle montagne.

Ils étaient deux contre le monde entier.

Chapitre 20 : Arrivée en ville

Après leur fiasco à New York après un an passé sur place, Aiden se souvenait de la longue route qu'ils avaient faite pour aller tenter leur chance en Floride, plus précisément à Orlando. Ils avaient malheureusement fait dix-huit heures de trajet pour finalement ne pas trouver de place où se poser... l'accueil n'avait pas été celui escompté et c'est quelques jours plus tard que la troupe avait opéré un demi-tour. Zimo avait expliqué qu'ils retourneraient à Brooklyn pour quelques jours seulement afin qu'il prépare les passeports de tout le monde. Du moins qu'il s'assure que tout était en règle pour tous les membres de la famille. C'est donc ce qu'ils avaient fait et c'est là que Sébastian était monté un soir, alors qu'ils festoyaient ce nouveau départ pour le Canada. Aujourd'hui, ils étaient tous en chemin vers le New Hampshire, laissant derrière eux ce terrain vague en Pennsylvanie et Poppy dont ils n'auraient probablement plus jamais de nouvelles. Aiden était au volant depuis déjà près de quatre heures et ils n'avaient fait que la moitié du chemin. À ses côtés, Sébastian avait fini par s'endormir contre la vitre passagère et il semblait serein, contrairement à lui. Il avait dit la vérité.

Il n'avait plus de temps à perdre avec les déceptions dans sa vie, mais ce n'était pas moins douloureux pour autant.

La radio diffusait une chanson des années quatre-vingt-dix depuis quelques minutes et à l'intérieur de l'habitacle, l'atmosphère était chaude et confortable. Presque trop bonne pour ne pas s'endormir. Il avait donc ouvert légèrement sa fenêtre pour tenter de garder les yeux ouverts. La nuit était tombée depuis presque une heure maintenant et la neige avait cessé de tomber, par chance.

La route commençait tout juste à être praticable et il voyait enfin à deux mètres devant lui. Tout se passait bien, mais il ne pouvait s'empêcher de regarder dans ses miroirs pour voir si le convoi suivait toujours son camion de tête. C'était le cas.

— Tu t'inquiètes trop... marmonna la bouche ensommeillée de Sébastian.

Il l'avait apparemment vu regarder en arrière pour la centième fois depuis le départ. Un sourire se glissa sur ses lèvres et il étira son bras pour venir caresser la nuque de son amant qui venait de se redresser dans son siège.

— Bien dormi ? Tu n'auras pas vu grand-chose de la Pennsylvanie.

—Bien assez, je te dirai...

Il faisait référence au terrain vague et à tout ce qui avait pu s'y passer, il le savait. Il lui donna raison en hochant la tête et lui proposa de prendre un peu d'eau dans la glacière. Cette fois, il l'avait préparé seul et ça lui avait pincé le cœur en y repensant. Poppy ne serait plus là pour lui faire des remarques sur le fait qu'il ne mangeait ni ne buvait pas assez pendant ces longs trajets.

— Tu devrais boire toi aussi. Tu conduis depuis des heures.

Son sourire s'élargit. Par chance, il avait de nouveau quelqu'un sur qui il pouvait compter. Et cette personne, il en était persuadé, ne pourrait jamais le décevoir autant que Pénélope l'eût fait. Il continua de caresser sa nuque quelques minutes avant de reposer sa main sur le volant. Il accepta la bouteille tendue et effectivement, il avoua qu'un peu d'eau ne lui avait pas fait de mal.

— On a encore quatre heures de route à faire avant d'arriver dans le New Hampshire.

— Vous ne prenez jamais de poses quand c'est comme ça ?

— Si, on devrait s'arrêter dans quelques kilomètres sur une aire de repos pour se dégourdir une petite heure.

— C'est une bonne idée. C'est plus prudent.

— Dommage que tu ne possèdes pas ton permis poids lourd, tu aurais pu prendre ma place.

— Ah ça... mais mon truc à moi ce sont les avions, désolé.

— D'ailleurs, tu ne m'as jamais parlé de ton métier !

— Oh! tu sais, y'a pas grand-chose à en dire, de longues études et un travail passionnant.

— C'est ce que tu voulais faire ?

— Disons que c'est la vie qui m'a amené là. Moi, j'étais un artiste dans l'âme.

Aiden esquissa un sourire en observant le visage de son amant. Il venait de piquer sa curiosité à ce sujet et il ne comptait pas le laisser s'en sortir comme ça.

— Raconte.

— Depuis que je suis petit, j'aime dessiner... c'est ce que je voulais faire de ma vie, mais mes parents n'étaient pas pour que je devienne un artiste sans le sou. Tu vois.

— Je comprends. J'me dis souvent que j'ai eu une

chance phénoménale de naître dans un Cirque avec des parents si ouverts...

— En effet, tu l'as été. C'est fou quand même quand on y pense.

Il s'en rendait bien compte.

C'était assez fou comme la vie pouvait être bonne avec certaines personnes dès la naissance et plus rude avec d'autres. Il était conscient d'avoir eu beaucoup de chance. Après tout, ce n'était pas tout le monde qui démarrait dans la vie en naissant au milieu des artistes et des animaux.

Ils continuèrent de discuter de tout et de rien, mais surtout du talent de Sébastian pour le dessin, jusqu'à ce que finalement, le convoi s'arrête à sa suite sur l'aire de repos dont il avait parlé. Sur celle-ci, rien de fou, une station-service, un magasin de ravitaillement et des toilettes. La troupe en profita pour faire le plein d'essence dans certains véhicules, ainsi que le plein de nourriture et ils se posèrent une petite heure comme prévu. Il était resté à l'écart des autres avec son amant, ne souhaitant pas perdre ce précieux temps à répondre à des questions sur le départ de Poppy.

Il avait préféré le passer à embrasser langoureusement Sébastian contre son camion, comme deux adolescents.

À ses côtés, il avait l'impression de rajeunir, d'avoir la chance de rattraper tout ce temps perdu à se chercher. Il regrettait de ne jamais avoir vécu pour lui-même, mais bel et bien pour le respect de son père. Avec l'Ingénieur, il réalisait les années qu'il avait passé dans des relations sans lendemain, sans plaisir, juste pour ne pas sortir du chemin que lui avait tracé son père. Il se souvenait de toutes ses femmes qui avaient été prêtes à lui offrir l'amour avec un grand A et qu'il avait repoussées les unes après les autres sans jamais réellement comprendre pourquoi. Aujourd'hui, il avait sa réponse. C'était simple. Il n'était jamais parvenu à se projeter avec une femme. Il n'avait jamais eu envie de mariage, de maison avec clôture ou encore d'enfants. Pourtant, Dieu sait qu'il aimait les enfants... Tout était clair à présent avec Sébastian. Parce que c'était avec lui qu'il avait envie de fonder quelque chose. Parce qu'il espérait vivre enfin sa véritable première histoire d'amour, celle que l'on cherche sa vie entière. Si un jour il avait cru ne jamais la trouver, il avait tout de suite su la reconnaître quand elle était tombée de son camion.

Quoi qu'il en dise au début.

Ils reprirent finalement la route pour quatre longues heures supplémentaires. Les conditions météorologiques s'étaient apaisées durant le trajet. Il ne neigeait plus... et à sa surprise, les routes étaient même sèches dans les villes qu'ils traversaient. Le New Hampshire promettait peut-être un temps plus radieux et plus propice à leur représentation... même s'il en doutait un peu.

Après tout, ils étaient depuis quelques jours installés confortablement dans le dernier mois de l'année qui, il devait l'avouer, était toujours plus beau sous la neige.

C'est là qu'il prit conscience, les deux mains sur le volant, que ce serait le premier Noël sans sa petite sœur... et sans Poppy. Son cœur se serra dans sa poitrine et il imagina que la fête serait différente sans elles, plus nostalgique. Puis, en tournant légèrement son visage vers Sébastian, il retrouva son sourire... réalisant que sa sœur n'aurait pas souhaité qu'il se laisse bercer par le passé alors que l'avenir lui tendait les bras. À présent, il fallait qu'il reprenne les rênes de sa vie et qu'il pense à lui avant tout le reste. Il le méritait. Sa relation le méritait. Et, le fait de sourire en pensant à sa sœur lui prouva une chose : il commençait enfin son deuil.

Il ne craignait plus de fermer les yeux, puisque maintenant, c'est son visage souriant qui dansait dans sa rétine et non plus le film funeste de ses derniers instants. Une fois encore, Sébastian l'avait soulagé d'un poids dont il ne mesurait pas réellement l'ampleur. Cet homme n'avait sûrement pas conscience de tout ce qu'il avait fait pour lui, mais il comptait bien le lui montrer un jour...

Finalement, après des kilomètres avalés en un temps record, la troupe put apercevoir le panneau "New Hampshire" sur le bas-côté. Ils étaient arrivés à destination.

— Hey, regarde ! On est arrivé ! dit-il à Sébastian qui somnolait contre la vitre.

—Enfin !

Le Polonais s'étira longuement en poussant des grognements comme s'il s'exorcisait de la fatigue.

— Tu as pratiquement dormi tout le long !

— Pardon... je ne suis vraiment pas un bon co-pilote, ça me berce les transports... sourit-il.

—J'ai l'habitude, ne t'en fais pas. On va pouvoir se reposer en arrivant !

Le soleil était levé depuis une heure à peine, il était encore tôt. Aiden ne rêvait que d'une chose, pouvoir garer son camion sur le site prévu et retourner se coucher dans son lit avec Sébastian à ses côtés. La route avait été longue, pas réellement épuisante, mais il manquait toujours de sommeil, comme s'il devait rattraper les mois de cauchemars qu'il avait passés.

— On va s'installer sur le site et l'on pourra dormir quelques heures.

— Vous ne montez pas les chapiteaux tout de suite ?

— Non, en général, on prend le temps de se poser avant et l'on entame les préparatifs après...

— Raaaah, merci, seigneur, mon dos réclame un matelas.

— Et moi je réclame de dormir contre ton corps nu.

— Dormir, hein ?

— Avant toute chose, oui... sourit-il en coin.

Il avait hâte de voir se profiler le site à l'horizon. Déjà, pour pouvoir se dégourdir enfin les jambes et ensuite pour prendre quelques heures de repos.

Il devait avouer aussi qu'il se demandait comment allait Zimo qui roulait juste derrière lui en tant que passager.

Il imaginait bien que ce n'était pas la grande forme, mais il regrettait qu'ils n'aient pas eu l'occasion de parler tous les deux avant le départ pour le New Hampshire. Il se promit intérieurement de rattraper ça dès qu'ils seraient tous reposés et prêts pour entrer en piste de nouveau.

— Bon d'après le GPS on est là dans dix minutes.

— Super ! Ça me laisse le temps de remettre mes bottes... sourit Sébastian en s'exécutant.

Et comme prévu, à peine dix minutes plus tard, ils étaient enfin sur l'immense terrain qui accueillerait le Cirque pour une semaine ou deux. La troupe se gara avec précision comme dans un ballet millimétré à la perfection par un chorégraphe.

Sébastian semblait impressionné par la facilité de l'exécution pour placer les caravanes et les camions de façon à créer une sorte de cercle intime derrière l'espace pour le chapiteau géant.

Quand enfin les moteurs cessèrent de ronronner, les deux hommes purent enfin sortir de l'engin pour retrouver les artistes et les équipes qui s'agglutinaient toutes au centre de ce cercle.

— Bon, on fait comme d'habitude. Repos jusqu'à 13 heures, et montage ensuite… lança Zimo, avec autorité.

— Bien chef… dit une voix.

— Parfait… ajouta une autre.

Et ainsi de suite, jusqu'à ce que la foule soit entièrement dispersée sur le terrain. Aiden attrapa finalement la main de Sébastian pour l'entraîner vers sa caravane, remerciant au passage, Hank qui était le conducteur attitré de celle-ci pour les longs trajets. Ils entrèrent dans l'habitacle silencieux et enfin, la tension de la route sembla retomber comme un soufflé. Il poussa un long soupire avant de déposer un baiser dans le cou de son amant délicatement. Sa main dans son dos, il le poussa légèrement vers l'intérieur.

— Tu veux un café ou tu préfères aller te coucher tout de suite ?

— Le café peut attendre… répondit-il en bâillant

derrière le dos de sa main.

— Bien... au lit, Monsieur l'ingénieur !

— Tu penses qu'on aura le temps de visiter un peu ? coupa-t-il sur le chemin du lit.

— Oui, on le trouvera ! Il paraît que c'est un endroit magnifique !

Les mains sur les hanches de Sébastian pour le guider jusqu'à son lit, il commença à les remonter le long de ses flancs, sous son t-shirt pour le déshabiller. Les manteaux étaient vites tombés dans l'entrée, à même le sol, et ils n'avaient plus qu'à se mettre nu pour se jeter sous les draps. Une chose qu'Aiden attendait impatiemment depuis très longtemps. Une fois le vêtement au sol, il embrassa délicatement sa nuque, puis son épaule, ses mains rugueuses caressant ses bras doucement. Il pouvait sentir les frissons se glisser sur l'échine de son amant et ça le fit sourire.

— Tu sais que si tu continues comme ça... on risque de ne pas dormir beaucoup.

— Je le sais... répondit-il en poursuivant ses caresses.

— Et tu continues ?

— Oui.

— C'est que tu y prendrais goût... Charia Sébastian.

— J'ai plus de 30 ans à rattraper... il va falloir augmenter la cadence...

Un sourire se dessina sur le coin de ses lèvres et il referma ses bras autour de son torse, l'emprisonnant dans une étreinte plus tendre que malicieuse. Il nicha son nez dans son cou et y déposa un nouveau baiser, effleurant sa peau de son souffle chaud.

— Tu m'as manqué.

— Je ne t'ai pourtant pas lâché...

— Mais ton goût... l'odeur de ta peau... murmura-t-il.

— Tu m'as manqué aussi.

Sébastian se tourna dans ses bras et il posa ses deux mains en coupe autour de son visage pour venir cueillir un baiser sur ses lèvres invitantes. Il se montra doux, sensuel et tandis qu'il l'embrassait, il sentit les mains de son amant commencer à le déshabiller lentement à son tour. Il avait apparemment lui aussi hâte de se glisser sous les draps avec lui.

Les morceaux tombèrent les uns après les autres sur le sol de la caravane au pied du lit et bientôt, c'est entièrement nu qu'ils allèrent se blottir tous les deux sous les couvertures, les réchauffant presque aussitôt. Aiden sentit la main taquine du brun se présenter à son sexe et refermer ses doigts fermement autour, tentant de faire monter le désir dans son corps pour le faire gonfler de plaisir.

— Je dois t'avouer quelque chose... dit-il de façon mystérieuse, entamant des mouvements.

— Dis-moi ?

— Le jour où tu m'as surpris en sortant de la douche ici...

— Mmh ?

— Je venais de me faire plaisir dans tes draps, le visage enfoncé dans ton oreiller…

Il se mordit la lèvre sous ses yeux et le corps d'Aiden réagit presque aussitôt à cette information. Bordel,

pouvait-il être aussi érotique qu'à ce moment précis ? Il l'imaginait facilement, entièrement nu, et en train de se toucher au creux de ses draps en gémissant son nom dans son oreiller.

C'était presque insoutenable tant c'était indécent d'y songer.

— Tu vas finir par me tuer un jour… dit-il en grognant, venant chercher sa nuque d'une main.

Il captura de nouveau ses lèvres avec fièvre, son corps ondulant contre le sien tandis que sa main continuait son œuvre malicieuse sur sa hampe. Les sensations étaient grisantes, comme chaque fois qu'ils couchaient ensemble. Aiden avait encore du mal à croire qu'il était passé à côté de ce plaisir pratiquement toute sa vie. Mais après tout, peut-être que ça aurait été moins bon avec un autre… Sébastian était spécial. Il y avait quelque chose entre eux depuis le début. Une chose qu'il ne parvenait toujours pas à expliquer…

Peu importait.

Sébastian Pietroski était devenu en très peu de temps, sa lumière au bout du tunnel et ce qui serait peut-être sa plus belle et unique histoire d'amour.

Chapitre 21 : Portrait-Robot

Il ouvrit difficilement les yeux, ébloui par un rayon de soleil qui était venu percer à travers les stores de la caravane. Dans son dos, il pouvait sentir le corps chaud d'Aiden encore endormi, enlacé avec possessivité autour de lui. Un sourire se glissa sur ses lèvres et il se tourna doucement dans ses bras pour venir l'observer dans son sommeil. Il ne se lassait pas de cette vision au réveil. Les traits de son amant étaient sereins et il semblait ne pas avoir fait de cauchemars cette nuit encore. Il en était heureux.

Ça avait quelque chose de satisfaisant de savoir qu'il était si bien avec lui que ses nuits étaient maintenant complètement différentes de celles des derniers mois. Une de ses mains se leva pour venir caresser sa joue et il effleura son nez du sien, cherchant à le réveiller en douceur alors que l'après-midi était à peine commencé.

Malheureusement, ils ne pouvaient plus flâner au lit sans se faire rappeler à l'ordre, il fallait que le montage commence dans quelques minutes. Ils avaient à peine une demi-heure pour se lever, prendre un petit en-cas et s'habiller pour rejoindre le reste de la troupe dehors.

Le réveil programmé sur le portable d'Aiden n'avait pas encore sonné, mais l'heure affichée sur l'horloge murale de la caravane lui indiqua que ça ne saurait tarder…

— Aiden… souffla-t-il, doucereusement.

— Mmmh… grogna l'intéressé.

— Il est bientôt l'heure, il faut qu'on se lève…

— Encore cinq minutes…

Il grimaça, les yeux encore fermés, et le serra un peu plus contre son corps, comme s'il avait été une peluche. Son sourire s'élargit sur ses lèvres et il leva les yeux au ciel brièvement. Il n'était pas le seul à vouloir rester au lit, mais il savait aussi combien il était important qu'ils aident au montage des chapiteaux et du reste avec la troupe. Ils ne pouvaient pas se permettre d'échapper à la corvée sous prétexte d'avoir envie de rester sous la couette en amoureux.

— Tu m'as dit toi-même qu'on devait montrer l'exemple en étant à l'heure…

— Mon réveil n'a pas sonné…

— Il reste une minute, j'ai été réveillé par le soleil.

— Prie pour qu'il reste là où il est… grogna-t-il.

— Ah ?

— Ouais, tu n'as pas envie de faire le montage sous la neige, crois-moi…

Un sourire se dessina sur ses lèvres et il ouvrit un œil, fermant l'autre de façon exagérée pour s'habituer à la lumière. La première chose qu'il fit, après lui avoir jeté un regard, c'est de plonger sur ses lèvres pour les embrasser et Sébastian se laissa faire avec plaisir. Ils s'embrassèrent longuement jusqu'à ce que le polonais sente que c'était une mauvaise idée de continuer sur cette pente glissante. Il repoussa légèrement son amant et rit, amusé par son comportement. Il s'extirpa du lit, non sans mal, retenu par Aiden…

— Allez ! On n'a pas le temps… tu vas te faire

ramasser !

— Peut-être... mais je m'en fous ! Viens-là !

— T'étais pas un mec raisonnable de base ? railla Sébastian en se débattant.

Plus depuis que je te connais. Tu ne peux t'en prendre qu'à toi-même, Pietroski.

Ils rirent tous les deux de bon cœur avant de finalement retomber dans les draps. Sébastian se laissa attirer dans un baiser et il perdit cette manche sans vraiment s'être battu avec conviction, incapable de résister au dompteur. Ils prirent la moitié du temps qu'il leur restait pour batifoler comme deux adolescents avant de finalement se tirer du lit, non sans peine, pour s'habiller et rejoindre les autres. Ils n'eurent pas le temps de passer par la case "En-cas" et Sébastian était certain de le regretter plus tard, parce qu'il sentait son niveau d'énergie déjà bien attaqué.

Finalement, l'après-midi avait été productif pour toute la troupe. Le chapiteau avait commencé à prendre forme et les autres installations pour les enclos des animaux et les repas étaient déjà toutes en place au milieu du cercle des véhicules. Sébastian, qui n'avait jamais vécu ce genre de montage gargantuesque, était sur les rotules et son estomac criait famine depuis déjà une bonne petite heure. Tout ça demandait une énergie et des muscles qu'il avait perdus au fil des mois à vivre dans la rue, se nourrissant un jour sur deux. Ça lui avait fait comprendre qu'il allait falloir qu'il reprenne un peu du poil de la bête comme le lui avait dit Mafalda la dernière fois pendant le repas.

Il était loin de l'homme qu'il avait été, fut un temps, et pour sa santé, au moins, il valait mieux qu'il tente de le redevenir. Un soupire s'échappa de ses lèvres alors qu'il terminait une gorgée d'eau, assis sur une des estrades de spectateur et il fût bientôt rejoint par Aiden, le sourire aux lèvres.

— Alors, pas trop difficile ce premier montage ?

— Moque-toi !

— Un tout petit peu... mais tu peux être fier, t'en as fait beaucoup plus que certains la première fois... on a encore du boulot, mais tu mérites le repos, guerrier... Sourit-il.

— Dire que tu fais ça depuis que t'es petit, je comprends le corps de rêve maintenant...

Aiden laissa échapper un rire de ses lèvres et il posa un pied entre les siens pour se pencher sur son genou et venir l'embrasser délicatement. Il retrouva son sourire presque instantanément et en oublia la douleur des courbatures qu'il aurait sûrement demain. Ce baiser était la petite dose de courage dont il avait eu besoin. Il se leva presque d'un bon, regonflé à bloc pour reprendre les installations, mais c'est Aiden qui l'arrêta dans son élan avec un sourire amusé.

— Doucement, Monsieur Muscles... on va surtout prendre une pause pour aller manger ! Le repas est prêt et Mafalda va me tuer si l'on n'est pas à la table d'ici dix minutes !

— Aaaaaaaaah merci ! J'y croyais plus !

— Laisse-moi deviner, tu crèves de faim ?

— Un peu, beaucoup.

— Allez, viens ! sourit Aiden en passant son bras autour de ses épaules.

Ils prirent tous les deux la direction du plus petit chapiteau qui abritait la table du repas et Sébastian soupira de satisfaction en sentant la bonne odeur se dégager de sous la toile cirée. Mafalda avait sûrement encore fait des miracles et il avait hâte de voir ce qu'elle leur avait préparé pour le repas, même si au fond, il avait dévoré n'importe quoi pour calmer ses brûlures d'estomac creux. Sous la tente, c'était encore l'effervescence autour de la table, mais cette fois, il se sentit bien plus accueilli que la première fois. Ils s'installèrent en bout avec Zimo, Mafalda et Auguste, comme les fois précédentes et Sébastian apprécia l'ambiance.

C'était agréable de s'asseoir à la même table plusieurs jours de suite, apprendre à connaître les gens... commencer à se sentir à sa place parmi eux. Il salua Auguste à son espace surélevé puis Mafalda qui lui fit un énorme sourire entouré de sa barbe fournie et aussi belle que celle d'Aiden. Elle était différente, certes, mais pas moins belle. Plus il apprenait à la connaître et plus il adorait sa personnalité et son côté maternel.

— Bien dormis les tourtereaux ? questionna-t-elle en souriant de façon malicieuse.

— On ne peut mieux... répliqua Aiden en lui déposant un baiser sur le front.

— T'as super bien bossé, Seb... on va t'embaucher...

C'était la voix de Zimo qui venait de l'interpeler. Celui-ci semblait aller très bien. Il était souriant et affamé, comme l'aurait été n'importe qui. Était-il possible qu'il se soit aussi vite remis du départ de Poppy ? Il en doutait. Malgré tout, il faisait tout pour garder la tête haute pour la troupe et ça, il l'admirait. Il s'assied sur son banc, cette fois près d'Aiden, et ils commencèrent à manger tranquillement tout en discutant de tout et de rien.

Les plaisanteries fusaient par-ci par-là sur le fait qu'il était épuisé par son premier montage... puis, sur l'idée qu'il devrait faire partie d'un numéro pour la première représentation. Sébastian était complètement contre, bien évidemment, il n'avait rien d'un artiste de Cirque, il aurait fait tache à n'en pas douter.

— Oh non ! Je passe mon tour ! ... Mais j'ai hâte de tous vous voir sur la piste cependant !

— Tu vas enfin pouvoir voir Aiden à l'œuvre avec ses fauves. Il est impressionnant !

Zimo lui fit un clin d'œil, sachant qu'il mettrait Aiden mal à l'aise avec cette réplique. Sébastian observa son amant rougir légèrement et il ne put s'empêcher d'esquisser un sourire en coin. Secrètement, c'était le numéro qu'il avait le plus hâte de découvrir, bien sûr. Surtout maintenant qu'il connaissait un peu mieux Archimède et Sirius, il était impatient de savoir ce que les deux fauves pouvaient faire sur la piste, dirigé par le blond.

— Aiden ! s'exclama soudainement une voix qui venait vers eux avec détermination.

Il observa le jeune homme s'approcher et fronça légèrement les sourcils ne sachant pas réellement ce qu'il lui voulait. Celui-ci tenait dans ses mains un papier et il finit par hausser les épaules en s'en détournant, pensant qu'il s'agissait simplement d'un plan pour le Cirque, ou n'importe quoi d'autre concernant l'Absinthium. Néanmoins, c'est la phrase qu'il prononça en se tenant près de son amant qui lui glaça le sang, avec raison...

— Je ne savais pas si je devais t'en parler, Aiden...
mais tu dois savoir... dit-il en lui tendant un papier.

Sébastian à ses côtés à la table entrouvrit la bouche et
fut incapable de prononcer le moindre mot. Son monde
s'effondrait sous ses yeux alors qu'Aiden tenait dans les
mains un portrait-robot qui lui ressemblait sans aucun
doute. Il n'y avait rien de spécial dessus à part "Recherché
pour information dans un cas de meurtre avec
préméditation". Autant dire qu'il était coupable sans
preuve du contraire. L'artiste continua sur sa lancée sans
lui laisser le temps d'en placer une pour expliquer à son
amant qu'il n'était pas un assassin.

— Je l'ai trouvé sur l'aire de repos, ils en ont placardé
dans toutes les grandes villes aux alentours...

Sébastian fronça les sourcils.

Qui avait bien pu le voir et faire un portrait-robot de lui
sans même le connaître ou savoir qu'il avait un lien avec
l'affaire de Nonie ? Ça n'avait aucun sens.

— Aiden... murmura-t-il pour tenter de se défendre.

— Alors c'est ça ? ... Tu t'es dit qu'on pouvait te faire
passer la frontière tranquillement ?

— Non ! Bien sûr que non !

Aiden s'était levé du banc où ils mangeaient depuis
déjà presque une heure et il tenait si fort la feuille dans sa
main que celle-ci se froissait à vue d'œil sous ses doigts.
Sébastian se leva à son tour et, pris de panique, essaya de
s'expliquer le plus rapidement possible avant qu'il ne le
voie fuir sa présence à tout jamais. Il était hors de question
qu'il le perde maintenant.

— Je n'ai rien fait, je te le jure !

— Donc, tu ne t'es pas caché dans mon camion pour fuir la police ?

Touché.

— Si, mais…

— Je n'en reviens pas… cracha-t-il, le visage fermé et froid.

— Je t'en prie, écoute-moi, je te jure que je ne savais pas où aller… je n'ai pas tué cette femme !

— Et je devrais te croire maintenant ?

— Oui, parce que je suis sincère avec toi depuis le début… crois-moi…

Un silence s'installa froidement sous le chapiteau alors que toute la troupe dans son dos attendait qu'ils poursuivent cette dispute comme un bon film dramatique. Il pouvait sentir les dizaines de paires d'yeux dans sa nuque et ça ne le mettait pas plus à l'aise que ça face à la situation.

Comment était-il censé parvenir à s'expliquer alors que la moitié aurait souhaité le savoir coupable de ce meurtre ? Oscar le premier… d'ailleurs, celui-ci prit la parole, imposant sa grosse voix dans son dos, lui faisant fermer les yeux devant la stupidité de la remarque.

— Tu vois, je t'avais dit que tous ces sans-abris sont des voleurs et des meurtriers !

— Aiden… s'il te plaît… murmura-t-il juste pour lui.

— Tu as cinq minutes pour nous expliquer ce que ton portrait-robot fout dans toutes les grandes villes que nous suivons…

— Je…

Il ne savait pas lui-même.

— Je n'en sais rien… je ne comprends pas. On m'a vu sur la caméra de vidéosurveillance quittant le foyer… mais, on ne voyait pas mon visage, je ne sais pas qui essaie de me faire accuser !

— Réellement ? Tu penses que je vais avaler ça ?

— C'est pourtant la vérité ! … Je n'ai pas tué cette femme… elle venait de m'offrir un travail au foyer, j'allais enfin m'en sortir… pourquoi je l'aurais tuée ? Hein ?

— Mais tu étais sur les lieux !

— Oui, dans la cuisine, à l'arrière en train de faire la plonge… j'ai entendu du bruit et quand je suis passé dans la salle, je l'ai trouvé égorgée au sol… grimaça-t-il douloureusement en se souvenant de la scène comme si c'était hier.

Il poursuivit son histoire en se tournant vers la troupe par moment, essayant de faire comprendre que le coupable, il l'avait laissé s'enfuir et qu'il avait lâchement imaginé qu'il serait accusé sans en avoir la preuve. Il était donc parti sans se retourner pour échapper à la police. Il mentionna ensuite la nuit où il était tombé sur le Cirque et où la solution lui avait semblé toute trouvée. Jamais il n'aurait imaginé tout le reste…

— Je n'aurais jamais imaginé te rencontrer… entamer

quelque chose…. Je voulais juste me protéger, mais je n'ai jamais menti en dehors de ça… crois-moi… Tout est vrai, mon divorce, mon ex-femme, ma vie dans la rue…. Mes sentiments pour toi… Aiden, je suis fou de toi. Ça, tu ne peux pas imaginer qu'il en soit autrement…

Il osait le dire haut et fort devant tout le monde, ce qui attrapa le cœur d'Aiden, il le sentait. Un silence se créa de nouveau autour de la table et sous le chapiteau jusqu'à ce que le dompteur froisse toute la feuille dans sa main pour la balancer sur la table au milieu des restes de repas. C'est le cœur de Sébastian qui manqua alors un battement, le soulagement tombant sur ses épaules qui s'affaissèrent tout à coup. Il n'aurait pu en être autrement. Il avait besoin qu'Aiden le croie innocent.

C'était vital même. Maintenant que tout le monde était au courant de l'histoire, il fallait qu'il parvienne à mettre tout le monde de son côté, du moins les personnes les plus importantes. Son regard passa du geste d'Aiden à Zimo qui approuvait d'un signe de tête, augmentant son soulagement… puis, certains autres suivirent, comme Dimitri et Anastasia, ainsi qu'Auguste et Mafalda. Ils avaient bien compris ce que signifiait le geste du dompteur et ils étaient prêts à mettre sa confiance en lui quant à sa survie dans le Cirque.

— Je le crois… Annonça-t-il aux autres.

— Merci…

Il souffla en se passant une main sur le visage.

— Si vous pensez le contraire, je vous défends de tenter quoi que ce soit.

—Ils n'auront pas à le faire…

Aiden posa son regard dans le sien, fronçant les sourcils. Mais, l'idée avait déjà fait son chemin dans son esprit et dans sa poitrine et il savait que c'était la meilleure solution pour recommencer sa vie à zéro et sereinement à ses côtés.

Il fallait qu'il assume et qu'il mette un point final à cette histoire pour parvenir à voir l'avenir et à aller de l'avant.

— Je vais me rendre. Je dois y retourner et m'innocenter.

— Hors de question !

— Aiden... je suis innocent...

— Mais les États-Unis ne sont pas réellement connus pour enfermer que les coupables.

Il attrapa sa main délicatement et y entrelaça ses doigts pour le rassurer.

— Je trouverai qui m'a dénoncé... c'est forcément quelqu'un qui m'a reconnu sur les photos des images de surveillance... — Et si tu ne trouves pas ? ... Je viens avec toi.

— Aiden... Intervint Zimo cette fois.

Avec raison. Sébastian n'était pas non plus pour l'idée qu'il vienne avec lui au risque de louper la première représentation du Cirque et de mettre en danger son succès.

Il serra ses doigts autour des siens, s'apprêtant à lui dire qu'il fallait qu'il reste... mais, Aiden lui coupa l'herbe sous le pied.

— Non. Je l'accompagne. Point. On prendra un avion et l'on reviendra à temps pour la première...

— Non, reste ici, je dois le faire seul... Insista-t-il.

— Hors de question... ensemble, tu te souviens.

Devant cet argument, il ne put que flancher. Le fait qu'il veuille le soutenir dans cette épreuve, qu'il soit prêt à le croire juste à sa parole... c'était rassurant. Peut-être que les autorités aussi verraient qu'il était sincère et que tout ça était un coup monté pour le faire accuser du crime d'un autre.

C'était donc décidé...

Ils partiraient tous les deux dès ce soir par le premier vol pour Brooklyn.

Chapitre 22 : Rogers

L'alcool semblait avoir remplacé son sang dans ses veines et il titubait dans les rues, sa bouteille à la main. Il avait quitté le foyer à peine une heure avant, mais ses pas le menèrent à la porte une fois de plus. Dans son esprit embué, des pensées toutes plus sombres les unes que les autres... elles envahissaient sa tête jusqu'à étouffer sa raison. Il était conscient de ce qu'il voulait faire. Conscient de ce qu'il s'apprêtait à commettre malgré tout. Il y pensait depuis des jours, mais c'est l'alcool qui lui en avait donné le courage ce soir.

La nuit était glacée, l'humidité entrant sous ses vêtements pour se fondre désagréablement dans les os de sa colonne vertébrale. Il détestait ça. Tout comme il détestait vivre dans la rue. Obligé de côtoyer des mendiants, des déchets shootés à l'héroïne et toute la bassesse du monde. Il jouait bien la comédie, mais en réalité, ce n'était là que pour éviter d'être emmerdé. Autrefois, il avait été un grand homme.

Un homme perché au-dessus du monde qui crachait à la gueule des plus pauvres et de ceux qui baisaient ses pieds. Puis, il avait fait un mauvais placement et il avait tout perdu. Absolument tout.

Son empire l'avait expulsé à coup de pied au cul aussi vite qu'il l'avait posé sur un coussin de soie. Depuis, il ruminait dans son coin, grinçant des dents la nuit et se nourrissant de cette haine comme d'un festin de Rois.

Cette haine, c'est sur elle qui l'avait dirigé. Pourquoi ? Parce qu'elle lui avait un jour refusé des avances et que ça l'avait rendu complètement fou. Avant sa chute, il était persuadé qu'elle se serait mise à genoux pour le supplier de sortir un soir... dans son esprit, le refus avait été perçu comme un affront, de la moquerie... il l'avait presque halluciné en plaisanter avec d'autres personnes, le rabaissant et l'humiliant à d'autres oreilles.

Bien sûr, il n'y avait rien de tout ça dans le comportement de Nonie, mais son esprit malade l'avait interprété ainsi. Et puis, ce soir, encore une fois, elle l'avait quasiment ignoré... le menton haut et la louche à la main.

Sa nourriture avait été déversée avec médiocrité dans son plateau et elle n'avait eu d'yeux que pour Sébastian. Ce con de gamin encore pimpant, vivant dans la rue depuis à peine quelques semaines. Être avec lui, lui avait rappelé son ancienne vie.

La beauté, les dents blanches, le manteau sentant encore le neuf malgré les semaines dehors... il avait beau n'avoir rien dans les poches, il puait encore la civilisation. Pourquoi l'avoir pris sous son aile ? Peut-être pour mieux le détruire de l'intérieur... à vrai dire, son idée n'était pas encore faite.

Ce qu'il savait cependant, c'est que ce soir, il volerait l'entièreté de ces déchets en une pierre deux coups. Il savait que Nonie cachait ses économies quelque part au foyer pour les avoir toujours sur elle en cas de besoin. Tellement généreuse. Écœurante qu'elle était. Ce dont il était sûr, c'est que sans elle, ce foyer perdrait tout... et que ces petits camarades de la rue crèveraient de faim les uns après les autres, du moins jusqu'à être acceptés ailleurs. Ce lieu était le meilleur de tous les quartiers confondus... le plus souple sur l'accueil, le plus généreux dans les assiettes... Nonie était aimé de tous. Mais ce soir, il comptait bien se débarrasser de tout ça... et d'elle, la première. Il n'y avait derrière tout ça que de la haine pure et dure. Une rage qu'elle prendrait pour tous les autres. Du petit Rogers sympathique et sans histoire, il passait au psychopathe, tuant pour le plaisir de vengeance. Il avait suffi d'un élément et tout avait explosé dans son esprit; l'alcool aidant aux hallucinations…

Il poussa enfin la porte du foyer, presque silencieusement. Tout était silencieux, il n'y avait plus un chat dans la salle et les tables étaient presque toutes ramassées. Nonie était derrière son comptoir,

en train d'essuyer des verres à l'aide d'un chiffon, et elle l'accueillit avec un sourire, mais tout de même une inquiétude palpable sur les raisons de sa venue. À cette heure, plus personne ne franchissait les portes du foyer. Si la porte avait été encore ouverte, c'était simplement pour donner une chance à son nouveau commis de plonge de quitter les lieux après sa tâche.

— Rogers… qu'est-ce qui se passe ?

— Nonie…

Sa voix empâtée par l'alcool et son haleine pouvait sûrement se sentir à des kilomètres. Elle s'approcha de lui, inquiète, et tenta de savoir s'il allait bien, ne comprenant pas pourquoi il était là. Mais, avant qu'elle n'ait eu le temps de le toucher, il sortit un couteau de sa poche, lui coupant le sifflet. Elle n'osa pas ouvrir la bouche. Ce qu'il ne comprit pas sur le coup c'est qu'elle essayait de protéger Sébastian qui travaillait dans l'autre pièce. Elle ne voulait pas qu'ils soient mis tous les deux en danger… un réflexe de maman, sûrement.

Peut-être un très mauvais réflexe. Rogers la menaça de sa lame, sa bouteille dans l'autre main et elle tenta de le raisonner en parlant doucement. Il ne fit pas attention à la démarche, les pensées complètement embuées par les effluves de whisky pur.

— Ne fais pas de bêtise, Rogers… je t'en prie…

— Tu fais moins… la … maligne…

— S'il te plaît, ça ne servirait à rien… tu peux prendre ce que tu veux…

— C'est toi que j'voulais, Nonie… mais j'suis pas assez bien, hein ?

— Ne dit pas n'imp…

— LA FERME !

Son cri résonna de façon sourde sur les murs isolés de la pièce et Nonie n'eut pas le temps de faire un pas en arrière.

D'un coup sec et violent, il lui trancha la gorge subitement, lui retirant toute capacité de parler. Il ne voulait plus écouter ses excuses. Il en avait assez entendu.

Son geste lui apporta la sensation grisante d'avoir de nouveau du pouvoir et il but une longue gorgée de sa bouteille alors que le corps de Nonie tombait lourdement sur le sol. Ses mains sur sa gorge, elle tentait de retenir les flots de sang qui s'en échappait, mais il n'y avait plus rien à faire. Il l'observa quelques minutes alors qu'elle se vidait lentement de sa vie et il esquissa un sourire à glacer le sang, presque inconscient d'être devenu un monstre… d'avoir perdu la raison. Il fit un pas sur le côté pour échapper au sang qui s'écoulait sur le sol et sortit par la porte sur le côté du foyer, celle qui menait à une ruelle sombre où il ne risquait pas d'être vu.

Son couteau était encore dans sa main, tandis que de

l'autre, il continuait de vider sa bouteille bon marché subtilisée à un autre alcoolo dans un parc après une bagarre. Le sourire n'avait pas quitté ses lèvres même quand il réalisa qu'il avait oublié de prendre l'argent. Un rire s'échappa de ses lèvres rougies par le goulot et il balança la bouteille qui se fracassa contre un mur près de lui. Il avait fait tout ça pour finalement partir bredouille. Il était à présent trop tard pour y retourner au risque de se faire prendre sur le fait. Il continua donc à rire en pleine rue, partagé entre la folie et la rage d'avoir pu être aussi con.

Il fourra le couteau dans la poche de son manteau, réalisant que celui-ci était maculé de sang... pour ça, il n'avait qu'une échappatoire : le feu.

Comme une ombre malfaisante, il se faufila dans les rues de Brooklyn, les mains dans les poches et le menton enfoncé dans le col de son manteau noir. Il ne se rendit pas compte de la durée de son trajet, le connaissant presque par cœur. Il arriva après quelques minutes sur un terrain vague entre deux vieux bâtiments abandonnés et il se dirigea vers son spot habituel où il savait qu'il trouverait un tonneau avec de quoi allumer un feu. Il ne prit pas de temps avant de faire partir les flammes, pressé malgré tout de se débarrasser des preuves de son crime encore sur son dos.

Il balança son manteau dans le tonneau, ainsi que le couteau et les vêtements qui avaient pu être tachés par le sang et il les regarda longuement brûler et le réchauffer. Dans un sac planqué sous une taule, il fouilla pour trouver d'autres vêtements et se dépêcha de se fringuer à nouveau pour ne pas chopper la crève.

Cette nuit... il dormirait sur ses deux oreilles.

Et c'était peu de le dire, puisqu'il finit par se poser contre un mur, les mains dans les poches d'une vieille doudoune trouvée quelques mois plus tôt dans un parc... jusqu'à s'endormir tranquillement emmitouflé.

Son sommeil ne fût pas perturbé par des cauchemars, il ne repensa même pas à son crime et ne ressentit aucune culpabilité. Au contraire, il plongea dans les bras de Morphée comme l'aurait fait un bébé reput de son lait bien chaud et il ne se réveilla qu'au lever du soleil quand sa chaleur se posa sur ses paupières lourdes. Il s'étira alors longuement, se levant pour voir si le feu avait bien consumé toutes les preuves en dehors de la lame, planquée sous un tas de cendre... et il sourit à nouveau. L'alcool n'avait pas effacé ses souvenirs... et la gueule de bois ne l'avait pas réellement ramené à la réalité. Il planait toujours dans la folie, pris entre les hallucinations, les souvenirs brumeux et ce qui s'était réellement passé.

Sa matinée passa comme toutes les autres... jusqu'à ce qu'en déambulant dans les rues de la ville, il tombe sur les gros titres des journaux. À la une, on parlait de Nonie... et de son meurtre. Mais, ce qui lui sauta presque aux yeux instantanément, c'est la photo de la vidéosurveillance.

Il y reconnut tout de suite la silhouette et les vêtements. Sébastian. Il réalisa alors que celui-ci avait été sur les lieux cette nuit-là... qu'il aurait pu le surprendre... qu'il aurait pu l'empêcher de commettre son crime également. Un nouveau sourire se glissa sur ses lèvres... Il avait la solution à ses futurs ennuis sous ses yeux. Un coupable idéal. Un homme que toute la ville recherchait à l'heure actuelle et qui lui fournirait le parfait alibi. C'était presque trop beau pour être vrai. Son cerveau malade était déjà en train d'inventer toute une histoire sur le lien entre Nonie et le jeune homme... sur une dispute fictive inventée de toute pièce et sur le fait qu'il s'était confié à lui, avec des propos inquiétants. Il avait tout prévu. Tout imaginé de A à Z. Le scénario était parfaitement probable et c'est ce qui rendait la chose si facile.

Sébastian tomberait avec elle. Il faisait finalement une pierre deux coups, même en ayant laissé l'argent derrière lui. Ce petit con arrogant aux dents blanches paierait aussi pour les autres... pour tous ceux qui s'étaient

moqués de lui, de sa chute... pour ceux qui avaient osé le remplacer, l'expulsé... ces gamins qui lui ressemblait et qui n'avait aucun respect pour les grands dans son genre. Il perdrait tout ce qui lui restait... le peu de dignité qu'il avait encore...

C'était grisant de l'imaginer se pendre dans sa cellule de prison, simplement incapable de croire qu'il y avait un espoir pour lui de retrouver sa vie d'avant. Comme lui, il paierait. Et il paierait cher.

Il ne perdit pas de temps...

En ce beau matin de novembre, Rogers appela les autorités, prêt à faire un portrait-robot.

Chapitre 23 : S'envoyer en l'air

Ils étaient dans l'avion depuis près d'une demi-heure. Une éternité pour Aiden qui n'avait jamais pris les airs pour se rendre d'un point A à un point B. Par chance, les avions, c'était le truc de Sébastian et il avait su trouver les mots pour le rassurer sur le décollage et les turbulences qu'ils avaient pu connaître jusqu'ici. Malgré ça, le fait d'être dans un truc au milieu des nuages sans possibilité de sortir pour "prendre l'air" le rendait anxieux. Il avait souvent le sentiment de manquer d'air et ça le faisait paniquer parfois pendant quelques minutes. Le point dans son sternum s'était installé bien avant le décollage et il espérait qu'il se disperserait une fois qu'ils auraient atterri. Il n'en avait pas parlé à Sébastian pour ne pas l'inquiéter et il essayait de cacher la gêne qu'il ressentait désagréablement dans sa poitrine. Néanmoins, son amant avait fini par comprendre qu'il ne se sentait pas très bien sur son siège…

— Tu veux que je te laisse passer pour te déplacer un peu dans l'avion ?

— Non… ça va…

— Aiden, tu es tellement crispé que tu as la veine du cou qui palpite.

— Je n'y peux rien. J'me sens pas à l'aise dans ce foutu avion.

— Ça, je sais… tu veux que je demande à l'hôtesse si elle peut te donner un truc ?

—Non, ça va…

— Sinon, je peux t'aider à te détendre… plaisanta-t-il

en se penchant à son oreille.

Il sourit, mais ça ne le détendit pas plus que ça. À cet instant, il avait simplement hâte qu'ils posent les pieds sur terre. Il ressentait encore ce besoin d'air...

— J'ai l'impression d'étouffer...

— C'est la panique... Bébé, regarde-moi...

— Bébé ?

— Désolé, c'est sorti tout seul... mais regarde-moi.

Il s'exécuta, sentant la main de Sébastian se glisser dans la sienne pour la serrer.

— Concentre-toi sur ta respiration et sur ma main. Rien d'autre.

— J'aime bien.

— Quoi ?

— Que tu en sois au stade des surnoms idiots.

— Idiot toi-même !

Il sourit et lui vola un baiser, légèrement plus détendu, simplement parce qu'il pensait à autre chose qu'au fait qu'ils étaient encore dans ce maudit oiseau de métal.

— Je suis sérieux, Babe.

Cette fois, c'est Sébastian qui sourit en coin et ils se regardèrent un long moment avant de se voler un nouveau baiser. Plus long cette fois-ci. Il était plutôt heureux qu'il n'y ait personne sur le troisième siège de la rangée, celui près du couloir. Il pouvait avoir quelques moments intimes comme celui-ci sans que personne ne puisse se sentir mal à l'aise ou dérangé par leur amour. Il y avait aussi le fait qu'il était encore réticent à étaler son homosexualité en public et ça, Sébastian l'avait bien saisi, par chance. Encore une fois, il lui avait rendu la vie facile... du moins, pas aussi stressante que ce qu'il avait pu imaginer de son coming-out à bientôt quarante ans.

Il finit par mettre fin au contact délicatement.

— Je pensais que tu manquais d'air ?

— Pour ça... non apparemment... sourit-il.

Le reste du trajet se passa un peu plus calmement. Il avait le sentiment que s'occuper de lui changeait les idées à Sébastian, c'est pourquoi il le laissa faire. Il n'imaginait même pas le merdier que ça devait être dans ses pensées à l'heure actuelle. Déjà, pour lui, ça avait été toute une annonce... après tout, ce n'est pas tous les jours que l'on apprend que la personne que l'on aime est recherchée dans une enquête pour meurtre. Cependant, il n'avait aucun doute de son innocence. Aucun. Il ne le connaissait pas depuis longtemps, mais, la sincérité dans ses yeux, il avait su la lire à de nombreuses reprises, dont celle de son explication pour la mort de celle que l'on appelait Nonie. Ça paraissait complètement tordu. Qui avait bien pu le dénoncer ? Qui avait pu le reconnaître sur une vidéosurveillance sombre et pixélisée ?

Ils en avaient discuté sur le chemin avec Zimo, quand celui-ci les avait conduits à l'aéroport. Même lui ne comprenait pas.

Cette personne le connaissait, c'était certain... et elle devait avoir quelque chose contre lui pour le dénoncer comme ça. Du moins, ne pas avoir la même définition de loyauté que les membres de la troupe. Aiden tourna lentement son visage vers celui de son amant. Il était parvenu à s'endormir sur son épaule pendant les vingt dernières minutes du vol et il ne l'en avait pas empêché. Il s'était dit qu'au moins, en dormant, il ne réfléchissait pas trop à la situation et à ce qui les attendait à Brooklyn.

Le pilote annonça la descente sur l'aéroport de JFK, New York et il se redressa un peu sur son siège, de nouveau tendu. Dans son mouvement, il dérangea le sommeil de son compagnon qui grogna légèrement avant de se redresser, la bouche pâteuse et les yeux à moitié ouverts. Aiden s'excusa de l'avoir réveillé et il lui indiqua qu'ils allaient entamer l'arrivée à destination.

— Pas trop tôt.

— Comme tu dis, j'ai hâte de respirer…

Sébastian esquissa un sourire tendre et enlaça ses doigts des siens après s'être rattaché sous les consignes du pilote. Il devait savoir que l'atterrissage allait autant lui plaire que le décollage.

Il serra ses doigts si forts que sa main changea de couleur, surtout quand le train se posa avec une grosse secousse sur la piste et que l'avion se mit à rouler… avant de lentement se stationner. Il ne retrouva sa faculté de parler et de bouger que quand il fût certain d'avoir les pieds bientôt sur le béton chéri. Ils attendirent que presque tous les passagers aient quitté l'habitacle de l'avion pour enfin prendre leurs affaires et sortir à leur tour. Quand enfin il réalisa qu'ils n'étaient plus enfermés entre quatre tôles de métal, son cœur sembla se calmer et son point s'estompa doucement.

— Bon, qu'est-ce qu'on fait ?

— Vu l'heure, on prend un hôtel à New York, on louera

une voiture demain pour aller là-bas.

— On en a déjà discuté, je sais... mais ça me fait royalement chier de te laisser tout payer...

— Sébastian... ne t'inquiète pas pour ça.

— Je me fais entretenir pour mes conneries... alors, un peu ?

— Ne dis pas d'énormités. On partage tout maintenant... dit-il en lui offrant un clin d'œil.

— Je te rembourserai un jour.

— Ou tu peux aussi me payer autrement... railla-t-il en récupérant son sac sur le tapis alors qu'ils attendaient depuis déjà quelques minutes.

— C'est toi qui fais les allusions maintenant ?

Aiden lui offrit un sourire malicieux. Il était tellement heureux d'avoir les pieds sur terre qu'il se sentait léger et plaisantin. Sébastian récupéra le seul sac qu'ils avaient pour le mettre sur son épaule et ils prirent la direction de la sortie. Sa première action fut de prendre une immense bouffée d'air frais, comme s'il avait eu peur de ne plus jamais pouvoir le faire.

Son amant se moqua gentiment de lui, mais il ne s'en formalisa pas. Ils prirent ensuite un taxi pour chercher un hôtel dans le coin qui ne leur coûterait pas les yeux de la tête. Par chance, le chauffeur était un connaisseur et il leur en proposa trois, suivant les différents quartiers et prix. Sébastian tenait à prendre le moins cher, histoire de ne pas ruiner Aiden avec ses conneries... mais lui, tenait à ce qu'ils soient bien installés et surtout, pas dans un quartier mal famé de New York.

Ils choisirent donc celui du milieu et Jack, leur conducteur les gara devant la porte de celui-ci quelques minutes plus tard. Quand Aiden lui tendit l'argent de la course, il n'en prit que la moitié et lui redonna le reste.

— Offert par la ville. Bon séjour, Messieurs.

— Merci infiniment...

Jack hocha sa tête en signe de salut et les laissa sortir l'un après l'autre. Il était rare de croiser des gens sympathiques dans ce genre de ville effervescente, Aiden avait donc vraiment apprécié le geste. Ils entrèrent dans le hall de l'hôtel et il se chargea d'aller à l'accueil pour demander une chambre tandis que Sébastian l'attendait dans l'entrée, les mains dans les poches et le sac sur l'épaule.

La réceptionniste lui proposa une chambre avec deux lits, mais il la reprit, surprit lui-même d'assumer sa relation ouvertement. C'était encore tout nouveau pour lui... mais il était hors de question qu'il voit la déception dans les yeux de Sébastian en voyant deux lits dans la chambre. Le message serait mal passé et il n'avait pas envie de ça... d'autant plus que ce n'était pas ce dont il avait envie pour cette nuit, bien au contraire.

— Un seul lit, je préfère... et une baignoire si possible.

— Bien, Monsieur, sans problème.

— Oh! et vous nous ferez monter un souper pour deux dans une heure, s'il vous plaît.

— Bien, ça sera fait. Une préférence ?

— Non, le menu du jour ça ira très bien.

— Parfait, voici votre carte magnétique !

Elle lui offrit un sourire sympathique auquel il répondit un peu gêné et il attrapa la carte pour rejoindre l'ingénieur qui l'attendait encore dans le hall. Ils prirent un des ascenseurs pour monter au troisième étage. C'était assez drôle, la dernière fois qu'ils s'étaient arrêtés dans un hôtel, ils avaient échangé leur premier baiser... et dormi pour la première fois dans les bras l'un de l'autre.

C'était un peu symbolique en soi. Aiden voulait d'ailleurs rendre ça particulier ce soir... il avait envie de détendre Sébastian, de lui faire comprendre qu'il serait à ses côtés quoiqu'il se passe demain à Brooklyn.

Il voulait lui montrer ses sentiments devenus de plus en plus forts au fil des jours, et surtout, son envie de poursuivre l'aventure avec lui. Sa main se glissant dans la sienne, il l'entraîna vers la chambre à la sortie de l'ascenseur, presque impatient. Il avait dans l'idée de leur faire couler un bain chaud dont ils pourraient profiter tous les deux avant de recevoir le repas dans la suite.

S'il avait bien une chose qui lui manquait au Cirque depuis qu'il y avait goûté un jour étant petit, c'était bien les baignoires, alors dès qu'il en avait la chance, il en profitait pleinement.

Ils finirent par trouver le numéro correspondant à la carte et ils entrèrent. La chambre était magnifique, décorée avec goût et chaleur, quant à la salle de bain, il en rêverait la nuit.

Elle possédait une immense baignoire sur pied, profonde, où il s'imaginait déjà avec son amant. Sébastian posa le sac sur le lit et s'étala de tout son long à côté, sur le matelas, comme pour vérifier sa fermeté...

— Ne t'installe pas trop vite... j'ai un programme pour nous.

— Ah oui ? questionna le polonais en se redressant sur ses coudes.

—J'vais nous faire couler un bain. Le repas arrive dans une heure...

—T'a-t-on déjà dit à quel point tu es parfait ?

— Jamais.

Sébastian se leva du lit en souriant et il s'approcha de lui. Aiden ne bougea pas d'un millimètre alors que celui-ci attrapait son col de chemise pour venir capturer ses lèvres avec sensualité.

— Laisse-moi rattraper ça.

— Comment te refuser quoi que ce soit... sourit-il.

Ils s'embrassèrent pendant de longues minutes, se déshabillant au fil de celles-ci avec une lenteur fiévreuse. Aiden avait encore du mal à réaliser combien il aimait sentir les mains de Sébastian sur sa peau... sa bouche sur la sienne, sa langue joueuse. Il n'avait jamais eu de relation aussi sensuelle et érotique avec quelqu'un dans sa vie. Tout chez son amant le rendait fou, lui faisait perdre la raison et la notion du temps.

Ils n'allèrent pourtant pas plus loin que quelques caresses divines, mais ça avait suffi pour le mettre dans un état second. Quand il fût traîné dans la salle de bain, il ne put s'empêcher de plaquer gentiment son amant dans la douche italienne de celle-ci, oubliant pour le moment son programme raisonnable et tendre de prendre un bain en sa compagnie. Ce dont il avait envie là, tout de suite, c'était de lui. Il l'avait cherché. Il l'avait tenté longuement en jouant de ses doigts sur ses flancs, puis sur son abdomen. Il n'en avait pas fallu bien plus pour attiser son désir de le faire sien.

Ses deux mains de chaque côté du visage de Sébastian, il lui offrit un sourire avant de plonger sur ses lèvres pour les reprendre avec cette fois une envie non dissimulée. Son corps se colla contre le sien, le coinçant entre le carrelage froid de la douche et son torse. D'une main habile, il alluma la douche au-dessus de leurs têtes et après un bref gémissement sous l'eau fraîche des premiers temps, ils finirent par s'embrasser langoureusement sous les vapeurs agréables qui s'écoulaient sur leurs deux corps. Leurs muscles se détendaient lentement, appréciant la chaleur... tandis qu'une autre partie de son anatomie se gonflait de plaisir à l'idée de ce qui allait suivre.

Le moment était parfait... en dehors du temps. Ils oubliaient tous les deux pourquoi ils étaient là ce soir... mais pas ce qui se présentait à eux dans l'instant.

L'eau tombait toujours en pluie fine sur son dos, et d'un mouvement tendre, il fit se tourner son amant dans ses bras, repoussant ses propres cheveux détrempés sur son crâne pour pouvoir venir embrasser délicatement la nuque de Sébastian... ses épaules, son dos. Ses doigts vinrent ensuite se glisser sur mains collées sur le carrelage de la salle de bain et il y enlaça les siens, se collant dans son dos en sentant son corps se cambrer. L'érotisme était à son paroxysme ce qui ne faisait qu'augmenter son désir pour ce corps offert qui semblait lui aussi se détendre sous l'eau chaude. Bordel. Qu'est-ce qu'il pouvait être beau ainsi...

Aiden n'en revenait pas. Ça le surprenait encore.

— J'ai tellement envie de toi... haleta-t-il contre son oreille.

Il n'avait jamais été aussi sincère avec quelqu'un dans l'acte qu'avec lui. Toutes les femmes qu'il avait pu avoir dans sa vie n'avaient jamais compté contrairement à Sébastian. Les mots qu'il avait pu prononcer lors de ces ébats n'avaient jamais eu de sens, de poids réel... mais là, ça n'était pas le cas.

Il le pensait... le ressentait même, et ça le tuait presque d'impatience. Tout son corps le réclamait à grands cris et il pouvait sentir le sang battre dans ses veines. Il avait également les poils dressés dus aux multiples courants électriques qui parcouraient sa peau dès qu'il le touchait. C'était la quintessence du plaisir, mêlée à toutes sortes d'émotions, de sentiments et de désirs. Jamais il n'avait fantasmé à ce point un corps... mais le sien lui offrait tant de possibilités. C'en était indécent. Indécent à un point où il ne put s'empêcher de le prendre comme ça, contre le carrelage de cette douche, avec toute la sensualité et la tendresse dont il était capable. Mais, également avec la bestialité qui s'était découverte dans leurs ébats... celle que Sébastian réclamait, celle qui aimait donner... Ce cocktail explosif qui déchaînait leurs passions communes.

L'atmosphère devint alors brûlante, vaporeuse et à peine respirable. Leurs doigts enlacés et crispés sur le mur semblaient avoir fusionnés les uns avec les autres, tant ils étaient torturés et pourtant, rien n'aurait pu arrêter cet ébat. Rien. Le monde aurait pu s'effondrer qu'il aurait continué de lui murmurer combien il aimait ça être en lui... À quel point il le désirait... combien il avait envie de le voir jouir sous ses caresses !

Ça le rendait complètement fou... fébrile et avide de sa peau qu'il mordait délicatement au niveau de son épaule pour étouffer ses propres gémissements. Son odeur maintenant familière, son goût... le tout sous cette pluie chaude et apaisante. Ça ne fit qu'augmenter son désir, ainsi que le rythme de ses assauts qu'il ne contrôlait presque plus, pour le plus grand plaisir de son amant qui lui, n'étouffait pas ses râles...

Ce n'est qu'après de longues minutes qu'ils retombèrent tous les deux sur terre. Aiden se lova contre son dos, tandis que Sébastian essayait de se retenir sur le mur carrelé de la douche. Leurs mains étaient toujours enlacées, semblant ne jamais vouloir se séparer... quant à ses lèvres, elles ne cessaient de poser des baisers tendres sur l'épaule meurtrie de son amant, cherchant à effacer les traces de morsures dont il était le responsable. Le silence dura encore un long instant avant que l'un des deux ne prenne la parole...

— Bon sang... Souffla Sébastian. - Mmh ?

L'intéressé se contenta de se tourner dans ses bras pour venir embrasser délicatement ses lèvres, ses mains se libérant de son emprise pour venir se poser sur ses flancs brûlants.

— Rien... à part l'une des meilleures baises de ma vie.

Pour l'instant.

Il esquissa un large sourire et il en eut un en retour. Ils restèrent debout encore quelques minutes, se caressant tendrement sans forcément ouvrir la bouche. Ils étaient simplement bien, sous l'eau chaude..., enlacés, encore embués par les vapeurs de sexe.

— On verra plus tard pour ce bain, je crois... Murmura

Sébastian.

— Je crois aussi… on va bientôt ne plus avoir d'eau chaude.

— La faute à qui ?

— La tienne.

— Tu parles, si tu n'avais pas été aussi paniqué, tu m'aurais sauté dans l'avion.

Il fit mine de réfléchir, avant de rire.

— Tu marques un point. Mais c'est toujours ta faute.

— D'être aussi sexy ? … Je sais.

— Modeste en plus.

— À p…

Ils furent interrompus par trois coups à la porte et c'est avec un "merde" non retenue qu'Aiden coupa l'eau pour attraper un peignoir et se précipiter vers la porte de

chambre. Sébastian lui riait à pleins poumons dans la salle de bain, se séchant vivement. Aiden secoua la tête avant d'ouvrir au jeune commis. Il lui annonça le repas pour deux et il accueillit le chariot dans le couloir de chambre avec un remerciement rapidement. Il referma ensuite derrière lui et lança à son amant que le repas était servi.

— Ça tombe bien, ça m'a ouvert l'appétit ! lui répondit Sébastian.

Aiden l'accueilli dans le côté nuit de la suite avec un

sourire et il l'embrassa de nouveau. Il était heureux de le voir si léger… il semblait avoir oublié tous ses problèmes et il comptait bien que ce soit le cas encore pendant de longues heures, et ce, jusqu'à Brooklyn.

Chapitre 24 : Brooklyn

Il ouvrit difficilement les yeux. Ses paupières étaient lourdes depuis des heures, mais il ne parvenait pas à trouver le sommeil. L'angoisse lui prenait les tripes et lui donnait la nausée. Elle l'envahissait tant que même la respiration sereine d'Aiden sur sa nuque ne l'aidait pas à penser à autre chose. Son amant avait tout fait pour qu'il oublie ses problèmes le temps de la soirée, et, en un sens, il y était parvenu. Mais, quand le dompteur s'était endormi après un énième ébat aux creux des draps, il s'était finalement retrouvé seul face à lui-même. Depuis, les questions tourmentaient son esprit et il n'arrivait pas à trouver de réponse. Dans quelques heures, ils prendraient la route pour Brooklyn afin de faire la lumière sur toute cette histoire… mais il devait avouer que se présenter à la police sans preuve qu'il n'était pas le coupable lui foutait une trouille bleue. Comment se sortirait-il de là ? Qui apporterait les réponses aux autorités sur le meurtre ? Aiden resterait-il près de lui, si jamais tout ça tournait mal ? Il n'avait pas envie de perdre sa liberté, encore moins l'amour naissant de l'Américain.

Il tourna doucement son visage pour observer celui de son homme endormi. Ses traits étaient détendus, sa respiration calme et apaisée… Il dormait le plus justement possible tandis que lui, se torturait avec des angoisses qui n'avaient peut-être pas lieu d'être. Il était innocent. Quoiqu'il arrive. Il le clamerait haut et fort jusqu'à la fin de sa vie s'il le fallait. Il n'aurait jamais osé faire de mal à qui que ce soit, encore moins à Nonie qui était la générosité incarnée. Allaient-ils le croire ? Trouveraient-ils son histoire plausible ? Chercheraient-ils à aller dans son sens ou plutôt à l'enfoncer dans cette sombre histoire ? Plus il y pensait, plus ses inquiétudes grandissaient. Il ne savait pas qui l'avait dénoncé, encore moins qui avait témoigné l'avoir reconnu ou vu près du foyer ce soir-là. Sur l'affiche, il était dit "Recherché pour des informations dans une affaire de meurtre"... était un stratagème pour faire parler les gens ? Ou le cherchait-il réellement pour connaître sa version des faits sans accusations ?

Il se passa une main sur le visage et tira ses cheveux vers l'arrière de son crâne, laissant son bras s'écraser au-dessus de sa tête. Son regard se posa sur le plafond et il inspira silencieusement en fermant les yeux. Tout ça lui prenait la tête.

Après quelques minutes, las, il tenta de s'extirper délicatement de l'étreinte d'Aiden pour se lever du lit. Il enfila son boxer vite fait et s'approcha de la fenêtre de l'hôtel qu'ils occupaient. La nuit était tombée depuis déjà plusieurs heures. Il faisait nuit noire... enfin, si l'on oubliait les nombreuses lumières de la grande pomme qui gardait la ville vivante, peu importe l'heure. Il observa les bâtiments en face, puis le ciel plus haut où l'on ne voyait pas du tout les étoiles. Il croisa les bras sur sa poitrine et resta comme ça de longues minutes sans vraiment s'en rendre compte. Suivre la vie de New York l'avait empêché de penser pendant quelques minutes, et ça avait soulagé un peu sa poitrine et ses épaules.

— Tu devrais revenir te coucher... murmura la voix d'Aiden alors qu'il posait ses mains sur lui.

— Je t'ai réveillé ?

— Non, mais il faut que tu dormes, Babe.

— J'essayais.

— Je sais que tu angoisses pour demain, mais je serai là, quoi qu'il arrive... OK ?

— Je ne sais pas ce qui m'attend, Aiden... Je ne sais même pas s'ils me suspectent...

Pour le moment, n'y pense pas. Tout ira bien. Tu es innocent.

Les bras d'Aiden se resserrèrent autour de son buste et il sentit ses lèvres se poser sur son cou pour tenter de le rassurer. L'avoir près de lui était une véritable bouée de sauvetage. Il n'était pas sûr qu'il aurait eu le courage de faire ce qu'il s'apprêtait à faire demain sans son soutien. Ses mains se posèrent sur les bras puissants de son dompteur et il posa sa tête en arrière sur son épaule. Enlacé comme ça, devant la ville presque endormie, il songea qu'il risquait peut-être de tout perdre... mais aussi, à l'inverse, de gagner sa liberté, son innocence. Et, étrangement, c'est cette pensée qui s'imprima dans sa cage thoracique une bonne fois pour toutes.

C'est ce qu'il était venu chercher. Son innocence et la vérité sur la mort de Nonie. Ils restèrent de longues minutes comme ça avant qu'Aiden ne l'entraîne avec lui jusqu'au lit pour qu'ils se recouchent. Cette fois, il ne s'endormit pas avant lui, caressant ses cheveux en posant sur lui un regard tendre. C'est épuisé et rassuré que Sébastian finit par fermer les yeux, pour de bon cette fois, bercé par les paroles rassurantes de son amant.

Le lendemain, ils avaient loué une voiture pour se rendre jusqu'à Brooklyn. Sébastian s'était réveillé plus que jamais déterminé à rétablir la vérité et son innocence dans cette histoire. Sa première idée était qu'ils se rendraient dans les coins qu'il avait connus dans la rue pour trouver son ami Rogers et essayer de savoir s'il n'avait pas des informations sur celui qui l'avait dénoncé. Après tout, il avait toujours trouvé en lui une source d'informations fiable et bienveillante. Aiden n'avait pas opposé de résistance devant ce plan, il n'avait même pas posé de questions. Il lui faisait entièrement confiance et c'était ce que Sébastian appréciait dans leur relation pourtant encore jeune. Il posa son regard sur lui, souriant tendrement alors que celui-ci avait décidé de conduire pour qu'il puisse se reposer encore un peu. Malheureusement, il n'y parviendrait que quand toute cette histoire serait derrière eux… et c'est ce qu'il lui avait répondu en lui jetant les clés.

Quand ils arrivèrent à Brooklyn, Sébastian se redressa sur son siège et observa les rues comme s'il cherchait quelque chose de vu. À vrai dire, c'était simplement qu'il avait mis tous ses sens en alertes, comme prêt à se défendre de n'importe quelle accusation. Il indiqua à Aiden où ils devaient se rendre en premier lieu et celui-ci s'exécuta sans poser de questions.

Il semblait inquiet, il pouvait le sentir, mais il essayait de ne pas le montrer. L'endroit où ils devaient se rendre était un squatte que Rogers fréquentait souvent et que lui-même avait expérimenté pendant de longues semaines. Il connaissait plusieurs personnes là-bas et il était certain d'y trouver des réponses… ou du moins, Rogers. L'angoisse montait lentement dans sa poitrine plus ils approchaient de sous le pont qui servait de point de rencontre. Étrangement, il craignait de revoir ses anciens camarades de rues… d'expliquer à Rogers pourquoi il avait dû quitter la ville.

— C'est là ! s'exclama-t-il soudain.

— Je me gare, attends…

— Non, continue… on va se mettre plus loin et revenir à pied. Je ne veux pas qu'ils…

— OK, je comprends.

Comme demandé, Aiden se gara plus loin pour que ses anciens camarades ne le voient pas arriver dans une voiture aussi belle. Puis, une fois stationné, Sébastian prit une grande inspiration, nerveux. Le dompteur lui attrapa la main pour la serrer et lui donner du courage. Il l'en remercia.

C'était la première fois depuis qu'il s'était enfui qu'il allait retrouver la rue... et ces gens qu'ils avaient côtoyés pendant les semaines les plus difficiles de toute sa vie. Il ne se sentait plus autant en confiance que quand ils avaient quitté l'hôtel ce matin même. Il se demandait comment il serait accueilli après sa disparition soudaine...

— Ça va aller, OK ? J'suis là... le rassura Aiden.

— Oui, il faut...

— On demande juste où on peut trouver ton ami et l'on repart, d'accord ?

Sébastian hocha la tête et il se pencha vers lui pour lui offrir un baiser, le remerciant d'être là pour lui. Ils sortirent ensuite de la voiture pour marcher jusqu'au spot qu'il avait fréquenté. Si tout allait bien, ils trouveraient Rogers rapidement et ils pourraient, enfin, peut-être avoir des réponses à ses questions. Entre autres, est-ce qu'il avait des informations sur l'enquête autour de Nonie ? Est-ce qu'il savait pourquoi la police le recherchait ?... Ou encore, est-ce qu'il savait qui aurait bien pu le dénoncer en faisant un portrait-robot de lui ?

Ses mains dans les poches, il réfléchissait à toutes les possibilités et à tout ce qu'il devait savoir avant de se présenter aux autorités. Si bien, qu'il ne remarqua même pas qu'ils étaient déjà sous le pont, marchant avec automatisme. C'est Aiden qui lui donna un petit coup de coude pour le ramener à la réalité.

Ils marchèrent au milieu du squatte alors qu'il observait tout le monde discrètement pour voir s'il reconnaissait des visages. C'est alors qu'il remarqua une femme que Rogers connaissait et avec qui il avait déjà discuté. Il fit un signe de tête à Aiden et il s'approcha de sa tente de fortune, les mains toujours enfouies dans les poches. Maggie était une femme à la peau ébène et à la coupe afro naturellement magnifique. Elle portait des vêtements couche sur couche, qui n'allaient pas forcément ensemble, mais qui la protégeait du froid et des intempéries quant à ses pieds, ils étaient chaussés de bottes noires épaisses dont elle ne se séparait jamais de peur de se les faire voler. Un jour, elle lui avait parlé de celles-ci comme s'il s'agissait de la chose la plus précieuse qu'elle possédait, et Sébastian avait réalisé que c'était là, la vérité.

— Hey, Maggie... c'est le Polonais, Sébastian... Dit-il, nerveusement.

— Oh, salut ! Qu'est-ce que tu fiches ici ? On ne t'a pas vu depuis un petit moment.

—Ouais, je sais... j'ai changé de quartier un temps.

— Qu'est-ce que tu veux, petit ? demanda-t-elle tout en triturant sa couverture.

—Tu ne saurais pas où se trouve Rogers à cette heure, par hasard ?

Elle posa son regard sur lui et fronça les sourcils. Elle semblait trouver la question étrange. Elle passa une main dans sa chevelure épaisse et renifla bruyamment avant de lui répondre...

— Quoi ? T'es pas au courant ?

Cette fois, c'est lui qui fonça les sourcils.

— Non, de quoi ?

— Il s'est fait embarquer y'a deux nuits pour agression sur agent… Il était bourré.

— Merde, sérieux ?

Ouais. Mais, j'imagine que vous êtes plus trop potes depuis qu'il t'a balancé ?

Sébastian en eut le souffle coupé et il dû se faire violence pour ne pas réagir face à Maggie.

— C'est lui qui a donné mon portrait aux flics ?

— Ouais. Il a dit à tout le monde ici que t'avais tué Nonie.

— Je… quoi ?

— C'est toi qui as tué la vieille ?

— NON ! Bien sûr que non !

— J'me disais aussi. S'tu veux mon avis… tu devrais dégager de la ville.

— Hors de question. Je n'ai rien fait !

— Tu devrais aller leur dire alors… tout le monde te cherche ici.

Il regarda autour de lui comme si réellement tout le monde l'avait remarqué et était après lui. Heureusement, ce n'était pas le cas. Il posa son regard sur Aiden et il s'éloigna avec lui après avoir salué et remercié Maggie pour ses précieuses informations. Il avait encore du mal à encaisser le fait que celui qu'il pensait être son ami lui avait tourné le dos aussi facilement.

Quand il fût enfin sûr que personne ne l'entendait et qu'ils avaient retrouvé le confort de la voiture tous les deux, il explosa.

— L'ENFOIRÉ ! frappa-t-il sur le tableau de bord.

— Eh… explique-moi.

— Rogers… l'ami dont je t'ai parlé, c'est lui qui m'a dénoncé. C'est lui qui a fait mon portrait et qui a sûrement dit que j'étais la dernière personne à l'avoir vu. Cet enfoiré m'a clairement accusé du meurtre ! Voilà pourquoi ils me cherchent !

— Mais, tu n'as rien fait ! Et l'on va le prouver, OK ?

— Et comment ? En me pointant la bouche en cœur aux autorités ?

— Précisément. Un coupable ne se présente pas à la police…

Sébastian n'en revenait pas. Rogers lui avait fait à l'envers. Pourquoi l'avait-il dénoncé à la police ? Pourquoi l'avoir mis dans une telle position ? … Il y pensa deux minutes. Et en un sens, n'aurait-il pas fait la même chose? S'il l'avait reconnu sur les images, et s'il avait été certain qu'il était le dernier à avoir vu Nonie?

Après tout, ils ne se devaient rien tous les deux, n'est-ce pas? La colère redescendit lentement dans sa poitrine. Il ne pouvait s'en prendre qu'à lui-même pour s'être mis dans cette situation. Rogers n'avait fait que son devoir de citoyen, non? Il inspira longuement avant de se redresser dans son siège. Bordel. Il ne savait plus quoi penser de qui dans toute cette situation…

— Il a … eu raison.

— De quoi ?

— De me dénoncer… j'aurai fait la même chose. Tout m'accuse, Aiden. Les images, le fait que je suis le dernier à l'avoir vu…

— Sébastian… arrête… Tu es innocent, c'est ça le plus important, OK ?

— Mais je n'ai aucun moyen de le prouver…

— Tu peux déjà raconter ta version des faits, Babe… Ils feront leur boulot ensuite.

— Tu penses ?

— Je m'en assurerai.

C'est sur ces dernières paroles qu'il acquiesça et qu'ils prirent la direction du poste de police le plus proche. Aiden avait raison. Il fallait qu'il raconte sa version des faits. Il fallait qu'il prouve son innocence quoiqu'il arrive… même s'il n'avait pas vraiment de preuves du contraire pour le moment. Ils trouveraient. Ils feraient leur boulot comme disait Aiden. Ils sortiraient de là. Il avait été le dernier à voir Nonie, oui, mais il n'était pas coupable de son meurtre. Il n'avait pas de motifs pour l'avoir fait… D'ailleurs, en y pensant, il ne savait même pas pourquoi la pauvre femme avait été tuée… pour l'argent? Pour un conflit quelconque ? Une vengeance ?

— On y est… Annonça Aiden, le sortant de ses pensées.

— Je ne sais toujours pas si c'est une bonne idée.

— Écoute... c'est ça, ou tu fuis toute ta vie pour quelque chose que tu n'as pas fait. Ça vaut la peine d'essayer, non?

Il savait qu'il avait raison. Il ne pouvait pas passer sa vie à fuir pour cette histoire. Il n'avait d'ailleurs pas le droit d'imposer une vie de cavale à Aiden avec qui il voulait fonder quelque chose.

C'était injuste, pour lui et pour eux. Il fallait simplement qu'il prenne son courage à deux mains et qu'il fasse face à ses angoisses et à ses appréhensions. Son amant glissa sa main sur sa nuque délicatement pour l'attirer à lui et l'embrasser à nouveau, puis il posa son front contre le sien et ferma les yeux. Ils prirent tous les deux une bonne inspiration et Aiden murmura :

— Ensemble.

— Ensemble.

Chapitre 25 : Face aux autorités

Il laissa Sébastian passer devant en poussant la porte du poste de police, le suivant de près. Il ne savait pas réellement ce qui les attendait à l'intérieur, mais il était confiant. Il le savait complètement innocent dans cette affaire et il était prêt à en témoigner lui-même. Bien qu'en soi, il ne pouvait pas tellement aider à l'innocenter puisqu'il n'était pas sur les lieux du crime pour l'attester. À vrai dire, il ne connaissait même pas Nonie, la victime, et encore moins le foyer où tout semblait s'être déroulé.

Le polonais s'avança vers l'accueil et sortit nerveusement une feuille pliée en quatre de sa poche. Il la déplia et lui offrit un regard avant de tendre le papier à l'agent qui attendait de savoir ce qu'il pouvait faire pour lui. Il était conscient que ce n'était pas un moment facile pour son amant... surtout parce qu'il avait encore des angoisses sur le fait de ne pas pouvoir s'innocenter sans preuve. Il posa donc une main sur son épaule pour lui montrer son soutien et c'est d'une voix légèrement rauque qu'il indiqua à l'homme en face d'eux.

— Je suis l'homme sur l'avis de recherche.

Presque aussitôt, Aiden sentit l'atmosphère s'alourdir, du moins plus que ne l'était déjà l'ambiance d'un poste de police en pleine effervescence. Le policier posa son regard sur Sébastian, puis sur le papier et effectua le mouvement plusieurs fois avant de finalement se lever vivement de sa chaise. Il prit une position d'alerte et posa une main sur l'étui de son arme à sa taille, pointant sa main libre dans sa direction.

— Wow ! WOW ! s'exclamèrent-ils tous les deux.

— À genoux ! Les mains sur la tête !

Aiden serra la mâchoire alors que celui qu'il aimait s'exécutait devant les aboiements de l'agent. Presque instantanément, le hall du poste se remplit de policiers, tous armés et cherchant des explications du pourquoi l'homme de l'accueil avait déclenché un tel branlebas de combat. Celui qui semblait au-dessus de tous débarqua quelques secondes après, demandant à tous de se calmer et de baisser leurs armes alors qu'il tentait lui aussi de comprendre ce qui se passait dans son poste de police. Dans tous les scénarios qu'ils avaient pu se faire en discutant pendant des heures à l'hôtel la veille, jamais il ne se serait imaginé être accueilli comme ça.

Le Commandant, ou peu importe son grade, Aiden s'en fichait, s'adressa à Sébastian, à genoux, et les mains sur la tête qui semblait se décomposer sur place.

— Qui êtes-vous ?

— Sébastian Pietroski... je suis l'homme sur l'avis de recherche et... j'ai des informations sur le meurtre de Nonie... la femme du foyer de sans-abri...

— Bien. Excusez le zèle de notre nouvelle recrue... Dit-il en fusillant du regard le policier à l'accueil.

— Mais... Mon...

— Ramirez, emmène-le dans la salle d'interrogatoire. Et vous, vous êtes qui ?

Aiden baissa les mains qu'il avait lui aussi posées sur le sommet de son crâne.

— Juste son ami. Je l'accompagne.

— Bien. Ça risque d'être long, vous devriez rentrer chez vous. On vous reviendra.

— Hors de question !

L'homme sembla le jauger un moment avant de hausser les épaules.

— Bon. Eh bien, il y a des chaises à l'avant, installez-vous.

Un policier s'approcha de Sébastian pour le faire se relever et l'emmener vers une salle. Aiden lui offrit un dernier regard confiant. Il fallait qu'il sache que tout irait bien. Malgré tout, lui, il était dans un état d'anxiété intérieure inégalable. Son sternum était déjà douloureusement oppressé et il savait qu'il devrait faire avec la gêne pendant plusieurs heures. Il fallait qu'il prenne sur lui pour ne pas intervenir et envenimer la situation pour son compagnon. Il se fit violence et alla s'installer dans le couloir "d'attente" à l'avant, comme on le lui avait indiqué. Rien de chaleureux et d'accueillant, vous vous en doutez. Des chaises de plastique dur, froides et rigides, des murs sombres et rien pour passer le temps à part une machine distributrice et trois vieux magazines. C'est sûr que l'attente ne faisait pas réellement partie du deal quand on passait la porte d'un poste de police. Ce n'était pas comme aller chez le médecin ou chez le dentiste. La famille ne restait pas en général… ou alors, par obligation.

Néanmoins, il était hors de question pour lui de sortir d'ici sans Sébastian. Il le lui avait promis.

C'est donc sagement qu'il s'installa sur une chaise peu confortable du hall et attendit patiemment que les minutes et les heures passent. Plus l'attente se faisait longue, plus le point dans sa poitrine devenait douloureux. Au point où il se mit à marcher en long et en large dans le couloir pour tenter de calmer sa respiration et de détendre ses muscles qui se tendaient les uns après les autres. La crise d'anxiété était là. Bel et bien présente. Douloureuse et sans fin. Il ne savait plus quoi faire pour se rassurer sur le sort de Sébastian. Plus les heures passaient et plus les scénarios catastrophes faisaient surface dans son esprit. Rien ne se passait comme prévu. Il allait le perdre. Il ne le reverrait que derrière les barreaux d'une prison. Il se voyait déjà devoir vivre son amour comme tant d'autres avant lui, à coups de visite conjugale… et encore, les lui accorderaient-ils ? Ils ne savaient même pas comment cela fonctionnait dans le cas de deux hommes. Ce nouveau problème ne fit qu'augmenter son anxiété qui le força à s'asseoir, recroquevillé sur ses genoux pour tenter de faire passer la douleur.

Ce n'est que quand une main toucha son épaule qu'il se redressa vivement, la dégageant sans agressivité.

— Pardon. Est-ce que vous allez bien ? Lui demanda un agent qui passait par-là.

— Oui… je… ça va.

— Vous devriez prendre un truc à manger ou à boire, vous êtes livide.

Il acquiesça sans se formaliser de la remarque et l'agent tourna les talons.

— Attendez ! Est-ce que vous avez du nouveau ?

Il n'eut pas besoin d'information pour comprendre de qui il parlait, l'arrivée de Sébastian avait été remarquée par tout le poste de police, à n'en pas douter.

— J'peux rien vous dire… désolé.

Aiden poussa un lourd soupire avant de se lever et de

faire comme le lui avait conseillé le policier. Il attrapa de la monnaie dans sa poche de jeans et prit un sac de chips dans la machine, ainsi qu'un café pour essayer d'oublier la douleur physique présente dans sa cage thoracique. Il fallait qu'il arrête de dramatiser la situation, qu'il pense à autre chose... qu'il essaie de voir le problème sous un nouvel angle.

Aiden attrapa son téléphone dans son autre poche et composa un numéro qu'il connaissait par cœur depuis le temps. Celui de Zimo.

— Hey... Dit-il, tristement.

— Alors, les nouvelles ?

— J'en sais rien... j'suis comme un con dans le hall du poste et j'attends depuis des heures... on ne peut rien me dire.

— T'en fais pas, ça va aller...

— J'commence à douter, Zim.

— Tout ira bien, OK ? Ils vont faire leur boulot...

— C'est ce que je n'arrêtais pas de lui dire, mais plus j'attends plus j'ai peur que ça foire... - Tu devrais aller prendre l'air... donne ton numéro à l'accueil et sors de là !

— Hors de question.

— Aiden, tu vas t'en rendre malade, je te connais. Prends cinq minutes, s'il te plaît. Tu ne l'aides pas en te mettant dans des états pareils.

Il laissa tomber un silence.

Comme toujours, David avait raison, et il le haïssait pour ça sur le moment.

— OK, promis.

— Bien. Rappelle-moi s'il y a quoi que ce soit, OK ?

— OK. Merci, David.

—Toujours.

Il raccrocha en appuyant sur l'écran tactile de son téléphone portable et fixa ce dernier quelques minutes. Il réalisa que de son côté, son ami devait encore digérer le départ de Poppy et sa trahison et que malgré tout, il prenait quand même le temps de le rassurer. Comme depuis qu'ils étaient petits, Zimo jouait les grands frères et Aiden l'en remerciait silencieusement.

Les heures continuèrent de passer, après qu'il eut avalé sans appétit le sac de chips et son café. L'après-midi lui sembla interminable jusqu'à ce que même au-dehors, le soleil commence à décliner sous les coups de seize heures. Depuis combien de temps le retenaient-ils dans cette pièce ? Quand tout ça finirait-il ? Aurait-il des réponses bientôt ? Aiden devenait fou. Son anxiété s'était légèrement apaisée, mais une gêne persistait dans sa poitrine.

Un point qu'il frottait souvent de la paume de sa main pour tenter de le dissiper. Puis, les minutes, les heures passèrent encore sans avoir de fin et il commençait doucement à ne plus être capable de tenir en place sur sa chaise. Déjà, parce qu'elle n'était pas confortable et qu'il avait mal partout, mais aussi parce qu'il ne comprenait pas pourquoi tout ça prenait autant de temps. Sébastian était venu donner sa version des faits. Il n'avait pas réellement de preuves pour son innocence, mais il s'était présenté de lui-même, ça devait quand même compter non ?

Un policier s'avança vers lui, déterminé.

— Monsieur, le poste sera bientôt fermé pour les "visiteurs".

— On m'a dit que je pouvais rester ici ! s'exclama-t-il surpris et soudainement piqué au vif.

— Il y a plusieurs heures de ça. On ne peut pas vous laisser passer la nuit-là, nos seuls visiteurs de nuit sont ceux qu'on fout en cellule. - Alors, foutez-moi en cellule !

Quelle connerie ! Il n'avait pas réfléchi et pourtant, il le pensait presque. Hors de question qu'il s'éloigne d'ici sans avoir eu des nouvelles de son amant.

— Ne jouez pas à ça. Vous pouvez dormir dans votre bagnole, je n'en ai rien à foutre, mais pas ici.

— Donnez-moi au moins des nouvelles ! dit-il en se levant vivement.

— J'peux rien vous dire, l'interrogatoire est en cours.

— Mais ça fait des plombes qu'il est là-dedans ! Lâchez-le un peu ! Haussa-t-il le ton.

—Monsieur, calmez-vous.

Il réalisa qu'il avait dépassé la limite qu'il s'était fixée pour ne pas envenimer la situation de Sébastian. Il baissa les bras, vaincu. Il se passa une main dans les cheveux avant de soupirer longuement.

— OK... est-ce que vous pouvez au moins m'appeler si jamais y'a du changement ?

—Donnez votre numéro à l'accueil. On essaiera.

Il fallait croire qu'il n'avait pas le choix. Il s'exécuta passivement en donnant son numéro et ses coordonnées à l'agent d'accueil et il poussa la porte du poste de police la mort dans l'âme. Il s'était juré de ne pas laisser Sébastian seul dans toute cette histoire et on l'y forçait en quelque sorte.

Malgré tout, il était conscient que cela ne servait à rien d'attendre comme ça pendant des heures sans rien pouvoir faire pour lui. Il rejoignit donc la voiture et s'enferma à l'intérieur. Les sièges y étaient bien plus confortables et il avait de quoi se changer les idées au moins. Il écouta donc un peu de musique...puis les informations, avant de finalement couper le moteur pour s'emmitoufler dans son manteau et tenter de se reposer un peu. Il vérifia plusieurs fois que son téléphone était en mode sonnerie avant de parvenir à se caler confortablement derrière son volant pour piquer un somme. Il fallait au moins que l'un d'eux dorme un peu pour garder la tête sur les épaules.

Dix minutes. Vingt minutes. Trente minutes.

Rien à faire. Il ne trouvait pas le sommeil. Comment le pouvait-il alors qu'il ne savait pas réellement ce qui se passait dans la bâtisse qu'il voyait de son rétroviseur ? Est-ce que Sébastian allait bien ? Lui donnaient-ils un peu de répit ? Une chance de s'expliquer ? Pourquoi tout ça était si long ? Tant de questions sans réponses qui hantaient son esprit... il était incapable de les faire taire.

Il tourna. Vira. Se redressa avec le siège de la voiture... puis ralluma la radio, écouta de la musique, les informations et le tout dans un cercle sans fin jusqu'à finir épuiser et somnolent contre la vitre de sa portière conducteur. Il n'aurait pu dire exactement combien de temps il était parvenu à dormir... mais ce sont les premiers rayons du soleil qui réchauffèrent ses paupières endormies qui le sortirent de ses cauchemars.

La première chose qu'il fit fût de regarder l'écran de son téléphone portable, mais rien, toujours aucune nouvelle.

Il était loin de se douter que les nouvelles se feraient attendre encore toute la journée... jusqu'à presque six heures, en fin d'après-midi, alors qu'il patientait de nouveau sur la chaise en plastique du hall depuis l'ouverture du poste de police.

C'est un Sébastian épuisé et marqué par ses deux jours d'interrogatoire qui sortit d'une des salles, la mine basse et les larmes aux yeux. Quand Aiden posa son regard sur son homme, alors qu'il s'avançait vers lui, son cœur se fendit en deux. Il s'attendait à entendre la pire des nouvelles... tout, mais pas ce qui suivit.

— Je suis libre.

Sébastian se jeta presque sur lui pour le prendre dans ses bras et il le serra si fort qu'il le souleva du sol. C'était tellement bon de le sentir, de le toucher et d'avoir de nouveau accès à ses lèvres et à son odeur. Il l'embrassa à de multiples reprises, incapable de s'en empêcher et se fichant complètement de tout ce qui pourrait se dire sur eux dans les couloirs de ce foutu poste de police. Tout ce qui comptait à présent, c'était lui. Et les trois mots qu'il venait de prononcer. Il était libre. Libre de repartir avec lui. De prendre part au Cirque. De vivre à ses côtés. De faire des projets de vie. Tout ça était derrière eux maintenant. Les détails, il les demanderait plus tard. Ils restèrent de longues minutes, enlacés dans le hall avant qu'un agent ne vienne troubler le moment des retrouvailles.

— Vous avez encore quelques papiers à signer, et l'on vous laisse partir.

— Bien, merci...

Sébastian lui offrit un sourire, ainsi qu'une pression autour de ses doigts et il s'éloigna avec le policier pour régler les derniers détails. Aiden n'en avait plus rien à faire du temps que ça prendrait maintenant. Il était certain qu'ils repartiraient tous les deux.

Ça ne prit que quelques minutes à son amant pour signer ses déclarations ainsi qu'une possible convocation et il put se diriger de nouveau vers lui. En homme libre de toutes accusations de meurtre.

Malheureusement, en à peine quelques secondes tout bascula dans un chaos des plus total.

— SALE FUMIER ! J'AURAIS DÛ TE TUER QUAND J'EN AI EU L'OCCASION !

Quelques mots vociférés dans des hurlements presque hystériques et un coup de feu... La scène semble se passer au ralenti. Sébastian s'écroule face contre terre sous ses yeux et il tente d'analyser la situation. Il voit un homme que l'on maîtrise au sol, à qui l'on arrache l'arme qu'il avait subtilisée à un des policiers... Ils entendent les cris, les aboiements des policiers...

Le temps s'est arrêté, tout se passe sous ses yeux au ralenti et il est incapable de réaliser ce qu'on vient de lui arracher. Puis, il pose de nouveau son regard sur le corps de son amant et il voit le sang s'écouler autour de la blessure, sur le sol. Il comprend alors que plus rien ne va. En quelques millisecondes, cet homme vient de gâcher ce moment de soulagement et d'allégresse qu'ils s'apprêtaient à vivre.

Il lui avait enlevé la seule chose au monde à laquelle il tenait réellement...

Il se jeta à terre, ses genoux rencontrant le sol violemment et il attira le corps de Sébastian contre lui, le retournant...

— Reste avec moi. J't'en prie...

Sa voix était à peine audible, étouffée par sa gorge nouée.

Il ne pouvait pas le perdre. Pas maintenant. Ni jamais.

Chapitre 26 : Sous les sirènes

Sébastian se sentit traversé de bord en bord. Une douleur d'abord dans le dos, qui lui électrisa la colonne de haut en bas, puis qui lui enflamma l'intérieur des organes avant d'éclater sa peau à l'avant, transperçant son abdomen. Le temps sembla s'arrêter soudainement et son dernier regard fut pour Aiden avant que ses genoux ne lâchent sous le poids de son propre corps. Il s'écroula. Sa main qui était venue presque instantanément se poser sur la plaie béante de son abdomen se macula rapidement de son sang, épais et chaud. Un gémissement plaintif quitta ses lèvres et il parvint, sans trop savoir comment, à se tourner sur le dos. Les néons blancs du plafond l'aveuglèrent durant de longues secondes, avant qu'il ne sente des bras puissants l'attraper sous les aisselles pour le redresser légèrement. Aiden. Il pouvait sentir son parfum familier l'envahir et le réconforter et étrangement, ça le rassura sur son sort. Au moins, il ne mourrait pas seul. Autour d'eux, c'était l'effervescence. Des cris, des hurlements et des bruits sourds et incompréhensibles. Il avait encore du mal à savoir ce qui se passait réellement, tout ce qu'il pouvait constater c'est qu'une balle l'avait traversé au niveau de l'abdomen et qu'il avait un mal de chien.

— Reste avec moi. J't'en prie... lui souffla la voix d'Aiden.

— Ai...den...

Il remarqua assez rapidement que le moindre mouvement et le moindre effort le faisaient souffrir, plus encore si possible. Était-ce une bonne chose que la balle l'ait traversée sans se loger dans son corps ? Il n'en savait foutrement rien. Ce dont il était conscient, c'était le nombre de litres de sang qu'il était en train de perdre dans les bras de son amant. D'ailleurs bientôt rejoint par plusieurs policiers, inquiets, qui crièrent à plusieurs reprises d'appeler une ambulance. Sébastian, lui, était entre l'éveil et la perte de conscience... il sentait les mains du dompteur sur lui, tentant de retenir les flots épais et rougeâtres qui s'écoulaient autant d'un côté que de l'autre.

— J'vais... crever ici... geint-il à un moment.

— Ne dis pas de conneries, hors de question que tu m'abandonnes...

— Qui...

— On s'en fout, Babe, il a ce qu'il mérite actuellement. Pense à toi.

Il demandait. Mais, en réalité, il savait exactement qui avait tiré sur lui. Il avait entendu sa voix à peine quelques secondes avant de sentir la balle se loger dans son dos. Encore une fois, il ne comprenait pas pourquoi. Il ne parvenait pas à savoir ce qu'il avait bien pu faire à cet homme pour qu'il tente de lui pourrir la vie à ce point-là. D'ailleurs, les seules informations qu'on lui avait fournies à propos du meurtre de Nonie étaient que Rogers avait sûrement eu un coup de folie. Les agents qui l'avaient interrogé pendant deux jours, en essayant d'abord de le faire craquer, avaient fini par lui avouer que le suspect numéro un, c'était lui... Cet homme riche et puissant qui avait fini à la rue avec rien pour se nourrir et que la folie avait fini par ronger jusqu'au passage à l'acte. Était-ce réellement de la folie ? Il avait des doutes. Jamais il n'aurait pu imaginer que Rogers soit capable d'une telle chose alors qu'il avait passé des semaines en sa compagnie. Comme quoi, il avait su se jouer de lui et de tous les autres pour ne pas être emmerdé dans les rues de

Brooklyn.

Il commençait à avoir froid. Comme quand il dormait sous les ponts lors des nuits fraîches de septembre et que l'humidité s'invitait à la fête en se glissant le long de son échine. Autour de lui, c'était le branlebas de combat une fois encore.

Des mains tentaient de contenir l'hémorragie de son abdomen alors que des linges étaient appliqués dans son dos pour arrêter la circulation de l'autre côté. Il entendait un homme face à lui, lui dire de ne pas lâcher, de rester avec eux et de ne surtout pas bouger. Puis, il y avait la voix d'Aiden qui ajoutait de temps en temps qu'il était là, qu'il ne l'abandonnerait pas et que tout irait bien. Sébastian commençait doucement à en douter, mais il préférait se fier au jugement de son amant pour ne pas perdre le peu d'espoir qui lui restait. Il ne pouvait pas crever comme ça. Pas après avoir récupéré sa liberté et son innocence. Pas après avoir eu envie de vivre et de croire en l'avenir avec Aiden et le Cirque. Il avait envie de poursuivre l'aventure. De revoir Zimo, Mafalda et Auguste... ainsi que tous les autres.

Les sirènes de l'ambulance finirent par s'arrêter devant le poste de police. À moitié inconscient, il ne les entendit pas réellement. De nouvelles mains se posèrent sur son corps, et il put sentir le parfum d'Aiden s'éloigner de lui. Il aurait aimé hurler pour qu'on le lui rende, mais il n'en trouva pas la force. On le hissa douloureusement sur une civière et il chercha du regard son amant, ne voulant pas lui donner la chance de l'abandonner dans cette ambulance.

— Aiden.... Aiden... répéta-t-il à de nombreuses reprises.

— J'suis là, Sébastian... je suis là...

Il sentit sa main se glisser dans la sienne et la serrer de toutes ses forces.

— Monsieur, il va falloir nous laisser y aller.

— Hors de question, je viens avec vous !

— S'il vous plaît... gémit-il pour accentuer la demande.

— Bien. Mais dépêchons-nous, il lui faut des soins rapidement !

Ils montèrent tous dans l'ambulance qui démarra sur les chapeaux de roues toutes sirènes dehors. Le trajet fût relativement turbulent, mais Sébastian n'en avait cure. Sous oxygène et à moitié dans les vapes, tout ce qui le raccrochait à la réalité c'était la main d'Aiden dans la sienne. Dans le véhicule, l'ambulancière avait commencé à lui prodiguer quelques soins pour essayer d'arrêter les hémorragies dans son dos et sur son abdomen, mais, il n'aurait su dire quoi.

Tout ce qu'il sentait c'était que la médication qu'on lui avait donnée l'avait assez drogué pour faire diminuer la douleur, du moins, c'est l'impression qu'il en avait.

Sa main faiblement serrée autour de celle de son amant, il tenta de lui jeter un regard pour analyser la situation à travers ses yeux. Il n'y trouva qu'une immense inquiétude et une nervosité à la hauteur de ce qu'ils étaient en train de vivre. Il était clair que son état ne mettait pas les chances de son côté, mais il tiendrait le coup. Il encaisserait pour pouvoir avoir la chance de poser à nouveau ses yeux dans ceux d'Aiden. Il serra un peu plus ses doigts entre les siens, essayant de lui prouver qu'il ne lâcherait rien et que tout se passerait bien pour lui.

Quelques minutes après, il avait perdu connaissance et les ambulanciers poussaient vivement la civière à l'intérieur de l'hôpital le plus proche du poste de police, inquiets eux aussi. On entendit la jeune femme énumérer les faits et annoncer l'état du patient tandis qu'Aiden refusait de lâcher la main de Sébastian qui pourtant, devait passer au bloc opératoire le plus vite possible. Pour lui, ce serait encore de longues heures d'attentes, mais il était prêt à les vivre, quoiqu'il se passe.

— Zim...

— Aiden, ça va ? Qu'est-ce qui se passe, tu n'as pas l'air bien ?

Ça faisait à peine quelques minutes qu'il attendait dans la salle d'attente, mais il avait ressenti le besoin de parler à quelqu'un de la situation... de ses angoisses et de la possibilité qu'il le perde pour toujours ce soir. Il avait donc composé fébrilement le numéro de son ami d'enfance pour obtenir du soutien et du réconfort de sa part... même à l'autre bout du pays.

— Sébastian est au bloc opératoire... on lui a tiré dessus...

—QUOI ? COMMENT ?

— J'en sais rien, j'ai pas tout compris...

— Attends... où il a été blessé ?

— La balle a traversé son dos et son abdomen... je crois que c'était le mec qui a tué la femme...

— Celle du foyer ?

— Ouais...

— Ça va aller... OK, c'est un costaud Sébastian, il va s'accrocher. Il faut avoir confiance !

— Bordel, Zim... j'ai jamais eu aussi peur de perdre quelqu'un... je ne veux pas que ça recommence... je ne le supporterais pas... - Tu veux que je prenne un avion ?

— Non, reste avec la troupe... je vais m'en sortir.

— Aiden...

— Je te le promets, David.

— Bien. Tiens-moi au courant. Sois fort, il te reviendra.

— Merci, mon ami.

—Toujours.

Il raccrocha difficilement, les mains tremblantes, et il entama une tranchée dans le sol de l'hôpital en faisant les cent pas dans un sens puis dans l'autre. Il n'aimait pas ces endroits. Les murs blancs, les sols qui couinent sous les chaussures, les gens qui toussent d'un côté, qui crachent du sang de l'autre... et puis, toutes ses blouses blanches. Ça lui donnait des angoisses. Il avait toujours dit qu'il préférait se tenir loin des hôpitaux tant qu'il le pouvait encore et malgré tout, ce soir, il n'aurait souhaité échanger sa place. Il voulait être là pour Sébastian, près de lui, des nouvelles.

Dans la salle d'attente, des femmes, des enfants et des personnes un peu plus âgées... des blessures mineures, des larmes d'impatience et de douleur, des gémissements plaintifs... Toutes ces choses nourrissaient l'anxiété dans sa poitrine qui recommençait à lui broyer le cœur et le sternum. Une fois encore, alors que quelques heures plus tôt son corps avait été soulagé d'apprendre la libération de Sébastian et son innocence... voilà qu'il en remettait une couche avec tout un tas d'autres scénarios tous plus catastrophiques les uns que les autres.

Dans le pire des cas, il le perdait. Cette fois, pas à cause des murs d'une prison... mais bel et bien pour toujours, comme sa sœur, comme ses parents... Il n'était pas sûr du tout de pouvoir encaisser une nouvelle fois un deuil dans cette vie, surtout celui de l'homme qui se trouvait dans cette salle de bloc opératoire. Cet homme qui lui avait fait ouvrir les yeux sur ce qu'il avait envie de vivre et avec qui il en avait envie. Celui qui lui avait fait découvrir la tendresse, le désir et la bestialité dans un tout dont il ne saurait se passer à présent. Il n'avait jamais ressenti ça avec personne auparavant et il ne voulait pas le vivre avec quelqu'un d'autre dorénavant. Sébastian représentait tellement pour lui à présent... il n'avait pas envie de commencer à imaginer sa vie, son quotidien sans lui.

Il ne voulait pas oser penser à rentrer jusqu'au Cirque sans qu'il soit là pour l'accompagner. Peu importe s'ils loupaient la première représentation de la troupe, ils seraient là la prochaine fois et la suivante... mais, ensembles, quoi qu'il arrive.

Les heures passaient, et son anxiété ne faiblissait pas. Un médecin était venu le voir entre deux coups de scalpels pour lui annoncer que son état n'était pas encore stable et que l'hémorragie avait été vraiment importante. Ils faisaient de leur mieux pour parvenir à le stabiliser, mais ça ne semblait jamais être assez pour lui, parce que son cœur faisait des bonds dans sa poitrine à chaque mot que prononçait le chirurgien. Tout ça n'avait rien de rassurant. Néanmoins, la seule chose qu'il pouvait faire, une fois encore, c'était attendre. Il n'y avait rien d'autre à faire. Il ne pouvait ni mettre les pieds au bloc pour remplacer les médecins ni se porter volontaire pour prendre la place de son amant sur la table d'opération. Il finit donc par s'asseoir lourdement sur une chaise libre, la tête prise entre les mains et il fit une chose qu'il n'avait encore jamais faite dans sa vie : il pria.

Il ouvrit difficilement les yeux, aveuglé par la lumière du jour qu'il ne semblait pas avoir vu depuis des siècles. C'était un sentiment plutôt étrange.

Il papillonna quelques secondes avant de regarder autour de lui pour tenter de comprendre et de savoir où il se trouvait. Les murs étaient blancs, les meubles quasi inexistants, mais c'est sur une silhouette endormie et encore floue qu'il s'arrêta net. Il se frotta légèrement les yeux, grimaçant sous le mouvement avant de pouvoir enfin visualiser qui se trouvait dans ce fameux fauteuil dans la pièce. Aiden. Mal assis, le cou cassé par la position et les bras croisés sur la poitrine. Il avait l'air épuisé et surtout, encore inquiet. Ses traits étaient froncés, soucieux et cernés… comme s'il n'avait pas dormi depuis plusieurs jours, ce qui en fait était le cas. Il se racla la gorge… douloureusement et essaya de faire un mouvement pour se redresser, mais une voix l'interpela.

— Hey… ne bouge pas trop…

Aiden s'était presque instantanément levé de son siège pour lui prendre la main et poser l'autre sur sa joue. Il souriait à présent. Heureux de le voir en vie, il l'imaginait bien. Sébastian ferma les yeux quelques secondes pour profiter du contact de sa paume chaude sur sa joue et il inspira longuement pour profiter de la paix intérieure qu'il apportait avec lui. Il avait vraiment cru qu'il y passerait cette fois, sans avoir de possibilités de retour en arrière.

Il avait mal partout, se sentait vaseux et faible, mais cela n'avait pas d'importance... Aiden était resté. Il était encore là, près de lui et toujours prêt à le suivre dans toutes ses mésaventures.

— Tu m'as tellement manqué... souffla-t-il contre sa paume avant de l'embrasser.

—Tu m'as manqué aussi, Idiot...

—Combien de temps ?

— Ça fait trois jours qu'on attend ton réveil... l'opération a été plus difficile que prévu...

— J'ai mal partout...

— C'est normal, Babe, tu t'es fait tirer dessus.

— Quand vais-je pouvoir sortir ?

— Quand tu iras mieux.

— Mais... et la représentation ? s'inquiéta-t-il.

— Zimo m'a remplacé... il préférait que je sois à tes côtés.

— Aiden...

— Pas de, mais... on en aura mille autres des représentations.

Sébastian eut un léger sourire et l'attira à lui pour prendre ses lèvres contre les siennes. Ça aussi, il avait l'impression de ne pas l'avoir fait depuis des siècles... et pourtant. Son front se posa contre le sien et il ferma les yeux à nouveau. C'était bon de le sentir près de lui, de pouvoir à nouveau s'imprégner de son parfum familier et de l'odeur de sa peau. Il avait déjà hâte de sortir d'ici pour reprendre une vie normale et recommencer là où ils s'étaient arrêtés. Sa main caressa sa joue, puis sa nuque et il grimaça légèrement en effectuant un bref mouvement. Il avait encore un mal de chien à se mouvoir comme il en aurait eu l'habitude autrefois... la cicatrisation serait sûrement plus longue que ce à quoi il s'était attendu... mais, ce qui comptait après tout, c'était qu'il soit vivant pour la vivre.

— Qu'est-ce qui s'est passé ? demanda-t-il soudainement.

— Un flic est venu m'expliquer que celui qu'on cherchait, Rogers, avait été mis en accusation pour le meurtre de Nonie et que tu avais été l'élément clé de l'affaire... il ne l'a pas supporté apparemment...

— Mmh...

— Sébastian... qu'est-ce qui s'est passé durant ces deux jours là-bas ?

Il sembla prendre une grande inspiration et il laissa Aiden s'éloigner légèrement pour s'asseoir sur le bord de son lit d'hôpital. Il ne savait pas s'il avait réellement envie de parler de ça tout de suite, mais en y réfléchissant, il valait mieux rompre avec toute cette histoire tout de suite plutôt que d'y revenir dans quelques semaines. Il était là à cause d'elle, alors, il en profiterait pour mettre un point final à tout ça afin de repartir sur de bonnes bases avec celui qu'il aimait.

— Ils m'ont interrogé pendant des heures et des heures... ils essayaient de me faire craquer et de me faire dire que je l'avais tué... J'imagine que c'était pour être sûr de leur coup parce que quand ils ont compris que je ne changerai pas de version, ils m'ont laissé en cellule pendant quelques heures...

— Ils t'ont donné à manger ? À boire ? Tu as pu dormir au moins un peu ?

— Ouais... ils ont été très corrects avec moi...

— Comment ont-ils fini par le savoir pour lui ?

— Cet abruti quand il était bourré le soir où ils l'ont arrêté... il a parlé à un de ces codétenus en garde à vue... il a voulu lui faire peur en parlant du meurtre...

— Je vois...

— Mais l'autre a pensé que ça le sortirait plus vite de cellule s'il balançait Rogers, alors il l'a fait... c'est comme ça qu'ils ont commencé à le suspecter... et puis, on est arrivés...

La suite de l'histoire était assez simple. Ils s'étaient servis de sa version des faits pour faire croire à Rogers qu'il avait tout vu et qu'il venait de le balancer aux flics dans la pièce d'à côté.

Il n'a pas fallu longtemps, enfin tout de même quelques heures, pour qu'il finisse par craquer et avouer que c'était bel et bien lui le meurtrier de Nonie. Il s'en était même vanté en disant s'être débarrassé des preuves et du couteau dans un beau feu de joie.

— J'imagine qu'il a compris qu'il s'était fait avoir en me voyant signer les papiers...

— Comment a-t-il pu faire ça...

— Je crois que je ne le saurai jamais… enfin, pas avant le procès dans quelques semaines…

Un silence s'installa entre eux et Aiden saisit sa main pour la porter à sa bouche et l'embrasser délicatement. Il posa son regard dans le sien et un sourire se dessina sur leurs lèvres.

— Tout ça, c'est derrière nous maintenant… pour le moment…

— On va pouvoir avancer… termina-t-il.

Chapitre 27 : Retour à la normale

Une semaine s'était écoulée depuis le réveil de Sébastian. Après quelques jours difficiles et convalescents à l'hôpital, il avait fini par obtenir un congé bien mérité et c'est avec bonheur qu'ils avaient préparé leur départ le soir même par le premier avion. Malgré l'avis des médecins sur la bonne récupération du polonais, Aiden se montrait aux petits soins et toujours inquiet de son état de santé. Il avait encore du mal à réaliser qu'il aurait pu le perdre en un claquement de doigts ce fameux soir au poste de police... que toute leur histoire aurait pu prendre fin avant même d'avoir réellement commencé ! Cette simple pensée le terrorisait un peu plus chaque fois qu'il y songeait et c'est ce qui le poussait à se montrer si particulièrement inquiet pour Sébastian. Dans sa tête, il revoyait la manière dont il avait perdu sa sœur, son impuissance, les "si" qui auraient pu tout changer dans sa vie... et encore une fois, celle-ci aurait très bien pu lui arracher le cœur de la poitrine sans même se soucier qu'il ne le supporte pas.

— Hey... ça va ? demanda la voix de son amant, le sortant de ses pensées.

— Oui, je pensais à notre retour...

Il esquissa un sourire, mentant volontairement pour ne pas lui ajouter des angoisses sur les épaules. Il en avait eu bien assez ces derniers temps, il n'avait pas envie d'en rajouter avec les siennes. D'autant plus que celles-ci n'avaient plus lieu d'être puisque Sébastian était vivant, à ses côtés et surtout, en pleine santé. Il grimaçait encore parfois en s'asseyant et dans des mouvements trop brusques, mais, dans l'ensemble, il s'en sortait très bien. Ça l'impressionnait.

— Notre avion ne devrait plus tarder maintenant... tu veux un truc à manger avant d'embarquer ?

— Non, je crois que je vais simplement dormir tout le long...

— Tu as pris tes antidouleurs ?

— Oui, t'en fais pas... je ne sens presque plus rien...

Le clin d'œil de Sébastian le fit sourire, même si au fond, il savait que ce n'était pas encore la vérité. Encore heureux d'un côté, se remettre d'une balle dans le bide en une semaine était quasiment impossible, à part dans les films d'action ou dans les livres de superhéros.

Sébastian était néanmoins très solide... il gardait le sourire même dans la douleur et le rassurait toujours quoi qu'il arrive. Il était certain que même sur son lit de mort, celui-ci aurait continué de blaguer pour le voir rire dans ses dernières heures. C'était un trait de son caractère qu'il aimait : sa force intérieure.

— Tu t'inquiètes encore, tu vas finir par te rider...

— Idiot.

— Aiden... je suis vivant... c'est tout ce qui compte.

— Tâche de le rester alors !

Sébastian laissa échapper un rire de ses lèvres qui lui arracha un petit gémissement de douleur, sa main trouvant son abdomen pour maintenir sa cicatrice en place comme si celle-ci allait exploser sous ses doigts. Il lui lança un regard mi-inquiet, mi-râleur et cela ne fit qu'augmenter son hilarité manifeste. Ça finit par le faire sourire à son tour, même s'il n'aimait pas l'idée qu'ils pourraient tous les deux retourner à l'hôpital parce que monsieur avait fait sauter ses points. La main de l'ingénieur se glissa sur la sienne une fois le moment passé, et il entrelaça ses doigts aux siens dans un geste tendre et rassurant. Aiden savait qu'il avait raison.

Qu'au fond, tout ce qui comptait à présent c'était qu'il était vivant et qu'ils pouvaient reprendre une vie normale. Qu'ils avaient enfin le droit de vivre et de songer à l'avenir tous les deux, en laissant tout ça derrière eux ! C'est ce qu'il ferait, bientôt... quand l'inquiétude qui ressentait encore serait atténuée par leur retour au cœur du Cirque, dans sa famille et que leur quotidien redeviendrait simple.

Une voix annonça enfin le numéro de leur vol et l'embarcation immédiate; n'ayant que deux sacs à dos de vêtements, ils se dirigèrent rapidement vers le comptoir avec leurs billets en main. C'était agréable de penser que ce vol serait sûrement plus serein que le premier... même si Aiden détestait toujours autant cette idée de se retrouver coincer entre quatre "murs" sans possibilité de pouvoir sortir de l'appareil quand ça lui chantait. Par chance, cette fois, ils avaient pensé à faire un détour par une pharmacie et il avait avalé deux comprimés pour apaiser son stress et le faire dormir durant le vol quelques minutes avant le décollage.

Le vol se passa tranquillement, sans embûches particulières, et Aiden ne put même pas se plaindre d'avoir eu la moindre crise d'angoisse en vol. Il n'avait rien vu du tout, même pas le décollage.

Ce n'est que quelques minutes avant la sortie de l'avion que Sébastian l'avait réveillé assez difficilement pour lui indiquer qu'ils étaient enfin au sol, sains et saufs. Encore un peu dans les vapes, il avait marmonné quelques paroles incompréhensibles avant de finalement réaliser où il se trouvait, à quelle époque et ce qu'il devait faire. Il ne perdit donc pas une seconde pour attraper son sac et sortir de l'appareil, prenant une grande bouffée d'air frais dès la porte franchie, comme s'il ne l'avait pas fait depuis des siècles. Ils montèrent finalement dans un petit bus qui les mena de la piste d'atterrissage aux portes de l'aéroport et ils purent directement passer à côté des voyageurs qui attendaient leurs valises, ayant déjà leurs affaires avec eux.

Dans l'aéroport, Zimo était censé les attendre de pied ferme devant les portes du débarcadère, mais, malheureusement, ils ne le trouvèrent pas en passant celles-ci. Ils attendirent de longues minutes que le hall se vide, mais toujours aucune trace de l'homme de cérémonie qui aurait dû être là depuis déjà presque une heure.

— Qu'est-ce qu'il fout ? Il devrait déjà être là…

— Il a sûrement dû avoir un souci, appelle-le ? suggéra Sébastian, assis au sol, fatigué.

Aiden lui jeta un regard d'approbation, se sentant idiot de ne pas y avoir pensé plus tôt. Il fouilla dans sa poche pour attraper son téléphone et composa le numéro qu'il connaissait par cœur. Une sonnerie… deux sonneries… trois sonneries… Rien. Aucune réponse. Ça commençait à l'inquiéter lentement mais sûrement. Il raccrocha… réessaya une fois, deux fois, trois fois. Rien. Toujours la boîte vocale et zéro réponse, pas même un message.

— C'est pas normal…

— Hey, il n'a peut-être pas vu tes appels…

— Et s'il lui était arrivé un truc en chemin ?

— Là, tu commences à théoriser... arrête tout de suite.

Sébastian marqua une pause avant de se lever et de prendre le téléphone de ses mains.

— Écoute, je propose qu'on aille manger un truc et l'on essaiera de l'appeler après... si jamais il ne répond pas, on appellera qui tu veux, même le GIGN...

Il lui sourit, tentant de détendre l'atmosphère et Aiden l'en remercia silencieusement.

Il avait une fois de plus raison. Ça ne servait à rien de paniquer tant qu'ils n'avaient aucun indice sur ce qui aurait pu arriver à Zimo en chemin. Si ça se trouvait, tout ça n'était qu'une question de crevaison ou de panne de réveil. Ils attrapèrent tous les deux leurs sacs de fringues avant de prendre un couloir vers les restaurants de l'aéroport. Ils ne manquaient pas de choix, mais tous les deux avaient eu très envie de s'arrêter à une enseigne de fast food pour manger un cheeseburger bien garni avec de bonnes frites. Il était rare qu'il ait le droit à ce genre de menus au milieu du Cirque avec Mafalda alors, Aiden avouait qu'il ne s'en priverait pas pour une fois que l'occasion se présentait. Ils s'installèrent à une table après avoir commandé et commencèrent à manger tranquillement. Il croqua le premier dans l'énorme hamburger dégoulinant et un gémissement de satisfaction quitta ses lèvres, presque avec indécence.

— OK, je dois être jaloux d'un cheeseburger maintenant ? railla Sébastian.

— Je n'en ai pas mangé depuis des semaines, ça paraît loin.

— J'vois ça. J'vais peut-être m'absenter quelques semaines...

—Essaie pour voir.

— Me tente pas.

—Tu n'oseras jamais...

—Tu serais surpris.

Ils se sourirent tous les deux, sachant qu'ils n'avaient aucune intention, l'un comme l'autre, de songer même à se séparer après tout ce qu'ils venaient de vivre. Aiden passa sa langue sur ses lèvres après sa bouchée et pensa, en observant son amant, qu'il avait hâte de pouvoir réellement le retrouver. Rien que le fait de pouvoir se coucher nu contre lui semblait la plus merveilleuse des idées après les quasi deux semaines qu'ils venaient de passer dans un hôpital et sur les routes. Ils n'avaient finalement pas pu profiter de la baignoire de l'hôtel qu'il avait payé le matin avant de se rendre au poste de police, et c'était tout de même un regret qu'il gardait dans un coin de sa tête. Néanmoins, toutes les occasions étaient bonnes à saisir pour profiter l'un de l'autre, il l'avait rapidement compris et maintenant, même si le regard des gens le gênait encore parfois, il assumait pleinement poser des yeux amoureux sur Sébastian, même en public.

— À quoi tu penses ?

— À nous...

— Mais encore ? sourit le polonais.

— Je pensais à toutes les choses qu'on a traversées en si peu de temps, toi et moi... et à quel point je me considère chanceux que la vie t'ait mis sur ma route...

Sébastian esquissa un sourire doux, restant silencieux et ils se regardèrent pendant de longues secondes dans les yeux. Ils n'avaient pas besoin de mots pour exprimer ce qu'ils ressentaient au fond d'eux à vrai dire, ils le sentaient. Peu importe que les gens ne comprennent pas cet attachement si soudain l'un envers l'autre... cet amour qui pouvait sembler prématuré... pour eux, ça avait été une évidence. Comme si, après toutes ces années, ils étaient enfin parvenus à trouver l'autre moitié qui manquait au puzzle de leur vie. Un coup de foudre ? Appelez ça comme vous voulez, Aiden n'avait encore jamais ressenti ça pour personne avant Sébastian et il sentait dans ses tripes qu'il était prêt à tout aujourd'hui pour conserver ça.

Son téléphone, posé sur la table depuis qu'ils s'étaient installés pour manger, se mit soudainement à vibrer fortement et il manqua de l'échapper en essayant de l'attraper.

Il décrocha rapidement en voyant que le nom de Zimo s'affichait sur l'écran bleu. Il était bel et bien vivant. Une angoisse de moins à se trimbaler sur les épaules.

— Qu'est-ce que tu fous ? demanda-t-il sans même un bonjour.

— Bonjour à toi aussi, 'Den.

— Où tu es ? On pensait te voir à notre arrivée ?

— Figure-toi que j'ai eu un pépin sur la route, mais je suis là dans une demi-heure, OK ?

— Est-ce que ça va ?

— Ouais, rien de grave, j'ai dû prendre quelqu'un en autostop.

— Un tueur en série avec ta veine ? railla-t-il.

— Crois-le ou non, la chance a été de mon côté cette fois.

— Bon, tu me raconteras ! On t'attend !

— Yep, Monsieur, pas de bêtises.

— Jamais, tu me connais.

— Aaaah, je sais plus trop depuis que t'as rencontré Sébastian.

— Enfoiré.

Il entendit un rire lui provenir à l'oreille avant que l'appel ne coupe.

— Il a dit quoi ?

— Il arrive dans une demi-heure.

— Et pourquoi c'est un enfoiré ?

— Parce qu'apparemment tu exerces une mauvaise influence sur moi.

— Sur ce point, je plaide coupable.

— Ah oui ? Tu trouves aussi ?

— Disons que… tu es plus…

— Je t'en prie, fini ta phrase… sourit-il. –

— Désinhibé ?

Cette fois, c'est lui qui se mit à rire, sa main se portant à son torse alors qu'il s'étouffait presque avec sa dernière bouchée de cheeseburger. Il accordait le point.

Depuis qu'il avait fait sa connaissance, il se sentait revivre, même vivre tout simplement. Il était enfin lui-même et ça lui faisait un bien fou. Alors oui, peut-être qu'il s'était décoincé dans sa façon d'être, d'aimer et de le montrer. Peut-être qu'il avait changé, pour le plus grand bien. Tout ça, il le devait à l'amour qu'il portait à Sébastian et à tout ce qu'ils vivaient ensemble depuis qu'ils s'étaient rencontrés.

— Allez, on devrait retourner vers le débarcadère... dit-il dans un large sourire.

— Tu ne dis pas le contraire ?

— Non, je crois que je n'ai pas le choix d'assumer...

Un nouveau sourire s'échangea entre eux avant qu'ils ne se lèvent de table pour attraper leurs sacs et refaire le chemin inverse du couloir vers le débarcadère des avions. Zimo arriverait dans quelques minutes à présent, et ils pourraient enfin rentrer au Cirque, à la maison comme il aimait l'appeler. Un quart d'heure passa, puis deux avant qu'ils ne voient la grande silhouette de David Zimmerman se présenter aux portes, non sans une charmante compagnie qui semblait suivre ses pas. Aiden le remarqua tout de suite.

— T'en as mis un foutu temps ! s'exclama-t-il en le prenant dans ses bras.

— Désolé, urgence demoiselle en détresse...

Aiden leva les yeux au ciel en souriant, posant ensuite son regard sur la jeune femme qui l'accompagnait. Celle-ci était plus petite que son ami d'une tête, elle avait une longue chevelure noire qui cascadait sur sa poitrine et dans son dos et elle portait des vêtements de style bohème sous un manteau avec un en col fourrure. De la fausse, il l'espérait.

— J'imagine que vous êtes la demoiselle en détresse ?

— Jenna... et, j'étais loin d'être en détresse...

Elle se pencha pour chuchoter derrière sa main.

— Il exagère toujours comme ça ? sourit-elle.

— Toujours.

Aiden lui serra la main de manière sympathique et il lui présenta Sébastian comme il l'aurait fait à une amie de longue date. Jenna semblait être une jeune femme douce et drôle, avec tout de même un petit caractère, tout ce qu'aimait Zimo.

— Il va falloir que tu nous expliques comment tu as eu le malheur de tomber sur cet énergumène... ajouta Aiden pour entamer la conversation alors qu'ils se rendaient à la voiture sur le parking.

— Est-ce que vous voulez la version courte ou la version exagérée ?

Elle esquissa un sourire malicieux et Aiden se mit à rire devant la mine dépitée de son ami.

— La version exagérée, juste pour le plaisir ! demanda Sébastian.

Le polonais eut le droit à un regard assassin de David et à un murmure "je te hais". Ils traversèrent le parking de l'aéroport avant de finalement arriver à la voiture. Les sacs une fois balancés dans le coffre, ils laissèrent Jenna s'installer à l'avant avec Zimo, s'installant sur la banquette arrière, avec dans l'idée de profiter du récit de la demoiselle en détresse. Aiden avait déjà un large sourire sur les lèvres. Elle lui avait fait une bonne première impression et c'était plutôt rare avec lui. Néanmoins, il ne put s'empêcher de penser à son ami assit à l'avant.

Cet homme qu'il connaissait par cœur, qu'il aimait comme un frère et qui avait eu la vie difficile jusqu'à maintenant, surtout récemment avec le départ de Poppy.

Il n'avait pas envie de le ramasser une fois encore à la petite cuillère, peu importe si cette rencontre n'était que fortuite et temporaire. Il préférait prévenir que guérir...

Chapitre 28 : Alégresse et retour au calme

Sébastian se sentait enfin libre et heureux. Malgré la douleur persistante sur son abdomen due à sa cicatrice, il réalisait combien il avait eu de la chance de ne pas y passer ce fameux soir. La vie semblait lui offrir une deuxième vie, un recommencement à zéro et cette fois, il était bien conscient de ce qu'il avait et de ce qu'il ne voulait surtout pas perdre.

Aiden en faisait partie intégrante. Alors qu'ils marchaient tous les quatre vers la voiture qui se trouvait garée sur un parking près de l'aéroport, il ne put s'empêcher de glisser sa main dans celle de son amant, lui accordant un sourire. Il se souvenait des mots que lui avait prononcés le dompteur dans le fast food quelques minutes plus tôt, et, même s'il n'y avait pas répondu, il n'en pensait pas moins. Il était certain qu'il n'aurait jamais pu traverser tout ça sans lui à ses côtés. En l'espace de quelques semaines, il était devenu la personne la plus importante de toute sa vie et il était prêt à le suivre jusqu'au bout du monde à son tour, quoi qu'il puisse arriver.

— Alors Jenna, cette version exagérée ? lança Aiden le sortant de ses pensées.

— Tu veux rentrer à pied ?

Zimo le bouscula alors qu'ils riaient tous les deux de son comportement. Ils s'installèrent tous dans la voiture confortablement avant que le maître de la scène ne mette le contact. Le moteur ronronnant, Jenna se tourna légèrement vers eux une fois attachée et leur offrit un sourire radieux.

— Alors, par où commencer...

Elle marqua une pause, faisant mine de réfléchir ce qui semblait agaçait gentiment Zimo.

— J'étais en train d'errer comme une âme en peine sur une aire d'autoroute... cherchant à rejoindre le centre quand David Zimmerman débarqua dans son destrier de métal, épée à la main...

— Tu as oublié de dire à quel point ma chevelure était soyeuse et dans le vent.

— Pardon, je la refais... dit-elle en riant de bon cœur.

Sébastian souriait lui aussi, amusé par le petit jeu des deux passagers à l'avant.

Le trajet avait dû être sympathique pour venir jusqu'à l'aéroport, puisque les deux semblaient déjà très bien s'entendre. Jenna avait l'air d'être une femme plutôt franche, avec du caractère, mais également drôle et attendrissante. C'était ce qui paraissait rapidement dans sa personnalité. À l'écouter parler, leur rencontre s'était passée assez simplement avec toute la générosité de David et son âme charitable envers les autres. Elle raconta par la suite plus sérieusement qu'il lui avait sauvé la mise puisqu'elle ne savait pas réellement comment se rendre dans le New Hampshire sans devoir passer par les camionneurs étrangers ou légèrement pervers de cette aire de repos. Le polonais comprenait très bien sa réticence, surtout pour une jeune femme aussi ravissante et seule. Il avait déjà lui-même eu le souci en vivant dans la rue... et il était loin d'être aussi frêle et vulnérable qu'elle. David lui avait donc proposé de l'accompagner jusqu'à l'aéroport où il devait venir les chercher et de l'amener ensuite dans le centre du New Hampshire où ils étaient installés avec le Cirque. Elle avait accepté assez rapidement et c'est comme ça qu'elle s'était retrouvée dans cette voiture. Ils avaient sympathisé sur le chemin jusqu'à eux et à présent, il en connaissait assez sur elle pour écrire une biographie, du moins c'est ce que Zimo lança pour la piquer sur le fait qu'elle parlait beaucoup.

L'ambiance était bon enfant dans l'habitacle de la voiture. C'était même étrange qu'ils soient si complices tous les quatre sachant qu'ils ne connaissaient la jeune femme que depuis quelques heures. Néanmoins, même si Sébastian avait compris la réticence d'Aiden à lui faire trop confiance tout de suite, il voyait bien qu'elle marquait des points auprès des deux amis Circassiens. Où cette rencontre allait-elle les mener ? Peut-être nulle part, mais malgré tout, il aimait ce sentiment de ne plus être le petit nouveau de la bande.

— Alors, qu'est-ce que tu fais dans la vie ? demanda-t-il pour faire la conversation.

— Mmh, j'étais infirmière depuis bientôt dix ans quand j'ai décidé que j'avais envie d'autre chose... j'ai donc commencé à voyager et ça fait, à peu près, 8 mois que je suis aux États-Unis... sourit-elle.

— Sérieux ? Et d'où tu viens ? Je me disais aussi que tu avais un petit accent charmant...

Aiden lui donna un coup de coude faussement possessif et il lui sourit, amusé.

— Je viens de France.

— Oooh, la belle France... répondit-il avec un très bel accent français.

— Tu y es déjà allée ?

— Oui, quand j'étais petit avec mes parents...

Son français était un peu rouillé, mais il se débrouillait plutôt bien aux vues des réactions de la jeune femme. Zimo et Aiden à côté ne comprenaient quasiment rien et ça le fit sourire. Il préféra reprendre la conversation en anglais pour ne pas exclure les deux autres hommes de la voiture.

— Pourquoi avoir quitté ton métier ? C'est une belle profession.

— Oui, elle l'est, mais, c'est très difficile pour le mental et le physique, puis les conditions ne sont vraiment plus ce qu'elles étaient... on manque de tout...

Il ne comprenait que trop bien. Le milieu de la santé lui avait toujours paru le plus difficile de tous, que ce soit pour les médecins, les infirmières ou même les aides-soignants. Après tout, contrairement à lui, ce n'étaient pas des machines qu'ils avaient entre les mains, mais bel et bien des vies humaines avec des sentiments, des émotions et des personnalités différentes.

C'était un tout qu'il fallait apprendre à gérer. Définitivement, pour lui, le domaine était une vocation plus qu'un emploi que l'on pouvait choisir comme n'importe lequel... tout comme tous ceux qui offraient des services de secours, la police, les pompiers, les ambulanciers...

— Je vois... On n'aurait pas besoin d'une infirmière dans le Cirque ? proposa-t-il innocemment.

— Tu recrutes à ma place toi maintenant ?

Zimo le regardait, amusé, à travers le rétroviseur de la voiture.

— Quoi ? C'est toujours mieux que vos méthodes de débrouillards préhistoriques ? railla-t-il.

— Hey ! Je fais très bien les pansements ! s'offusqua Aiden.

— Vrai Babe, mais, avoue...

Cela sembla lui coûter de l'admettre, mais il finit par soupirer en acquiesçant.

— Il n'a pas tort Zim.

— Moi, vous savez que j'ouvre mes portes à qui en a besoin... dit-il souriant en posant son regard sur Jenna qui suivait la conversation un peu gênée.

— Serait-ce une proposition, Monsieur Zimmerman ?

— Seulement si ça t'intéresse de faire un bout de chemin avec nous. Aucune obligation.

Elle posa un regard sur tous les hommes de la voiture avant de sourire en coin.

— Eh bien, ce n'était pas dans mes plans, mais je peux bien rester quelques semaines avec vous dans le New Hampshire...

— On doit rester sur place jusqu'à la fin du mois de décembre... précisa Zimo.

— Tu auras au moins un toit et de la nourriture dans l'assiette jusque-là...

Aiden lui sourit après ces quelques paroles et Sébastian réalisa combien le Cirque lui avait sauvé la vie à lui aussi. Sans argent, il n'aurait jamais réellement pu survivre seul sur les routes des États-Unis, le tout sans boire ni manger.

Il se promit de rendre la pareille à Zimo un de ces jours... sûrement en vendant le peu de biens qu'il possédait encore à New York pour payer une contribution au Cirque. Car, même s'il travaillait avec les autres pour gagner son bout de pain dans la troupe, il avait toujours le sentiment de ne pas être légitime de tout ce qu'on lui offrait.

— Je pense qu'on a tous besoin d'un petit check up de santé... tu vas avoir du boulot...

—Vas-y, encourage-la, Zim.

—Quoi, c'est vrai !

Le dompteur secoua la tête en levant les yeux au ciel et Sébastian rit légèrement. Ils n'étaient pas possibles ces deux-là, autant que le nouveau duo qui se formait sous leurs yeux composés de David et de la jeune femme. Ils étaient plutôt comiques à voir ensemble, surtout à entendre.

Le reste du trajet s'était fait dans la joie et la bonne humeur et c'est avec des applaudissements et des acclamations intenses qu'ils furent accueillis, presque en héros. Sébastian avait été surpris par la troupe qui s'était montrée réellement heureuse de le voir de retour, enfin libre de tous soupçons et innocenté.

Il avait été pris dans les bras chaleureusement par Mafalda qui lui avait murmuré combien elle était heureuse de le savoir sain et sauf après l'incident... puis Auguste lui avait broyé la main, ainsi que quelques autres. Même Oscar, depuis le début hostile envers lui, était venu s'excuser de son comportement en lui proposant sa main à serrer. Il l'avait accepté, tout comme ses excuses. Il ne s'était pas du tout attendu à ce que l'ambiance soit si festive à son retour, mais ce fut le cas et bien plus encore. L'après-midi passa plutôt calmement auprès des animaux et surtout des fauves qui avaient manqués à Aiden durant ces quasi deux semaines.

Ils aidèrent un peu tout le monde à préparer le matériel pour le lendemain soir où ils devaient enfin se produire, du moins son amant qui n'avait pas mis les pieds sur la piste depuis des mois. Sébastian sentait qu'il était un peu nerveux et en même temps très excité de reprendre ce qui le faisait vibrer le plus dans la vie : le spectacle. Ils restèrent donc en compagnie de la troupe une bonne partie de la journée, jusqu'à ce que le repas du soir soit annoncé par Mafalda. Une fois de plus heureuse qu'ils soient de retour tous les deux et qui leur fit savoir. Sous le chapiteau, l'ambiance était un peu différente d'habitude.

Zimo avait fait acheter du vin, de l'alcool et même quelques bouteilles de champagne pour fêter le retour d'Aiden et sa liberté et il l'en remercia silencieusement. Il se sentait à présent réellement accueilli par la troupe, tout comme Jenna qui avait été acceptée comme infirmière du groupe en à peine quelques minutes. Zimo avait annoncé son "embauche" et tous avec acquiescés sans broncher, lui souhaitant la bienvenue. Peut-être qu'il s'était senti un peu jaloux sur le coup, qu'elle soit si bien accueilli en aussi peu de temps sans devoir faire ses preuves, mais il était aussi heureux de ne plus être le petit nouveau.

Le repas se passa vraiment bien ce soir-là.

L'allégresse était présente sur tous les visages et l'alcool aidait vraisemblablement à délier les langues et désinhiber les corps. Ils se mirent à chanter, à danser sur les tables et l'atmosphère se réchauffa bientôt par le simple bonheur d'être ensemble. Sébastian aussi profita de la joie ambiante pour se lâcher un peu, il dansa avec un bon nombre de personnes, dont Aiden, chanta à tue-tête sur des airs qu'il connaissait à peine et mangea à sa faim, voire trop. C'était une bouffée d'air frais dans sa vie après les deux semaines qu'il venait de passer... il pouvait enfin célébrer sa liberté, son innocence et l'avenir qui lui tendaient les bras. Plaisir et bonheur qu'il partagea avec son amant en l'embrassant plusieurs fois sur la piste, sans même se cacher. Tous deux étaient ivres de cet amour naissant, de vin et de soulagement. Un cocktail délicat et envoûtant.

Ce n'est que vers minuit que la troupe commença à se disperser petit à petit et Sébastian en fit de même avec Aiden pour rejoindre sa caravane. Il était épuisé. Par le voyage, par l'alcool qu'il venait d'ingurgiter, mais aussi par le poids qu'on venait de lui enlever des épaules quelques jours avant. Tout ce dont il avait envie à présent, c'était de se coucher contre le corps nu de son amant pour profiter d'une nuit reposante et sereine. Une nuit comme il n'en avait pas fait depuis quelque temps. Il entraîna donc Aiden vers leur petit cocon et ne perdit pas une minute pour le déshabiller un peu gauchement quand la porte fut refermée.

— Qu'... qu'est-ce que tu fais ? demanda le dompteur, ivre lui aussi.

— Je te fous à poil...

— Ça... j'avais remarqué...

— J'ai... envie de te sentir nu... contre moi...

— OK...

Il se fit déshabiller à son tour, un peu difficilement avant que tous les deux ne rejoignent enfin le lit un peu titubants et hilares. Ils s'écroulèrent l'un sur l'autre, à peine capables de se hisser correctement sur le matelas.

— Bordel...

— Comme tu dis... j'ai pas été... saoul... depuis un bail... ajouta-t-il.

— Allez encore un petit effort...

Ils se sourirent avant de se glisser sous les draps dans un effort presque surhumain. Quand enfin, ils purent se coller l'un contre l'autre, Sébastian s'écroula sur le torse de son homme et poussa un soupire de satisfaction bruyant et guttural. Il avait le sentiment d'avoir attendu ça depuis beaucoup trop longtemps. Enfin, il pouvait profiter d'un lit, de draps frais et du corps entièrement nu d'Aiden qui lui avait terriblement manqué. Ses doigts, posés sur son torse, dessinèrent délicatement quelques formes imaginaires alors que le silence berçait l'état dans lequel ils se trouvaient. L'alcool se dissiperait dans la nuit, mais il était certain que beaucoup d'entre eux se taperaient une bonne gueule de bois carabinée, lui le premier.

Malgré tout, il s'en fichait pas mal. Il se sentait planer... libéré de toutes ses angoisses, des images de la nuit de la mort de Nonie, de Rogers, et de tout ce qui le retenait à New York. Il pouvait enfin penser paisiblement à l'avenir dans les bras de son amant qui semblait déjà répondre à l'appel de Morphée. Il redressa légèrement la tête pour voir que ses paupières étaient fermées et qu'il respirait de façon lente et régulière. Doucement, il approcha sa main de son visage et caressa sa joue, son pouce venant effleurer ses lèvres pleines et invitantes avec tendresse.

Il prit le temps de réaliser à quel point il était chanceux de pouvoir le regarder dormir, de pouvoir le toucher, le caresser et s'enivrer de son odeur familière encore une fois. Rogers avait failli lui arracher ces petits bonheurs simples qu'il découvrait à peine et il prenait conscience d'à quel point ils étaient précieux pour lui. Combien Aiden était important dans sa vie à présent et combien il avait hâte de traverser cette nouvelle vie à ses côtés. Libre et heureux.

— Je t'aime… souffla-t-il presque contre ses lèvres.

Puis, il déposa un baiser amoureux sur celles-ci avant de reposer sa tête sur son torse.

C'était la première fois qu'il le lui avouait timidement et il espérait qu'il l'avait entendu malgré le sommeil. Il ne voulait pas aller trop vite, le faire fuir ou lui imposer ces mots, néanmoins, il avait ressenti le besoin de lui dire, surtout à ce moment précis où il se sentait merveilleusement bien contre lui. Sa respiration régulière le berça durant quelques minutes avant qu'il ne trouve à son tour le sommeil dans les bras de Morphée. Cette nuit, rien ne viendrait envahir ses pensées pour les assombrir, au contraire, l'allégresse de la soirée viendrait chasser ses cauchemars pour les transformer en ballet enivrant et chaleureux.

Chapitre 29 : Sur la Piste

L'exaltation venait d'atteindre son paroxysme. Le chapiteau se remplissait à une vitesse phénoménale et une délicieuse odeur de pop-corn et de beurre planait dans l'air, attirant les curieux. Sébastian était dans les coulisses, observant toute cette agitation avec les yeux d'un enfant de cinq ans. C'était absolument merveilleux. Toutes ces couleurs qui lui passaient sous le nez, les paillettes, les costumes tous plus élaborés les uns que les autres. C'était la première fois qu'il avait le droit et la chance de voir les choses de l'intérieur de l'Absinthium et c'était précieux. Dans un coin, Zimo enfilait son chapeau haute forme, vêtu de sa veste rouge à épaulettes dorées : Classique. Puis, il remarqua Mafalda habillée de sa plus belle robe à corset, mettant en valeur ses épaules nues et sa barbe parfaitement taillée. Il était presque jaloux de celle-ci. Mais, il resta dans son coin pour ne pas la déranger tandis qu'elle discutait avec Auguste qui lui, avait enfilé son plus beau costume trois-pièces, fait sur mesure à n'en pas douter... il portait également un chapeau, mais celui-ci était plutôt melon. C'était vraiment super de pouvoir les voir comme ça, dans leurs personnages, dans cet autre monde qu'était celui du Cirque. Enfin, il pouvait avoir accès à cette partie plus qu'intéressante et fascinante de la troupe.

— Hey, tu te caches toi aussi ? L'interpela une voix féminine.

— Hey, Jenna... non, disons que je fais profile bas, ils sont tous tellement concentrés.

— C'est ce que je me suis dis en entrant sous le chapiteau. Tu veux qu'on aille s'asseoir ?

— Oui, mais, je veux voir Aiden avant... je te rejoins,

d'accord ?

— Bien ! J'vais nous choper du pop-corn ! répondit-elle enthousiaste.

Sébastian lui offrit un sourire avant de reposer son regard sur les coulisses où il cherchait encore Aiden. Celui-ci lui avait indiqué qu'il s'occuperait des fauves avant de venir se glisser sous la toile pour le voir avant le spectacle. C'est donc avec une certaine impatience qu'il l'attendait depuis presque une demi-heure, en profitant malgré tout pour s'imprégner de l'ambiance galvanisant de l'arrière de la piste. C'était la folie. La musique commençait à s'élever sous le chapiteau et il entendait des tambours battants marquer l'impatience, égale à la sienne, des spectateurs.

Ils arrivaient en grand nombre, souvent en famille et en jetant un œil aux estrades derrière le rideau, Sébastian put à peine compter le nombre d'enfants présents. Ils avaient déjà les yeux tout aussi pétillants que lui et pointaient du doigt tout ce qui était à leur portée. Cela promettait d'être une véritable expérience pour certains. C'était assez grisant de se sentir faire partie de tout ça... d'être un élément à ce bonheur, même si ce n'était pas encore réellement le cas pour sa part.

Il sentit bientôt une main se poser sur son épaule et il se retourna vivement, surpris à faire le guet près du rideau. C'était Aiden, qui, dans toute sa splendeur, lui adressait un sourire tendre et radieux. Il portait une chemise blanche cintrée, ainsi qu'un pantalon de costume noir et des bretelles de la même couleur. Il avait vraiment fière allure comme ça. Sébastian le trouva même extrêmement sexy, comme à son habitude. Sans un mot, il tira sur les bretelles brodées de doré et il l'attira à lui pour poser ses lèvres sur les siennes avec envie. Il était tellement heureux qu'il puisse remonter sur la piste ce soir, qu'il puisse enfin faire ce qu'il aimait dans la vie, et surtout, qu'il ait lui l'occasion d'assister à tout ça. Ils s'embrassèrent un long moment dans un coin, à l'abri des regards dissimulés par des rideaux pourpres et épais... puis, se séparèrent à bout de souffle.

— Bonne chance... j'ai vraiment hâte de te voir sur la piste...

— J'espère être à la hauteur de tes attentes.

— Tu les as toujours dépassées... sourit-il.

— Profite bien du spectacle...

— Compte sur moi, dompteur de lions.

Aiden lui offrit un sourire avant de lui voler un dernier baiser pour disparaître quelques secondes après derrière les drapés. Il se passa une main dans les cheveux, un sourire béat sur les lèvres et s'éclipsa des coulisses à son tour pour rejoindre les estrades. Jenna devait l'attendre aux premiers rangs avec de quoi se sustenter et étrangement, il avait hâte de se retrouver face à ce qui serait ce soir, la scène de son amant et de ses nouveaux amis.

Quand il passa le petit couloir de draps rouges, il fut entièrement happé par l'ambiance sous le chapiteau. L'atmosphère de ce côté des rideaux était complètement électrisante et c'était magnifique de réaliser qu'ils étaient tous là pour la troupe, pour soutenir l'Absinthium dans sa résurrection.

Il passa son regard sur les estrades pour repérer la silhouette frêle de la jeune infirmière et il ne mit pas longtemps avant de l'apercevoir. Elle lui fit un signe de la main et il se dirigea vers elle avec un sourire. Ils avaient fini par sympathiser la veille durant le repas et les verres d'alcool qui avaient suivi celui-ci. Il en connaissait maintenant un peu plus sur sa vie et elle sur la sienne.

Elle avait d'ailleurs été presque passionnée par l'histoire de son arrivée au Cirque et comment il avait fait pour ne pas se faire bouffer par Archimède et Sirius en chemin. Bien sûr, il avait finalement dû lui avouer aussi pourquoi il fuyait, à ce moment, Brooklyn et les grandes villes, mais elle n'avait porté aucun jugement, au contraire, elle s'était montrée très attentive et attentionnée face à son innocence. Il avait apprécié.

— Tu nous as pris les meilleures places !

— Eh, il faut bien qu'on profite un peu de nos privilèges, non ? sourit-elle radieusement.

— J'suis plutôt d'accord.

Il s'assit à ses côtés sur un des bancs de la petite estrade sur le devant de la piste et il se frotta les mains d'excitation.

Cette première fois promettait d'être exaltante et il était impatient.

— C'est la première fois que tu vas les voir alors ?

— Ouais, je n'en ai pas encore eu l'occasion !

— Tu dois avoir hâte… même si perso, je craindrais un peu que mon mec s'amuse à jouer avec des bêtes sauvages… dit-elle en riant doucement.

— Pas quand on sait qui est le plus sauvage des trois…

Il rit à son tour avant de lui voler une poignée de pop-corn.

— Oh, tu m'en diras tant !

Elle lui offrit un sourire plein de sous-entendus et il lui fit un clin d'œil complice. Il faisait entièrement confiance à Aiden pour ça. Il connaissait ses bêtes sur le bout des doigts et la relation qu'il avait avec eux dépassait tout ce qu'il aurait pu imaginer. Surtout celle avec Archimède, le plus vieux des lions. C'était presque un père pour lui, un humain qui avait grandi avec lui et qui l'avait protégé de tout comme l'aurait fait un maître digne de ce nom.

Il était persuadé que le lion était extrêmement reconnaissant, malgré tout ce qu'on pouvait dire sur le fait qu'il vivait en "captivité" pour être exploité.

— Il a une relation vraiment forte avec eux… j'ai hâte de les voir sur la piste…

—J'imagine, ce ne sont pas de petits chatons… il faut un sacré courage quand même.

— Il n'en manque pas. Depuis que je le connais, il a affronté bien des choses pour nous.

— Son homosexualité ?

— Entre autres… même si je pense qu'il ne se met pas dans une case, tu vois…

—Je comprends. Je suis un peu comme ça aussi… libre d'aimer qui je veux… sourit-elle.

— Tu as personne dans ta vie ?

— Non, je suis un peu trop comment dire… je crois au

prince charmant. Ça réduit le champ.

Sébastian hocha la tête, souriant béatement une nouvelle fois.

— Le véritable amour. Celui qui dure toujours ?

— Te moque pas ! dit-elle en lui donnant un coup dans l'épaule.

— Loin de moi l'idée. J'ai l'impression de vivre dans un putain de conte de fées.

—Avec Aiden ?

— Ouais… il…

Il posa son regard sur la jeune femme, se sentant un peu stupide d'être si sentimental soudainement et de se montrer vulnérable.

— Est parfait ? proposa-t-elle.

— Imparfaitement parfait. Il est bousillé par la vie, mais il l'aime encore…

— Tu aides sûrement à la rendre plus belle…

Elle lui sourit de nouveau et Sébastian sentit ses joues s'empourprer comme l'auraient fait celles d'une jeune adolescente de dix-sept ans. C'était complètement fou l'effet qu'avait cet homme sur lui et sur ses réactions. Il se passa une main sur le visage pour cacher son moment de gêne et lui vola une nouvelle poignée de pop-corn pour changer de sujet.

Néanmoins, il remerciera plus tard Zimo qui l'interrompit en franchissant les rideaux épais de la piste pour se présenter aux spectateurs. Les bras écartés, le chapeau vissé sur la tête, il saluait la foule alors que la musique s'intensifiait et que les lumières parcouraient la salle dans tous les sens, donnant un certain effet de vertige.

— MESDAMES ET MESSIEURS, BIENVENUE À L'ABSINTHIUM OÙ L'IMPOSSIBLE DEVIENT POSSIBLE !

Et sur ces paroles, toute la troupe débarqua sous le chapiteau pour un premier tour de piste. Sébastian en prit plein les yeux, ne sachant pas où regarder comme tous les gens présents sous la toile rouge et blanche. Les acrobates dans un coin, Dimitri et Anastasia sur leurs cheveux saluant la foule, puis Mafalda et Auguste, entourés des trois petits comiques hostiles... c'était éblouissant à voir, tout simplement magique. Puis, Aiden fit son entrée, son fouet à la main, celui qu'il faisait claquer dans le sable pour dompter ses bêtes... il était vraiment beau et ce n'était pas la gent féminine qui allait dire le contraire. Il pouvait entendre siffler, crier, et pas seulement pour Zimo.

Ils donnaient aux spectateurs ce qu'ils voulaient, pour sûr... des danses, des sauts dans tous les sens, des contorsions et des tours de magie rapides. Tout allait très vite et même si tout ça n'était qu'un avant-goût de la soirée qui les attendait, ça lui donnait déjà des papillons dans le ventre et des étoiles dans les yeux.

La piste se vida ensuite en quelques secondes et il ne resta plus que Zimo qui annonça le programme à la manière d'un grand maître du Cirque, avec humour et enthousiasme. Sébastian était vraiment admiratif de cette facette de sa personnalité qu'il ne connaissait pas encore. Il savait réellement bien animer une salle, il n'en doutait plus. Le premier numéro franchit le rideau et c'est avec excitation que Jenna et lui observèrent les artistes se placer pour entamer le spectacle. Il s'agissait de Dimitri et Anastasia qui montaient leurs étalons avec grâce et majestuosité. Les chevaux étaient magnifiques et leur façon de se mouvoir était particulièrement élégante. En quelques minutes, ils démontrèrent à la foule l'intelligence et la beauté de leurs animaux avec des danses et des acrobaties toutes plus impressionnantes les unes que les autres. Puis, ils quittèrent la piste en saluant les spectateurs qui étaient à présent debout pour les applaudir, Sébastian et Jenna inclus.

Puis, vinrent le tour des voltigeurs, des contorsionnistes, puis Mafalda et Auguste qui avaient préparé un nouveau numéro ensemble. Ensuite, quelques comiques qui firent rire la foule des spectateurs avec quelques gags grotesques, réconciliant Sébastian avec les clowns qu'il n'avait jamais vraiment aimés. Tout était vraiment magique et il ne trouvait même plus les mots pour exprimer ce que cette première lui offrait comme plaisir, des yeux et du cœur. L'entracte fut l'occasion pour lui de retourner un peu en coulisse pour voir ses nouveaux amis et féliciter ceux qui étaient déjà passés sur la piste. Jenna l'accompagnait.

— Mon Dieu, Zimo, c'était vraiment merveilleux ! s'exclama-t-il en venant poser une main sur son épaule chaleureusement.

— Et encore, vous avez rien vu ! sourit celui-ci.

— C'était déjà parfait !

Jenna offrit un sourire à David et il le lui rendit radieusement. Une fine couche de sueur marquait son front, mais il semblait complètement grisé par l'ambiance et la foule des spectateurs. Sébastian remarqua également qu'il était un peu de trop et il s'éclipsa pour aller voir Aiden, souriant en coin.

Il les laissa tous les deux et se dépêcha de trouver son amant pour, une fois de plus, lui souhaiter bonne chance. Il avait vraiment hâte de le voir à l'œuvre après l'entracte. Il finit par le trouver à l'extérieur du chapiteau, en compagnie de ses lions et de nouveau un sourire se glissa sur ses lèvres. Il s'avança vers lui, emmitouflé dans son pull et regrettant de ne pas avoir son manteau sur le dos par ce temps froid. Il ne faisait vraiment pas chaud dehors et la neige avait recommencé à tomber à petits flocons. Un temps idéal pour être sous la couette.

— Hey, qu'est-ce que tu fais là ? Tu vas attraper froid.

— J'voulais te voir avant ton numéro.

— Tu m'as déjà souhaité bonne chance, Babe...

— Je sais, mais je n'en ai jamais assez... sourit-il.

Aiden lui sourit doucement avant de s'approcher pour poser une main sur sa joue et coller son front contre le sien. Son nez effleura le sien et ils fermèrent tous les deux les yeux. Ils restèrent ainsi quelques secondes avant que ses lèvres ne viennent chercher les siennes pour l'encourager. Un baiser, puis deux, puis trois... et bientôt, ils ne comptaient plus.

C'est la voix de Zimo qui les rappela à l'ordre en annonçant que l'entracte allait prendre fin et qu'Aiden était le prochain à passer. Ils se séparèrent, un peu gênés et rougissants, avant de finalement se mettre à rire de bon cœur. David leva les yeux au ciel en souriant à son tour, avant de retourner sous le chapiteau, suivi par Sébastian. Aiden, lui, devait s'occuper de ses fauves pour entrer en scène.

L'ingénieur alla reprendre sa place près de la jeune femme qui l'attendait, son paquet de pop-corn toujours en main. Elle observait les spectateurs reprendre place sous la toile et elle lui fit de nouveau signe en le voyant au loin. Il lui sourit et s'installa confortablement. Cette fois, il n'aurait plus à attendre longtemps pour voir entrer son amant et ses lions sur la piste. Il avait hâte et l'excitation ne fit qu'augmenter quand Zimo entra en scène pour annoncer le prochain numéro. C'était la première fois qu'il le verrait réellement à l'œuvre et c'était tout simplement grisant. Après tout, on n'est pas tous les jours l'homme d'un dompteur de fauves. Il ne fallut que quelques minutes pour que celui-ci entre sur la piste avec enthousiasme et une énergie incomparable. Son sourire radieux éblouissait la foule alors que dans de simples gestes, il guidait ses lions pour qu'ils se mettent en place sur leurs plateformes respectives.

— Mesdames et Messieurs, bonsoir ! s'exclama-t-il, faisant lever la foule.

Les deux lions se mirent à rugir d'une même voix en montrant une certaine supériorité.

— À ma droite, le Seigneur des lieux, le vieux Archimèdeeee !

Aiden désigna sa bête en faisant une révérence et le public se mit à applaudir fiévreusement.

— À ma gauche, le fougueux et joueur, Siriuuuus !

Une fois encore, la foule se mit à siffler, à acclamer et bientôt Aiden fut dans l'obligation de demander le silence dans un signe bien significatif. La musique s'arrêta presque au même moment et plus un bruit volait sous le chapiteau. Sébastian était tout simplement fasciné et admiratif du spectacle que lui offrait son homme et il ne put que le regarder avec les yeux pleins d'étoiles. Surtout quand celui-ci entama son numéro en faisant faire quelques acrobaties à ses fauves, les faisant passer d'une plateforme à une autre avec une grâce sans nom. La seule chose que l'on pouvait entendre sous la structure à présent, c'était la voix d'Aiden qui, non amplifiée, ordonnait à ses animaux d'effectuer les tours appris.

Archimède, malgré son grand âge, était toujours très agile, mais on sentait bien la différence quand le plus jeune entrait en scène pour effectuer la même pirouette. La force tranquille dans l'expérience; le contraste avec la jeunesse et la fougue.

Le numéro dura quelques minutes jusqu'à ce que des membres de la troupe entrent finalement sur la piste pour déplacer les plateformes et installer des anneaux. Sébastian et Jenna observait faire comme les autres spectateurs sans réellement comprendre... mais, il ne fallut pas longtemps avant qu'Aiden ne s'explique sur ce nouveau morceau du numéro qui n'avait jamais été au programme.

Le dompteur se fit donner un micro et il s'avança sur le devant de la piste.

— Mesdames et Messieurs ! Ce soir est une nuit particulière pour moi... d'abord parce que cela fait des mois que je n'ai pas foulé cette piste...

Des acclamations positives s'élevèrent des estrades, l'applaudissant.

— Mais, aussi parce que ce soir, j'ai la chance d'avoir face à moi un public exceptionnel !

De nouveau des applaudissements.

— Un public dans lequel se trouve une personne particulière qui a changé ma vie il y a peu et pour qui je l'offrirai volontiers à présent…

Sébastian fut heurté de plein fouet par la déclaration et il sentit son corps entier se réchauffer. Il n'osait pas regarder la foule autour de lui, ni même Jenna qui venait de poser une main sur son épaule. Son regard était posé sur Aiden et il mima du bout des lèvres un "Qu'est-ce que tu fais ?". Il était maintenant nerveux et très peu à l'aise. Il n'avait jamais vraiment aimé être le centre de l'attention.

— Sébastian, tu veux bien me rejoindre ?

— Quoi… murmura-t-il pour lui-même.

Aiden lui tendait la main, proche du rebord de la piste, et toute la foule demandait à le voir se lever pour le rejoindre. Il hurlait son prénom, le scandant comme s'il était une célébrité. À cet instant précis, il aurait aimé être une petite souris pour disparaître sous les estrades. Néanmoins, il se leva timidement et attrapa la main d'Aiden pour passer le petit rebord et se retrouver sur la piste à son tour…

— Qu'est-ce que tu fais ? chuchota-t-il pour le dompteur.

— Tu me fais confiance ?

Sébastian n'eut qu'un hochement de tête pour simple réponse. Oui, il lui faisait confiance, entièrement, aveuglément même… mais il ne voyait pas où il voulait en venir.

— Mesdames et Messieurs, Sébastian Pietroskiiii ! s'exclama-t-il en le désignant.

Cette fois, il réalisa que tout le public était debout pour lui et que les acclamations lui étaient adressées... ce qu'il ressentit sur le coup le frappa en plein plexus solaire. La sensation était tout simplement électrisante et chaque poil sur sa peau semblait se hérisser de bonheur. C'était fou... et il remercierait Aiden pour ça, bien plus tard.

— Chers spectateurs, ce soir ! Pour votre plus grand plaisir ! Sébastian va réaliser un numéro en ma compagnie et avec la participation de mes fauves !

Sébastian se tourna vers lui, les yeux exorbités et dos au public, il lui murmura à nouveau '"Qu'est-ce que tu fous ?"

Le concerné se contenta de sourire avant de l'attirer vers une table qui se trouver entre deux plateformes. Au-dessus de celle-ci était suspendu un anneau et il comprit rapidement qu'un des lions, ou les deux, devraient sauter dans le cercle au-dessus de lui, allongé sur la dites table. Ça ne semblait pas si dangereux, vu comme ça, mais il suffisait qu'un lion se manque pour que le numéro vire au cauchemar instantanément.

— Alors, tu me fais confiance ? demanda Aiden juste pour lui.

— Oui...

Il n'était pas rassuré, mais il savait aussi qu'Aiden n'oserait pas le mettre en danger inutilement s'il ne sentait pas le coup. Il sauta donc sur la table pour s'y allonger le visage sous le cercle en suspension et attendit de voir la suite des choses. Le dompteur fit claquer son fouet au sol, annonçant d'une voix forte...

— Qu'on allume le cercle !

Cette fois, il se tendit de tout son corps sur la table et commença à douter de sa position dans le numéro. Un membre de la troupe s'approcha de lui pour enflammer le cercle avec une perche et il serra les poings.

Il n'avait pas réellement peur du feu, ou de la situation... mais, le déroulement du numéro était tout de même un peu stressant quand on n'avait jamais fait ça. Aiden fit claquer de nouveau son fouet et le silence se mit soudainement à régner sous le chapiteau, ce qui n'avait rien de rassurant à vrai dire pour le polonais. Cependant, il garda les yeux bien ouverts et attendit la suite... il se sentait capable de tout affronter ce soir, encore plus pour prouver à son amant qu'il était à sa hauteur.

Le cercle en feu, les deux fauves d'un côté et de l'autre de la table à quelques mètres au-dessus de lui... tout était en place. Il suffisait que le fouet claque encore une fois pour que le numéro tourne en bien ou en mal. Quand ce fût le cas, Sébastian sursauta légèrement, mais il ne ferma pas les yeux. Par chance, puisqu'il put voir avec quelle élégance Archimède passait le cercle de feu pour rejoindre son ami sur l'autre plateforme. Son cœur manqua un battement, mais la foule, elle, se mit dans tous ces états. Des applaudissements, des cris, des sifflements... Le tout était jouissif. Puis, le fouet claqua une deuxième fois et c'est Sirius qui s'élança vers le cercle de feu pour rejoindre la plateforme à présent libre à sa gauche.

— Mesdames et Messieurs, Archimède et Siriuuuus !

Des cris de joie et un tonnerre d'applaudissements lui coupèrent le souffle. Aiden s'approcha de la table et lui tendit une main pour l'aider à se relever. Il était encore un peu sous l'emprise de l'excitation, de l'adrénaline et de la peur... un cocktail détonnant.

— Des applaudissements pour l'homme qui partage ma vie... SÉBASTIANNN !

De nouveau, les spectateurs se levèrent pour l'acclamer et il ne put s'empêcher de faire une timide révérence pour satisfaire le public qui la réclamait. Aiden souriait de façon radieuse à ses côtés et il ne l'avait encore jamais vu dans cet état d'allégresse... même la veille sous l'alcool. C'est d'ailleurs un peu surpris qu'il sentît une main se glisser sur sa nuque pour l'attirer et l'embrasser devant un public en délire et admiratif. Un baiser auquel il répondit avec passion et envie. L'ambiance était galvanisant... envoûtante et elle rendait cet échange réellement parfait.

Ils se séparèrent quelques secondes plus tard, front contre front et dans un petit rire complice, haletant de bonheur, il entendit Aiden lui avouer...

— Je t'aime aussi... Il l'avait donc entendu.

Chapitre 30 : Joyeux Noël

Quelques jours après la représentation, au matin du réveillon de Noël, Aiden ouvrait difficilement les yeux. Sébastian et lui avaient passé une bonne partie de la nuit à discuter et ils n'avaient pas réellement vu les heures passer, surtout lorsque cette discussion s'était ponctuée d'un ou deux ébats. Les paupières réchauffées par des spots lumineux à travers les stores, il se serra un peu plus contre le dos de son amant, enfouissant son visage dans sa nuque pour échapper encore quelques minutes à ce qui les tirerait du lit. Il n'avait pas regardé l'heure, mais il se doutait qu'il faisait jour depuis déjà plusieurs heures et qu'ils étaient sûrement sujets à quelques blagues sur le fait qu'ils ne fussent pas encore debout pour le petit déjeuner… ou le diner… ou le souper. Il sentit finalement Sébastian bouger dans ses bras, se réveillant à son tour, et son grognement lui indiqua qu'il n'avait pas plus envie que lui de foutre un pied en dehors de la caravane ce matin-là. Il déposa un baiser sur la peau brûlante de son épaule et il souffla près de son oreille.

— Bien dormi ?

— Pas assez… ou trop, je sais pas vraiment.

Il grogna une nouvelle fois, faisant sourire Aiden.

— Quelle heure il est ?

Le blond se tourna légèrement vers le pied du lit pour voir l'horloge au-dessus du couloir. Celle-ci indiquait cinq heures de l'après-midi. Outch. Adieu le petit déjeuner et bonjour la crise de Mafalda pour le repas de midi… ils allaient finalement simplement souper. Il voyait déjà la femme à barbe lui souffler dans les bronches pour avoir osé sauter deux repas, dont un était le plus important de la journée. Définitivement, ils passeraient un sale quart d'heure, à moins que la veille de Noël n'apaise légèrement les petits coups de gueule de la plus âgée. Il grimaça légèrement avant de le laisser se tourner dans ses bras.

— Je crois qu'on va devoir des explications.

— Comme… '' Pardon, on a discuté toute la nuit ? ''

—Ils ne nous croiront jamais.

— C'est bien ce que je me disais… sourit-il.

Aiden se rallongea sur le dos, souriant bêtement à la discussion et le polonais en profita rapidement pour venir se lover contre son flanc, sa tête dans le creux de son épaule. Ils restèrent ainsi de longues minutes, silencieux, avant que l'un ne finisse par rompre ce silence apaisé.

— Tu étais sérieux hier soir ? demanda Sébastian.

— Quand quoi ?

— Quand tu as dit que tu pourrais te poser un jour… - Je l'étais, et je le suis toujours.

— Et tout ça, ça ne va pas te manquer ? … Le Cirque, la troupe, les spectacles ?

— Bien sûr que si… mais, tu sais, quand j'étais petit, ce dont j'avais réellement envie c'était d'avoir un chez-moi fixe… une maison, une femme, etc. - Tu veux que je porte des robes ? mmh ?

— T'es con.

— Je plaisante. J'imagine que quand on bouge tout le temps, avoir envie de stabilité c'est plutôt normal et sain.

Il lui offrit un sourire, plaçant une de ses mains sous sa tête, tandis que l'autre caressait tendrement le dos de son amant. Il l'avait avoué hier soir, en effet, ce vœu de se poser un jour à un endroit bien précis, choisi avec soins, pour y fonder une famille, un foyer et une petite vie simple. Ce n'était pas sorti de nulle part, à vrai dire, il y avait longtemps songé... même avant de connaître Sébastian.

Peut-être était-ce le fait qu'il avait toujours souhaité avoir un endroit à lui, un refuge, autre que cette caravane dans laquelle ils flânaient encore. Presque quarante ans de vie sur les routes, ce n'était pas rien quand on y pensait... alors, oui, il rêvait de pouvoir s'installer un jour, avec lui, plus que jamais.

— Ça te ferait peur, toi ?

— Aiden... je te suivrai même jusqu'en enfer...

Un nouveau sourire se glissa sur ses lèvres et il se pencha pour attraper ses lèvres sensuellement. Ce sentiment de bien-être quand il était avec lui ne faisait que croître de jour en jour et dans ces moments-là encore davantage. Ils étaient sur la même longueur d'onde depuis le début. Depuis que Sébastian était tombé à ses pieds de son camion et qu'il lui avait attrapé la main pour l'aider à se relever.

C'est à cet instant que sa vie entière avait basculée et pour le plus grand bien. Il avait encore parfois du mal à réaliser à quel point il tenait à cet homme... jusqu'à ce qu'il ouvre les yeux sur son corps endormi et qu'il prenne conscience que c'était la vue qu'il voulait chaque matin pour le restant de ses jours.

— Un jour, on trouvera notre coin de paradis et l'on s'y installera… souffla-t-il quelques secondes après un énième baiser.

— Avec la maison, la barrière blanche et le chien ?

Aiden sourit en coin, suivit par son amant.

— Tout le package "cliché" livré avec !

— Quel homme ! Tu me gâtes !

Tous les deux se mirent à rire avant de finalement commencer à se chamailler comme deux gamins dans les draps encore chauds de la nuit. C'est sans surprise que le dompteur prit le dessus sur lui, lui plaquant les deux bras au-dessus de la tête, monté à califourchon sur ses hanches. Ils se sourient tous les deux de manière très explicite avant qu'Aiden ne lui demande ce qu'il pensait réellement de l'idée. C'est avec sérieux que Sébastian lui répondit qu'il attendrait ce jour plus impatiemment qu'un enfant attendrait le soir Noël. Et c'était vrai. Il le savait parce qu'il ressentait lui-même cette impatience au fond de lui, s'imaginant déjà cuisiner dans une vraie cuisine, dormir dans un vrai lit chaque nuit et, surtout, profiter d'une baignoire quand bon lui semblerait.

Malgré tout, il ne quitterait pas le Cirque avant quelques années… parce que la troupe était importante pour lui, ses lions encore davantage et surtout, il y avait Zimo. Il le soutiendrait et le subirait encore quelques petites années avant de songer à se poser enfin quelque part… avec Sébastian, il l'espérait.

C'est ce qu'il ferait, une dizaine d'années après ce fameux matin.

Pendant un séjour magnifique du Cirque sur le bel archipel d'Hawaï, ils décideraient enfin de dire adieu au monde du spectacle pour se poser tous les deux, mariés, près de l'océan, les pieds dans le sable chaud. Leurs économies serviraient à payer une belle maison près de l'eau, où Aiden garerait sa vieille caravane tant estimée dans le jardin. Ils profiteraient ainsi d'une retraite bien méritée dans un petit coin de paradis, sans enfants, mais avec ce fameux chien qu'Aiden lui avait promis. Ce chien qui porterait le nom d'Archimède en honneur du vieux Lion parti quelques années auparavant et dont le dompteur avait eu du mal à faire le deuil. Ils passeraient finalement tous leurs vieux jours à se baigner du matin au soir, à flâner au lit autant qu'ils en auraient envie et surtout à discuter de longues heures, plongés dans un bain chaud. Oui, c'est ce qu'ils feraient.

Il profita du fait de lui tenir les mains pour se pencher à nouveau vers lui et l'embrasser. Ils n'avaient plus réellement le temps de traîner, mais il ne pouvait pas s'empêcher d'en réclamer toujours un peu plus dans ces moments-là. Ils étaient déjà bien en retard sur le planning de la journée de toute façon, alors, un peu plus un peu moins. Cependant, il s'arrêta à quelques baisers raisonnables, même si entre eux, tout était toujours le contraire.

— Allez, on devrait s'habiller, si on loupe aussi le souper, Mafalda va nous tuer !

— Oh, tu crois ? Je te signale que c'est toi qui me séquestres là ! railla Sébastian.

— Je te torturerai volontiers davantage, chéri, mais là, bougeons-nous.

—À vos ordres, Monsieur le dompteur.

Ils se sourient une dernière fois avant de filer à la douche l'un après l'autre.

Celle-ci n'était malheureusement toujours pas assez large pour accueillir leurs deux corps.

Aiden termina le premier de se préparer et c'est avec un manteau sur le dos qu'il annonça à son amant qu'il filait sous le chapiteau pour aider à la préparation du repas de ce soir. Sébastian lui, était encore en train de s'habiller pour l'occasion. Ce soir, ils avaient tous les deux sorti chemises et pantalons propres de costume afin de célébrer la veille de Noël en "famille".

Quand Aiden passa la tête sous le chapiteau, il fût accueilli par un slave d'applaudissements moqueurs et Zimo se bidonna bien gentiment sur ce retard à noter dans le calendrier.

— Nuit mouvementée, Gamin ?

—Va chier, David... sourit-il.

Il salua Jenna qui semblait être plus à l'aise que l'avait été Sébastian avec la troupe. Son métier aidant sûrement. Puis, penaud, il se dirigea vers Mafalda qui lui tourna le dos en le voyant arriver. Il savait que celle-ci lui tiendrait rigueur de ce retard conséquent aux repas de la troupe... à SES repas surtout.

— Hey Maffie...

— Tiens, un revenant ! s'exclama-t-elle

— Oh, allez... excuse-nous... on a discuté tard cette nuit et on n'a pas mit de réveil...

— Mmphf... discuté, prends-moi pour une bille !

— Mais c'est vrai ! s'indigna-t-il faussement.

— Vous n'êtes que deux ingrats, vous avez de la chance si je vous offre de la dinde ce soir !

— Maffie…

Il lui fit ses yeux de chiot battu, exagérant sa moue enfantine pour avoir un morceau de cette précieuse volaille dont il se rappelait parfaitement le délicieux fumet de l'année précédente. Celle-ci était d'ailleurs en train de rôtir sur une broche sous un feu bien vif. Il savait que ce serait un repas merveilleux comme chaque année grâce à elle. À force de compliments, de mimiques adorables et de mots doux, il finit par attendrir la vieille femme et elle leva les yeux au ciel en lui disant qu'elle pardonnait tout.

Bien sûr, c'était parce que c'était la veille de Noël, elle avait tenu à le lui préciser avant qu'il ne parte aider à mettre la table. Il la remercia d'un baiser sur la joue et s'évertua à trouver les assiettes et les ustensiles pour préparer le repas.

Sous le chapiteau, il régnait une ambiance chaleureuse et festive. Des musiques passaient joyeusement dans un coin de la structure, assez fort pour être entendues, mais pas assez pour déranger les discussions. Deux sapins de Noël avaient également été installés d'un côté et de l'autre des rideaux de l'entrée en piste et ils avaient été décorés magnifiquement par les quelques enfants de la troupe. L'atmosphère était à la fête et Aiden avait hâte de partager ça avec ses amis, sa famille, mais surtout avec Sébastian. C'était après tout leur premier Noël ensembles et il espérait que ce ne serait pas le dernier.

D'ailleurs, le brun finit par lui aussi passer les pans du chapiteau et il fût accueilli de façon tout aussi moqueuse par le reste de la troupe, applaudis et sifflé comme s'il avait accompli un exploit. Aiden put voir le visage de son amant s'empourprer alors qu'il levait les pouces en l'air pour dédramatiser le malaise. Malheureusement, le mal était fait. Il ne put s'empêcher de rire face à la situation et il se dirigea vers lui pour le sauver des blagues graveleuses de Zimo.

— J'ai eu le droit au même accueil, t'en fais pas !

— Ça m'aide pas vraiment… dit-il en pouffant de rire.

— Tu vas devoir aller faire des excuses à Mafalda pour avoir de la dinde ! ajouta Zimo.

— Merde… je pensais y échapper…

— Même pas en rêve…

Zimo lui offrit un large sourire et Aiden accentua "l'encouragement" par une tape sur l'épaule.

— Désolé Babe, pour l'instant, je mange ta part.

— Toi, même pas en rêve !

C'est déterminé qu'il vit Sébastian se diriger vers Mafalda et ça lui tira un rire franc.

Le reste de la préparation du repas de fête se fit dans la bonne humeur générale. Tout le monde avait vraiment hâte de manger la dinde qui embaumait délicieusement la structure et surtout, ils étaient tous impatients de pouvoir fêter cette soirée spéciale. La première sans Poppy… sans sa sœur, mais une soirée particulière dont ils se rappelleraient tout de même. Ce n'est que deux heures après leurs arrivées sous le chapiteau qu'Aiden et Sébastian purent enfin prendre place à l'immense table des artistes. En tout, ils étaient parvenus à caser près de cinq tables différentes sous la toile et ça n'avait pas été une mince affaire.

Une fois assis, comme d'habitude entre Mafalda et Auguste, il indiqua à Sébastian de laisser une place à Jenna entre lui et Zimo, ce que le polonais fit joyeusement. Tout le monde avait bien remarqué l'intérêt de la jeune femme pour leur maître de la scène, intérêt qui peut-être finirait par être réciproque. Son ami avait apparemment décidé de faire comme lui, de laisser le passé au passé et d'avancer. Ils étaient trop vieux pour ces conneries, comme il aimait le dire. Poppy était toujours dans un coin de leurs têtes, mais, malheureusement, elle avait perdu toute place dans leurs cœurs.

D'ailleurs, l'année suivant celle-ci, Zimo se laisserait tenter par la jeune infirmière, sans aucune surprise pour la troupe, mais bel et bien pour lui. Celle-ci acceptera plusieurs mois plus tard de les accompagner à Montréal et ils commenceraient enfin une véritable relation tous les deux. Deux ans après, ils se marieraient sous ce même chapiteau en présence de toute la troupe et elle lui offrirait quelques semaines après le plus beau des cadeaux. L'annonce de sa grossesse. Elle donnera finalement naissance à une petite fille, Irisa, qui sera réellement la prunelle des yeux de Zimo et sa plus belle réussite.

La dinde et les accompagnements finirent par arriver sur la table et les bouteilles de vin furent débouchées dans la foulée. Des acclamations de joie fusèrent de tous les côtés pour accueillir convenablement ce repas de fête préparé par la doyenne de la troupe. Ils la remercièrent tous d'une même voix et celle-ci rougit assez rapidement, s'essuyant nerveusement les mains sur son tablier avant de finalement s'attabler à son tour. … Elle ferait ça jusqu'à la fin de ses vieux jours. Jusqu'à ne plus en être capable, elle nourrirait tous les jours de sa vie sa famille et tous ceux qui étaient de passage avec la générosité d'une mère et la grande charité de son âme. Elle ne quitterait jamais l'Absinthium, jusqu'à ce qu'un soir, la mort l'accueille à son tour chaleureusement, comme une vieille amie, dans son sommeil.

— Bon appétit tout le monde ! lança-t-il en levant son verre de vin rouge.

— Une chance que vous avez mérité votre dinde, ça aurait été triste de la dévorer devant vous... enfin, les dévorer... se moqua Zimo.

Parce que oui, il n'y en avait pas qu'une.

— Ferme-la et mange avant qu'elle ne disparaisse de ton assiette comme par magie !

Aiden lui fit une grimace comme un enfant de cinq ans, joyeusement répliqué par un doigt d'honneur de la part du maître de la scène. Mafalda qui assistait à la scène leva les yeux au ciel en souriant et Sébastian rit dans son coin, mangeant déjà tranquillement cette magnifique volaille. Elle ne fit d'ailleurs pas long feu dans les assiettes, que ce soit pour les artistes ou du côté des monteurs, tout fut rapidement englouti. C'est après ça que la fête commença réellement. Car entre le plat principal et le dessert, un morceau de la troupe se mit à chanter dans un coin, bientôt rejoint par l'intégralité des tables, même par lui. Sébastian lui, lui lançait des regards admiratifs et heureux, car même s'il ne connaissait pas les paroles de leurs chants, il appréciait. L'alcool se mit à couler à flots et les chansons se succédèrent les unes après les autres. Comme la fois où ils avaient fêté le retour de Sébastian, l'ambiance était à son comble et il adorait ça. Il ne voyait pas ses Noëls autrement que comme ça... entouré de bonnes nourritures, de chants, de vin et d'amour, parce que oui, l'amitié et l'amour étaient présents dans chaque être présent ce soir.

Un peu avant le service du dessert, Zimo se leva du banc où il était assis et se mit debout dessus, son verre à la main.

Il interpela l'ensemble de la troupe pour qu'ils l'écoutent et un silence s'abattu presque aussitôt sous le chapiteau, même la musique fut baissée encore d'un cran.

— Tout d'abord, j'aimerai remercier Maffie pour ce merveilleux repas ce soir... car comme chaque année, c'est une réussite et c'est ce qui nous rassemble !

Quelques membres de la troupe sifflèrent d'approbation tandis que tout le monde applaudissait.

— Ensuite, j'aimerais souhaiter la bienvenue à Sébastian dans la famille de l'Absinthium, parce que je pense qu'il a le droit de savoir qu'il est maintenant pris avec nous pour le reste de sa vie ! ... et j'aimerais aussi lui souhaiter bon courage pour supporter Aiden tout court !

— Salaud ! s'exclama Aiden par-dessus les applaudissements.

Malgré tout, il avait un sourire radieux sur les lèvres et il ne manqua pas de poser son regard sur son amant de l'autre côté de la table.

— Je t'aime aussi mon frère... répliqua David.

Une fois encore, ils s'envoyèrent gentiment voir ailleurs tandis que Zimo finissait son discours.

— Puis, finalement, j'aimerais aussi que l'on souhaite la bienvenue à Jenna et qu'on la remercie pour nous avoir tous diagnostiqué en si peu de temps... un exploit vu que nous Circassiens, on connaît que très peu les hôpitaux ! On l'applaudit !

Ils se mirent tous à applaudir la jeune femme qui se leva pour faire un semblant de révérence, presque aussi adepte des clowneries que Zimo, debout à ses côtés. Aiden sourit en les voyant tous les deux l'un à côté de l'autre. Étrangement, comme les autres, il sentait déjà qu'il se passait quelque chose entre eux, ou si ce n'était pas le cas, ça ne saurait tarder.

De son côté, sous la table, il faisait du pied à Sébastian qui était concentré sur le discours, presque trop religieusement. Celui-ci lui offrit rapidement un sourire, et dans un regard complice, ils se comprirent tous les deux. Cette soirée était réellement parfaite, et elle annonçait une future nouvelle année tout aussi bonne. Le passé à présent derrière eux, malgré encore quelques points à régler, ils pouvaient songer tranquillement à l'avenir... au sein du Cirque, oui, mais également pour eux.

Zimo les interrompit dans ce moment hors du temps et du moment.

— En fait, non, pour finir, j'aimerais ajouter que dans quelques semaines on sera au Canada, et que j'espère que l'on trouvera là-bas, un renouveau encore plus extraordinaire que celui qu'on a pu vivre ici... AU CANADA ! termina-t-il en levant son verre.

—AU CANADA ! reprirent tous les membres de la troupe, verres en main.

Ils trinquèrent entre eux, les plus proches des uns et des autres et le dessert fût apporté sur la table pour terminer en beauté ce repas précieux pour tous les membres de la troupe. Malgré tout, une fois la bûche avalée, la fête ne désemplit pas et l'on dégagea même les tables pour se lancer à corps perdu dans quelques danses. Aiden dansa avec Mafalda, puis, même avec Jenna, tandis que Sébastian passait dans les jolies mains d'Anastasia, sous le regard faussement jaloux de Dimitri.

Ce n'est que vers deux heures du matin que les deux amants prirent une pause à l'extérieur du chapiteau pour respirer un peu.

Ils n'étaient pas saouls, seulement un peu alcoolisés, mais l'atmosphère était étouffante à l'intérieur et ça faisait un bien fou de prendre un peu l'air. Une fois dehors, emmitouflé dans son manteau, Aiden passa ses bras autour de la taille de Sébastian, se glissant dans son dos, alors que celui-ci était sorti le premier. Dehors, la neige tombait à nouveau et le sol en était recouvert, pour une veille de Noël, c'était presque idyllique et puis, loin de l'effervescence qui régnait sous la toile, la nuit semblait calme, apaisante. Il posa son menton sur son épaule, souriant brièvement.

— J'aimerais que tous nos Noëls soient comme celui-là… dit-il doucement.

— Ce sera le cas.

— Promis ?

— Ensemble.

— Ensemble…

C'était une promesse tacite, ils s'aimeraient dans cette vie et dans toutes les autres.

Made in the USA
Middletown, DE
07 May 2022

65387749R00195